CŒUR-NAUFRAGE

Du même auteur

Cabine commune, Lattès, 2007 ; J'ai Lu, 2010.
Twist, Lattès, 2008 ; J'ai Lu, 2010.
L'Effet Larsen, Lattès, 2010 ; J'ai Lu, 2012.
Grâce, Lattès, 2012 ; Le Livre de poche, 2013.
Le Soleil à mes pieds, Lattès, 2013 ; Le Livre de poche, 2014.
Les Corps inutiles, Lattès, 2015 ; Le Livre de poche, 2016.

www.editions-jclattes.fr

Delphine Bertholon

CŒUR-NAUFRAGE

Roman

Maquette de couverture : Fabrice Petithuguenin.
Photographie de couverture : 123 RF / Elena Ray

ISBN : 978-2-7096-5844-7

© 2017, éditions Jean-Claude Lattès
Première édition : mars 2017.

« C'est moi-même que je n'ai jamais rencontrée, dont le visage est scotché au verso de mon esprit. »

Sarah Kane
4.48 Psychose.

« Une ancienne petite amie, c'est un flingue planté dans votre estomac.

Mais un flingue qui n'est plus chargé. Aussi ne ressent-on qu'un déclic vide et mécanique au fond du ventre, en la revoyant – éventuellement le spectre d'un écho, un reste de mémoire sensitive du temps où l'arme contenait de vraies munitions. Néanmoins, il arrive qu'on oublie une balle dans un barillet mal vérifié. Alors, quand le coup de feu retentit, le choc est assourdissant et cette balle inattendue vous déchire les tripes avant de jaillir à la lumière du jour. »

Jonathan Tropper
Le Livre de Joe.

« *If you give up on me now,*
I'll be gutted like I've never been before. »

Radiohead
I can't.

Lyla

Rien de tout cela n'était prévu, ni même prévisible.

Je n'étais pas épanouie, encore moins comblée. Mais j'étais, disons, tranquillement malheureuse et avec le recul, ce n'était pas si mal. Je vivais à la manière d'un chat d'appartement, dans la sécurité confortable d'un périmètre contrôlé, toute pleine d'habitudes, lovée dans la croûte dorée d'une délicieuse routine. La routine, je m'en rends compte aujourd'hui, est ce qui nous reste lorsqu'on a tout perdu. J'étais tellement perdue que je m'accrochais à des bribes de réel – la Rose de *Titanic* sur son morceau de bois, immobile, impuissante, regardant mourir ses rêves dans l'eau réfrigérée.

Mon appartement, mon café-du-coin, mon téléphone, ma supérette, mon bus préféré. Ma copine plus-folle-que-moi, mon amant mal aimant, mon médecin généraliste, ma pharmacie de quartier, mon éditeur.

Une vie de petits cailloux, dans la chaussure.

Une vie boiteuse.

Je suis traductrice, de l'anglais au français. Si je voyage en mots jusqu'à l'autre bout du monde, j'ai rarement quitté mon pâté de maisons. En réalité, je n'ai même jamais pris l'avion ; j'ai peur de l'avion, comme d'un grand nombre de choses (gaz, ascenseurs, commerciaux en costume, chiens, clowns, toilettes à la turque). Mes stages obligatoires, je les ai tous faits à Londres : l'invention miracle du tunnel sous la Manche a sauvé mon avenir — sans le tunnel, la manche, c'est moi qui la ferais. J'entretiens depuis deux ans une relation idiote avec un homme marié, tout en sachant très bien qu'il ne quittera pas sa femme. Pour être franche, cette relation me convient. Il y a les soirées pathétiques noyées dans le vin rouge comme dans une mer biblique, lorsqu'il m'envoie un message de dernière minute, joliment saturé d'émoticônes joyeuses, « Un problème avec les gosses, pardonne-moi *baby*, je me rattraperai »,

qui me laisse toute démunie dans mes porte-
jarretelles ; mais N* me permet de rester cette
adolescente éperdue, en larmes et s'alcoolisant
à la première occasion, figure autotutélaire à
laquelle j'ai bien du mal à renoncer. Il est l'alibi
parfait de toutes mes névroses, mon conquérant
de l'impossible, le salaud grâce auquel je main-
tiens mon célibat à un degré honnête d'intégra-
tion sociale. « Je suis tombée amoureuse », dis-je
à mes amis, trémolos dans la voix. « Que veux-tu,
je ne l'ai pas fait exprès… La vie est mal fichue. »
Il est tellement aisé de se mentir à soi-même.

De manière générale, je suis quelqu'un qui
attend. J'attends que le jour se lève, que la nuit
tombe, que la terre s'ouvre en deux. J'attends
qu'on me téléphone et quelquefois, je ne réponds
même pas. J'attends le serveur du bistrot d'à côté,
puis j'attends mon verre, puis mon second verre.
J'attends les miracles, les langues exotiques, les
licornes zébrées. Le nez levé au ciel quand la nuit
s'évapore, j'attends l'étoile filante ou une manifestation extraterrestre. Je m'attends moi-même,
régulièrement, quand ma pensée se perd et que je
me retrouve debout au milieu de la cuisine, où je
m'étais pourtant rendue pour une raison précise
mais que j'ai oubliée en passant devant la fenêtre.

Certains jours, je m'attends des heures et ne me rejoins jamais ; je me pose un lapin, traître de moi-même.

Au fond, je dois aimer l'inertie.

Inerte et routinière, je suis parfois agitée d'un léger soubresaut – rires, larmes, vagabondage mental. Une conviction par-ci, une colère par-là, histoire de faire mine d'avoir des sentiments.

Tout ce que je voulais : ne pas penser à hier.

Désormais, je suis bien obligée de me poser la question. Dans ce qui m'est arrivé hier, *quid* de l'inertie, *quid* du déni, *quid* de la naïveté ?

Et dans ce qui m'arrive aujourd'hui ?

Ce qui m'arrive aujourd'hui n'est pour l'heure qu'un message. Un message que je n'ai même pas réussi à écouter jusqu'au bout.

Je me revois, dans la Renault bleu turquoise d'Alexis, prête à en découdre avec les videurs qui risquaient d'inquiéter mon petit cul de pucelle. Je nous revois, tous et toutes, sur le parking de la Centrale, enivrement méthodique à la vodka orange, alcool et jus de fruits dans des bouteilles d'Évian, adroitement recyclées en bombes éthyliques à effet retard pour économiser le prix des consommations. Je revois passer les gothiques, les drag-queens, les trans', toute cette faune interlope éclairée par nos phares, le fleuve en contrebas dans lequel les garçons pissaient, un peu crâneurs, juchés sur le capot et hurlant à la lune. J'entends la techno industrielle qui sortait des minables enceintes de cette pauvre voiture, le son ténu mais les beats lourds, tantôt lancinants, tantôt euphorisants, chaud-froid, mon cœur qui tape trop fort au rythme de la musique, un gong, l'impression d'appartenir à l'instant — de comprendre, réellement, la notion même d'*instant*.

À quinze ans, à seize ans, on ne peut pas mourir. On pense sans arrêt à la mort, on écrit des poèmes avec du spleen dedans, on a souvent envie de se tailler les veines, suicide au bord des lèvres. Mais en vérité, on ne peut pas mourir. À quinze ans, à seize ans, on est tellement en vie que c'est le monde entier qui crève autour de soi, dans les lumières noires des pistes souterraines.

À dix-sept ans, on aimerait tuer… Même si pour cela, il est déjà trop tard.

Je suis dans le 86, mon bus préféré. C'est mon préféré parce qu'il relie Nation à Saint-Germain-des-Prés, et vice-versa. Porte à porte avec mon éditeur, ou presque. Je suis dans le 86, son numéro est rouge, il est toujours bondé, j'y fais quelquefois des crises de panique.

Je dis « mon éditeur » mais il s'agit plutôt de l'éditeur avec lequel je travaille. Je n'écris pas, moi, je me contente de transmettre l'écriture des autres. En ce moment, je traduis un premier roman britannique, acheté à prix d'or à la foire de Francfort. Je suis une femme de l'ombre, je l'ai toujours été, ma vie émaillée de signes pour que je reste ainsi – éclipsée. Le plus puissant de ces signes n'est pas étranger à ce que je veux raconter, mais je réalise qu'il est très compliqué d'écrire une histoire, même la sienne. Par où commencer ?

Le prodige britannique est, quant à lui, un as de la construction. Je me laisse porter par sa narration, j'interprète ses signes, un autre genre de signes avec lequel je suis plus à l'aise, alphabet, ponctuation, conjugaison.

Marges, et manœuvres.

Je recrée ce qui a déjà été créé, sous-fifre de Dieu.

— Lyla Manille, pour Léonie.

À l'accueil, la fille lève un œil bleu-vert tartiné de turquoise. Elle est peut-être nouvelle, ou remplace Mélina pour une raison quelconque. Cela fait longtemps que je ne suis pas venue. En tout cas, la fille ne me connaît pas et me considère d'un air circonspect.

— Vous êtes attendue ?

Je hoche la tête. J'ai chaud, je ne me sens pas très bien, me demande s'ils ont un problème avec les radiateurs. Je suis sur le point de poser la question mais la fille décroche le téléphone après avoir fait éclater la bulle de son chewing-gum.

— Léonie ? Pardon de vous déranger, j'ai une Lyla pour vous… Han, han… OK d'acc'.

La fille raccroche, me regarde. Elle semble incroyablement jeune, le visage poupin, une sphère, et la peau d'un rosé flamboyant, comme fabriquée par ordinateur.

— Montez.

— Merci, mademoiselle.

Elle hausse un sourcil parfaitement épilé puis retourne à ses mystérieuses occupations de jeune fille à paupière bleue, cachée derrière les contreforts du bureau.

Je monte.

J'aime ces escaliers étroits, un peu claustrophobiques, qui sentent la poussière et le papier bible. J'aime savoir que de grands écrivains ont gravi ces marches-là, que mes pas laissent eux aussi une trace, que j'imprime le bois à ma modeste manière. J'aime le labyrinthe vertical de cette maison qui, telle la relique d'un monde ancien, habite encore le cœur de Saint-Germain-des-Prés. Cette pensée est idiote, les plus grands livres du vingt et unième siècle se négocieront sans doute par e-mail et dans des tours de verre aux portes de Paris – open space, RER et cantines en plastique. Mais quitte à briser la routine, autant que le décor évoque un roman de Miller plutôt qu'une multinationale. En chemin et au fil des étages, on me dit bonjour, je hoche la tête, certains me font coucou et je rends le coucou. Je suis toujours surprise d'être si bien accueillie.

— Lyla chérie ! Entre, entre donc !

Comme chaque fois, l'apparition de Léonie me renvoie à moi-même. Elle porte une sublime robe noire hyper-structurée twistée aux poignets de fourrure vert pomme, desquels ses petites mains gracieuses semblent jaillir tels des animaux de cirque. Je porte un jean brut pour ne pas dire brutal, un pull-over sans forme. Les talons que j'ai enfilés pour l'occasion me brûlent déjà les pieds, le rimmel me démange – c'est un nouveau produit, je dois être allergique. À côté de mon éditrice, je ne suis pas une femme : je suis un petit garçon. Elle désigne d'un geste ample le fauteuil face à elle.

— Assieds-toi. Je suis si contente de te voir ! Tu veux un café ?

Je m'assieds et acquiesce. Elle décroche son téléphone, « Chou, tu nous ferais deux cafés, pour Lyla et moi ? Bien serrés. » Elle raccroche, puis plante son regard dans le mien. C'est sombre, opaque, avec un centre lumineux. Son regard, c'est l'infini spatial tel que je l'imagine, matière, antimatière, trou noir. J'aime beaucoup Léonie mais, disons, elle m'intimide un peu. Je baisse les yeux, réflexe, me focalise sur le poil brillant et vert des poignets de sa robe, en me demandant quel animal sur Terre possède pareille couleur.

— Comme convenu, lui dis-je, je t'apporte les cent premières pages. Il y a mes notes à la main.

Je sors la pochette de mon sac. Elle est trop grande, se coince dans l'ouverture. Je finis par l'extraire et la pose sur son bureau. Léonie la contemple un instant, en équilibre précaire sur une pile de manuscrits et de bouquins, puis me fixe de nouveau. Son regard possède l'intensité d'un appareil médical, dans lequel la tumeur maligne serait l'erreur de syntaxe.

— Et toi, Lyla ? *Toi*, comment vas-tu ?

Je hausse les épaules.

Je ne sais pas parler de moi, je ne veux pas parler de moi, j'esquive – avec elle, comme avec tous les autres.

— Bien, merci. Je suis très contente de travailler sur ce roman. C'est un texte formidable.

Sa joue toujours bronzée se plisse d'un rictus en coin, à la fois tendre et désolé, *Petite, je sais bien que ce texte est formidable... N'as-tu rien de plus à dire ?*

Non, rien. Je vis par procuration, j'écris par procuration.

Sur ce, « Chou », le nouveau stagiaire, fait son apparition un plateau à la main. Il ressemble à tous les stagiaires du monde, jean droit, pull bleu marine sur chemise à carreaux, baskets en cuir, lunettes rondes. Il pose comme il le peut les cafés sur le bureau et, dans un sourire poli, repasse la porte dans l'autre sens. Quand j'étais stagiaire, j'étais habillée exactement comme lui. Depuis, j'ai découvert les lentilles de contact et les boots à talons. Tandis que Léonie feuillette mes pages de traduction, je bois mon café à petites gorgées.

— Je vais regarder ça de plus près. En ce moment, je crois que tu es vraiment la seule à tenir les délais !

Je termine ma tasse et quitte son bureau, avec le sentiment du travail bien fait et la douce amertume de n'être qu'un fantôme. Arrivée tout en bas, je dis au revoir à la fille aux paupières bleues, mais je ne crois pas qu'elle m'ait entendue. Dehors, des Japonaises colorées se prennent en photo, sous les lumières clinquantes qui habillent la rue de Seine pour la nouvelle année.

Je revois la Renault d'Alexis, laquée comme les paupières de la jeune fille de l'accueil. Je revois les reflets du fleuve, mon visage parfait dans le rétroviseur – *avant que*. Je pense au métallisé de l'enfance, aux espoirs, aux illusions, et à tout ce que je ne suis pas devenue.

Août 1998

Il était une forêt.

Une forêt des Landes, vaste, plane et odorante.
Un chemin sablonneux par ici, une route gou-
dronnée par là.

Au loin, si près, l'océan.

Lyla pédalait au milieu des pins. Elle portait
un short en denim trop court, un débardeur
dont le lin brique s'assortissait à ses épaules nues
mangées par le soleil, des espadrilles rayées usées
jusqu'à la corde. Ses cheveux blonds troublaient
de temps à autre sa vision, malmenés par un vent
chaud et chargé de sel ; un vent, si tant est qu'un
phénomène météorologique puisse l'être, parfaitement érotique.

Lyla pédalait au milieu des pins, chemin vers l'horizon. Il lui semblait que le monde pédalait à son rythme, que le monde était brut, sauvage, soudain libre comme elle. Elle avait le sentiment que son cœur battant contenait l'univers, que l'univers s'accordait à ses désirs à elle, il y avait à la fois symbiose et fusion, cela tenait du miracle comme certaines œuvres d'art – lorsqu'on crée à l'aveuglette, poussé par l'instinct ou quelque chose de plus grand, et qu'à la fin, sans que l'on comprenne pourquoi, encore moins comment, le résultat est *parfait*.

Mais le bonheur n'étant pas une science exacte, Lyla dérailla quelques mètres plus loin. Une racine trop haute, un mauvais coup de pédale, la chute. Rien de grave, du sable dans les cheveux, une entaille à la cheville, une douleur à la hanche qui, bientôt, deviendrait bleue, pareille à l'océan. Une blessure poétique dans un monde poétique. Lyla avait seize ans. À seize ans, à peu près tout est poétique ; poésie noire parfois, mais poésie tout de même. À seize ans, la vie n'est qu'un immense paysage.

Un peu sonnée, elle se releva, s'épousseta, tenta de remettre la chaîne en place mais, vraisemblablement, celle-ci était cassée. Elle s'échina un bon quart d'heure, assommée de soleil, avant de comprendre que c'était peine perdue. Elle soupira, puis regarda autour d'elle.

Si ses souvenirs étaient bons, il y avait vers la droite un chemin côtier où elle trouverait un food-truck, une cabine peut-être, ou quelqu'un d'assez moderne pour lui prêter un téléphone portable. Si elle partait à gauche, il y aurait la route, mais elle avait du mal à apprécier la distance qu'il lui faudrait parcourir. En direction de la côte, le relief était accidenté : elle ne pourrait jamais tirer le vélo, elle devrait l'abandonner. Si elle rejoignait la route, elle aurait de bonnes chances de trouver un véhicule – un van plein de surfeurs, qui les ramènerait, elle et sa bicyclette, tranquillement au village.

Tandis qu'elle se frottait la hanche du plat de la main, Lyla tergiversait avec elle-même, pesait le pour et le contre.

Le sentier ou la route ?

La départementale était sans doute trop loin… Et puis, elle n'avait pas le droit de faire du stop. D'un autre côté, elle hésitait à laisser le vélo en plan au milieu des bois. Et si on le lui volait ? Le loueur encaisserait la caution, ça ferait toute une histoire. Elle ne voulait pas d'histoire. Elle redressa la bicyclette, décidée pour la route, décidée pour le stop. Désobéir à Elaine la faisait frissonner, un étrange frisson à double visage – pile terreur, face vengeance.

Elle poussait le vélo, capricieux et lourd comme un cheval malade, suant sous les rayons que la forêt ne filtrait plus. Après moins d'un kilomètre, elle était à deux doigts de la syncope. Elle dut s'arrêter, saisie de vertige, et s'asseoir par terre.

Prends un chapeau, Lyla, fait une chaleur de bête.

Maman était terrifiée par le soleil. Non qu'elle s'inquiétât pour Lyla, pas vraiment – c'était une crainte par procuration. Elaine avait, à plus de quarante ans, cette peau laiteuse, somptueuse, à peine ridée, cette peau comme un bain de mer, les veines légèrement apparentes sous la surface tendre, un calligramme obscur en caractères bleutés.

Elaine lui avait raconté avoir, dans sa jeunesse, rédigé ses premiers textes sur une machine à écrire. D'ailleurs, cette machine, une vieille Remington cabossée, était toujours bien rangée au fond d'une armoire et Lyla soupçonnait sa mère de l'utiliser encore, de temps à autre et en secret. Pour quel usage ? Des lettres d'amour ? Elle ne pouvait croire qu'Elaine n'eût pas d'amant. Pas avec l'être inodore et sans saveur qu'était son père. Ce père merveilleux – mais pour une femme de sa trempe, inodore et sans saveur. Pas avec la grâce qui irradiait d'elle. Le pouvoir, la notoriété. Le sex-appeal, un peu fané, certes, mais tout de même. Ou peut-être : *justement*.

Assise dans la poussière, étourdie de chaleur et sans comprendre pourquoi, Lyla ne pouvait éloigner ses pensées de cette Remington, des touches mécaniques aux lettres presque effacées. Elle savait trop la manière dont, depuis toujours, ses copains – amis, petits amis – regardaient Elaine lorsqu'ils venaient à la maison, surtout la première fois. Avec le temps, elle avait appris à retarder le plus possible cette rencontre-là, comme d'autres repoussaient le premier baiser ou le premier rapport sexuel. Lyla, au contraire, accélérait toujours cet aspect des choses pour éloigner le moment de présenter sa mère, voire l'annihiler. Quitte à passer pour une fille facile – pire, une *pute*, comme les gars pouvaient le dire si aisément, sans la moindre idée de ce que le mot signifiait pour une jeune fille qui cherchait simplement à être aimée, à grandir aussi, même trop vite, mais surtout à être aimée.

Lyla avait douze ans quand elle avait fini par comprendre. Elle avait organisé une boum, un événement, cartons travaillés sur ordinateur, aidée par son père, le geek de service et juste bon à cela, puis glissés à la main dans des enveloppes brillantes comme des pochettes-surprise. Des heures devant le miroir à étudier le problème – le problème d'avoir douze ans. Lyla se voulait jolie, grande, Lyla voulait Hervé qui avait coché la case miraculeuse :

Assisterez

OUI ☑   PEUT-ÊTRE ☐   NON ☐

Hervé était petit, frêle comme une brindille. Il portait toujours des jeans trop larges et des chemises rayées bleu et blanc, qui lui donnaient des allures de navigateur. Du moins était-ce ainsi que Lyla l'envisageait. Hervé parlait peu, souriait peu. Il avait sans discontinuer d'imposants cernes bruns qui lui mangeaient les joues, comme si ses cils immenses faisaient de l'ombre à son propre visage. Hervé était merveilleux et toutes les filles l'aimaient. Mais aucune ne l'aimait aussi fort que la Lyla de douze ans.

Elle s'était changée huit fois, avait finalement opté pour une robe en crêpe rouge imprimée de voiliers. Ballerines bleu pétrole, vernies s'il vous

plaît. Ses tétons pointaient sous l'étoffe synthétique – commençaient à pointer, à peine – et elle
arborait une tresse africaine réalisée par une jeune
voisine, adolescente grincheuse en CAP coiffure.

« T'es mignonne. Tu vas le faire tomber, ton
navigateur », avait déclaré Julie, tout en tritu-
rant l'énorme comédon qu'elle portait entre
les yeux tel le tilak d'une femme hindoue. Lyla
avait détourné le regard avant que le pus ne gicle
contre la glace – ce n'était pas tout à fait la première fois qu'elle assistait au spectacle.

Elle était prête. Le salon était prêt. Et maman,
dans une robe écarlate. *Sale copieuse.* Ce n'était
même pas une robe de cocktail, rien qu'une petite
robe d'été en coton lâche, un chiffon acheté au
marché de la Croix-Rousse le week-end précé-
dent. Mais c'était suffisant pour la ridiculiser,
mère et fille assorties, analogie injuste, d'autant
plus malsaine qu'Elaine avait toujours cultivé un
style invariable, austère et masculin – 501 et chemise blanche, à la Birkin, les seins en plus.

Mais voilà qu'on sonne à la porte ; trop tard
pour se changer.

Maman danse avec les enfants. Maman rit, tête
renversée, sirote à la paille une margarita dans un
verre en cristal. Même pas en cristal, sûrement

Prisunic, Ikea, la Foir'fouille ; mais Elaine sublime tout ce qu'elle touche, reine Midas de cauchemar.

Hervé, en état d'hypnose, comme tous les autres.

Ces petites phrases monstrueuses saisies en plein vol, *elle est terrible, la mère de Lyla, terrible,* improbables tumescences au fond des slips Mickey.

Maman sort son appareil photo, l'impressionnant matériel professionnel, pour immortaliser l'instant. Et tournent en vain les petits voiliers, claquent sur le parquet les babies vernies bleues, rutilances inutiles. Le monde derrière un rideau de tulle, ridé par ces larmes qui ne doivent pas couler.

Fluctuat nec mergitur.

La Lyla de seize ans crevait de soif, aurait vendu sa mère pour une bouteille d'eau ; le soleil mordait comme un chien enragé. Elle se releva et fit demi-tour vers la côte, abandonnant au sable blond cette putain de bicyclette.

Fuck, la caution.

Bientôt, elle fut de nouveau dans la forêt. Sous la canopée formée par les pins, il faisait bon. Ça sentait bon. Elle adorait cette odeur de terre et de

sève brûlée. Quand elle serait grande, elle achète-
rait une maison ici. Pas même une maison, simplement une cabane, un abri de pêcheur : la forêt
à babord, l'océan à tribord et, à l'intérieur, le
strict minimum, un grand lit moelleux jeté de lin
bleu roi et de coussins en wax, des fauteuils tissés
en plastique-scoubidou – un décor de magazine,
hippie mais sauvage.

L'espadrille lancée pas après pas entre les
arbres, l'insouciance rivée au cœur, Lyla rêvait.
Manquait l'amour, bien sûr. Toutes ces amours
sans lendemain, bouffées en ville tels des burgers,
fast food, fast love... L'air iodé donnait d'autres
envies. Envie de grandiose, d'héroïsme. De trucs
comme dans les bouquins du dix-neuvième siècle,
le romantisme, la passion, le sacrifice. Envie de
se pâmer, en somme. De brûler. De s'évanouir
d'amour.

*Prends un chapeau, Lyla, fait une chaleur de
bête.*

Intérieurement, elle ricana – elle était bien,
sans chapeau. Libre, échevelée, « écervelée ». Elle
attrapa l'élastique à son poignet, se fit un chignon
haut perché sur le crâne. Elle était aussi blonde
que sa mère était brune, aussi mate que sa mère
était pâle. Elles étaient opposées, le soleil et la
lune, sans cesse en éclipse l'une de l'autre.

Les épines craquaient sous les semelles de corde, petite musique étrange. Elle marchait enfin à l'ombre, mains dans les poches arrière du short trop court. Sous ses doigts, un billet de cinquante francs crissait, prêt à être dépensé au food-truck garé sur le vaste parking qui surplombait la dune — elle le savait, en était sûre, l'avait repéré quand ils étaient passés en voiture trois semaines auparavant, le jour de leur arrivée.

— Je ne comprends pas cette nouvelle mode, avait dit Elaine en levant les yeux au ciel. Qui a envie de bouffer des calmars sur des tables en plastique ?

Lyla avait pensé : *moi.*

Papa avait pensé : *moi.*

Et tous deux, en secret, s'étaient demandé ce qu'ils foutaient là, avec cette femme-là.

Lyla s'étonnait que son père n'eût pas déserté depuis des lustres. Il n'avait que quarante-six ans, il pouvait encore tout recommencer. Certes cocu, mais beau gosse dans son genre, le genre sérieux, et puis intelligent. Bien sûr, pour Lyla, la désertion était plus compliquée ; cette femme-là, c'était sa mère. Pourtant, elle attendait avec impatience d'avoir dix-huit ans, d'être légalement libre. Elle espérait qu'alors elle n'aurait besoin que d'une impulsion, tel le coup de feu tiré en début de sprint sur les pistes brûlantes – l'impulsion pour détaler.

Il y avait quelque chose d'inquiétant à être seule dans les bois. Avec le vélo, elle se sentait en sécurité, comme s'il faisait armure. Mais ainsi livrée entre les arbres, elle se sentait exactement comme si elle était nue. Elle se sentait seule, pour de bon, pour de vrai, pour la toute première fois.

Personne ne sait où je suis, personne ne peut me trouver. Même moi, je ne sais pas où je suis ! Je suis, littéralement, à la merci du monde.

Cette pensée avait quelque chose de vertigineux. Elle se sentait plus libre que jamais et songea à ces gens qui, un beau jour, décident de disparaître.

À Lyon, récemment, l'un de leurs voisins avait disparu. Le père de Julie, l'apprentie coiffeuse. Julie venait d'avoir vingt ans quand son paternel s'était évaporé. Il y avait eu la police, et l'épouse qui chialait sur le paillasson « Welcome » en chemise de nuit rose. C'était pathétique, romanesque à la fois, comme la scène dramatique d'un feuilleton télévisé.

Ce qu'il était devenu, personne ne le savait. Pour Lyla, il s'était tiré, point final, loin de la mégère en peignoir et de la mégère en devenir. Le père de Julie avait eu, lui, le courage que son père n'avait pas – réflexe de survie. Certes il y avait Sam, le petit frère, un gosse de douze ans plus drôle qu'un Marx Brother ; mais ces femmes-là suffisaient à éloigner n'importe qui, même un type qui aimait son fils. Plus jeune, Julie était gentille. Avec le temps, elle s'était transformée en pétasse clinquante, le genre qui rêvait d'épouser un milliardaire du CAC 40 et considérait son père comme le dernier des losers. Aucun doute : il s'était tiré, monsieur Jacquet. C'était d'ailleurs ce que Lyla avait dit à la police, quand ils étaient venus l'interroger comme le reste de l'immeuble.

— Si vous voulez mon avis, inspecteur, il s'est tiré. À sa place, moi, c'est ce que j'aurais fait.

— Tu veux dire qu'il avait des raisons ? avait demandé le flic, d'un air si suspicieux qu'il semblait inventé pour la faire rire. Des raisons de disparaître ?

— Ils se disputaient sans arrêt et, franchement, à part mon propre père, j'ai jamais vu un type aussi malheureux de vivre. Même le clochard d'en bas a l'air plus guilleret.

Au moment où elle pensait à la police, aux rapports de police, la Remington clignota plus vive au-devant de sa mémoire.

— Maman, je pourrais taper une lettre ?

— Une lettre pour qui ?

— …

— Pour qui, Lyla ?

— Pour quelqu'un.

— Quelqu'un n'est pas une personne. Quand tu voudras écrire à une personne, fais-moi signe.

Maman avait toujours ce genre de raisonnement. Maman voulait savoir mais, dès qu'elle savait, détruisait tout. « Yoga et Destruction », les sports favoris d'Elaine pour se maintenir en forme. De fait, Lyla n'avait jamais tapé sa lettre.

La lettre était pour Hervé, bien sûr. Elle avait encore en tête ce qu'elle voulait lui dire. Il s'agissait d'un poème à propos de voiliers, de tristesse vernie bleu et de rouge palpitant. Cela s'appelait « Cœur-Naufrage ». Elle aurait pu le rédiger à la main, mais ne l'avait jamais fait. Elle écrivait mal, graphie de gauchère contrariée, vulgaire et immature. L'année suivante, Hervé avait déménagé à l'autre bout de la France. Un mal pour un bien, sans doute. Les *amours enfantines*, comme disait l'autre…

Lyla plissa les yeux derrière le verre-miroir de ses Ray-Ban trop grandes – elles appartenaient à son père. Le food-truck émergeait enfin à travers

les arbres, la dune gigantesque comme une montagne blonde masquant l'océan. Elle n'était pas
encore venue sur cette partie de la côte, et le paysage était extraordinaire.

En regardant les vagues qui, tout en bas, cas-
saient sur le sable comme de la crème fouettée,
Lyla songea que, dans la vie, rien n'est jamais
plus beau que les accidents.

Je ne réponds jamais aux sollicitations de mon téléphone fixe. Personne ne me joint sur mon téléphone fixe, tout le monde a mon portable. Quand sonne mon téléphone fixe, je sais qu'il s'agit peu ou prou d'un vendeur de volets roulants, alors je laisse sonner. Je n'ai de téléphone fixe que parce qu'il était compris dans le forfait de ma box. De temps à autre, peut-être une fois par mois, je regarde pourtant si je n'ai pas de message. J'allume la télévision et, dans le menu ad hoc, je clique sur « messagerie ». Il n'y a jamais de message mais, par acquit de conscience, je vérifie tout de même.

Hier, j'ai trouvé un message. J'ai été si surprise que j'en ai sursauté. Les vendeurs de volets roulants ne laissent pas de message. Voilà exactement ce que j'ai pensé – *les vendeurs de volets roulants ne laissent pas de message.*

Un instant, je me suis dit que la femme de N* avait découvert le pot aux roses et que ma télévision contenait une volée d'insultes à faire pâlir un mort. Mais même la femme de N* aurait appelé sur mon portable si elle était tombée sur l'un de nos échanges, chose qui me semblait de surcroît hautement improbable : N* est trop prudent, rigoureux comme ses chemises cintrées et ses souliers à boucles.

Je me suis assise sur mon lit, accablée d'être une maîtresse. Je suis la putain de l'histoire, bien sûr. Les hommes sont des animaux, ils n'ont pas de libre arbitre. Les pauvres, ils pensent avec leurs couilles.

Bien sûr.

Je n'ai pas écouté le message, j'avais un mauvais pressentiment. J'ai laissé l'écran allumé, puis je me suis servi un verre. Pur malt, sans glace – une boisson d'homme, avec couilles. Comme pour fêter cela, mon iPhone a bipé.

N* : Tu me manques, on se voit demain ?
Nat a soirée boulot, les gosses soirée cousins.

Quand j'étais enfant, je pensais qu'à trente-trois ans je serais mariée, heureuse, que j'aurais de beaux bébés pleins de fossettes, que mon mari serait fidèle, comme tous les maris du monde, pour le meilleur et pour le pire, jusqu'à ce que la mort nous sépare. La maison, la piscine, le chien, le dressing, le break familial. Une vie de Barbie, en somme. Lorsque je sanglote sur ma jeunesse enfuie, je pense souvent à ce texte de Balzac qui m'avait tant frappée quand j'avais quatorze ans. Le roman britannique sur lequel je travaille évoque, lui aussi, les illusions perdues. Un garçon – Calvin, dit Cal – aime une fille – Molly – mais ils s'éloignent chacun à un bout du pays pour aller à la fac, lui à Exeter, elle à St Andrews, « comme Kate Middleton », s'amuse le héros. Leur cœur fait le grand écart, puis très vite tout le reste. L'amour, naturellement, s'accorde mal des distances, le leur comme celui de n'importe quel péquin.

The space between us…

Je ne sais pourquoi les Anglo-Saxons savent si bien raconter l'évidence, quand elle me reste coincée dans le plexus solaire telle une blanquette mal digérée.

J'ai vidé le Scotch sans répondre à N*.

Tout à coup, N* m'était égal.

Si notre relation me protège, me masque, m'évite de prendre le risque d'aimer réellement, je tiens pourtant à lui de diverses manières. J'ai pleuré pour lui, plusieurs fois. À une époque, j'ai même pensé qu'il plaquerait tout pour moi, qu'ensemble nous bâtirions un monde rien qu'à nous, sur les vestiges fumants de son couple disparu. Mais depuis l'origine, je ne suis amoureuse de N* que par intermittence et, au fil du temps, les phases de désamour deviennent plus longues.

J'ai à nouveau rempli le verre, à ras bord, pour finir la bouteille – sensation de culpabilité mêlée de jouissance, le mal qui fait du bien, le bien qui fait du mal, paradoxe éternel. Je ne voulais ni répondre à N* ni écouter ce message dont, instinctivement, je redoutais le contenu. Je me suis assise à mon bureau, j'ai allumé la lampe rose qui me veille toujours dans ces moments-là, et j'ai essayé de me remettre au travail.

Le passage qu'il me fallait traduire disait en substance : « S'assortir est une erreur. Au bout d'un temps de vie suffisant, tout le monde le sait : il ne faut pas chercher à s'assortir, mais à se différencier. Les couples de jumeaux, tôt ou tard, s'entredévorent. »

Je ne rencontre jamais les auteurs que je traduis et, à vrai dire, je n'en ressens pas le besoin. J'aime l'image poétique de nos ombres superposées, en léger décalage, de part et d'autre du monde. Pourtant, plus j'avance dans le texte du jeune

Britannique, plus j'aimerais le croiser, prendre un verre avec lui. Il n'y a dans ce désir aucune concupiscence : c'est un gamin de vingt-cinq ans et je ne sais même pas à quoi il ressemble. Ni son âge ni son apparence n'ont d'importance, seule compte l'intuition que nous rigolerions bien.

Devant la supérette Tesco où Calvin travaille le week-end, ils sont trois ; un homme, une femme, un enfant. C'est ainsi qu'il les identifie, au début, à la manière d'un schéma.

HOMME / FEMME / ENFANT, pictogrammes vivants sur ciel bleu intense.

Cal sait déjà qu'ils ne seront jamais ce picto-gramme-là, FAMILLE. Molly, tôt ou tard, intégrera les lignes, les codes, avec aisance. Loin de leur petite ville, Cal regarde impuissant les montagnes se dresser entre eux, pics froids et acérés, pareils à ces messages flous laissés sur répondeur, ces missives échangées comme des poignées de mains entre ennemis politiques.

Après deux mois seulement, ne restent que les glaces.

Grisée par l'alcool et inapte au travail, j'ai finalement appuyé sur le bouton « lecture » de la télécommande. Une voix, pareille à celle d'un spectre de film bon marché, est sortie du téléviseur.

« Lyla ? C'est Joris. Joris Quertier. Je ne sais pas si tu te souviens, c'est vieux, tout ça. J'ai eu du mal à retrouver ta trace, mais… »

Quelque chose s'est effondré, dans le palais en ruines qui me tient lieu de cœur.

J'ai coupé le poste d'un geste brusque, comme s'il risquait de lire la suite du message sans mon consentement.

Si je me souviens ?

Je songe « j'ai coupé » – et tout se réajuste.

Joe, les cicatrices, Bukowski, Radiohead, les bières, cette maisonnette à flanc de dune dans laquelle il n'y avait jamais personne d'autre que lui.

Joe, sa beauté, ses vingt ans, sa douleur grande comme les falaises. Son torse glabre perçant tel un lys la combinaison de latex noir, le parking vide, le van orange, le goût du sel.

La plage, la nuit, son ventre contre mon ventre.

Un bip.

N* : Baby, pourquoi tu ne réponds pas ? Tu n'es pas libre ? Please, be free ! Love U.

Il y a tant de choses que je ne sais pas traduire.

Août 1998

— Hey.

— Hey.

— Pardon de vous déranger, mais j'ai un problème de vélo. J'ai déraillé, dans la forêt…

— Pov' chou.

Dans leurs combinaisons noires et luisantes, baissées à la taille, le corps humide, saillant, obscène, ils affichaient tous trois un air goguenard. Lyla pensa à un banc de requins, n'en laissa rien paraître, bomba le torse, consciente de ses seins droits sous la toile de lin brique, des perles de sueur au creux de son décolleté, de l'odeur un peu forte, animale, qui émanait d'elle.

Inspirer, expirer.

Ce n'était que des *hommes*, bordel. Et puis ils avaient quoi, vingt ans ? Des gosses.

43

— Foutez-vous de ma gueule tant que vous voudrez, y'a pas de problème. N'empêche, si vous étiez sympas, vous viendriez m'aider à le remorquer jusqu'ici.

— Ouais, et après quoi ? lança le blond platine dans un claquement de langue.

Exceptionnellement, elle imita sa mère, s'inspira de ses manières. Assurance, condescendance. Si elle avait fumé, elle aurait allumé une clope et lui aurait soufflé la fumée au visage.

— Après, je vous paye un verre. Et vous nous raccompagnez, dit-elle en désignant du menton le van orange aux portières grandes ouvertes. Le vélo et moi, je veux dire.

Tous trois se regardèrent, beaux gosses, sûrs d'eux, insupportables.

— Elle n'a pas froid aux yeux, la petite.

— Bois une bière, OK ? Après, on discutera de ton rapatriement.

Le brun barbu se leva, tira une chaise en plastique, mima une révérence. Lyla s'assit, tout sourire. Dans ce sourire, gravé au feu : *même pas peur*.

— Alors ? demanda Blond Platine.

— Alors quoi ?

Il sembla déstabilisé par le retour de question, comme un tennisman qui ne s'attendait pas à ce que l'adversaire réplique à son *ace* impeccable. Évidemment, sa question n'était pas une question. Sa question, c'était du bruit. Du vent. Elle observa pour la première fois le troisième garçon assis à table, pieds nus sur le bitume ; celui qui n'avait rien dit, le « taiseux ».

Lyla avait toujours aimé les taiseux. Bien entendu, il y a deux sortes de taiseux : ceux qui n'ont rien à dire, et ceux qui n'en pensent pas moins. Ce taiseux-là appartenait, à coup sûr, à la seconde catégorie. Il avait de grands yeux noirs, les cheveux courts mais crépus, épais comme une moquette. Une fossette au menton. Menton carré, nez busqué. Des taches de rousseur, très brunes, comme si du café l'avait éclaboussé. Épaules larges, torse mince. Imberbe. De longues cicatrices sur les avant-bras, des scarifications, tentatives de suicide, quelque chose de dangereux. Elle sentit son cœur cogner dans sa poitrine et la peur initiale devint une autre peur, bien plus intéressante.

« Antilope. »

Ce mot s'était formé dans sa tête, elle ne pouvait plus le faire partir. Il s'était gravé à toute vitesse, tatoo instantané.

Antilope.

Barbu revint du food-truck avec une Heineken, qu'il posa délicatement devant elle.

— La miss veut un gobelet, ou le goulot suffira ?

— Nan, ça va aller.

Elle saisit la bouteille. C'était si frais qu'elle se retint de la passer sur ses épaules nues, de la faire rouler entre ses seins pour y couper le feu. Elle se contenta de boire une gorgée. Son regard se perdit à l'horizon — le turquoise légendaire et la dentelle des vagues qui s'effritait, avec une lenteur irréelle, contre la dune. Elle sentait les trois garçons la dévisager. La reluquer, en fait. Elle ne savait pas très bien si elle aimait ça, ou pas du tout. N'arrivait pas à trancher. Si elle avait été plus courageuse, plus endurante, si elle avait réussi à rejoindre la route, elle serait déjà à la maison.

Ai-je vraiment envie d'être à la maison ?

Une décharge électrique lui répondit : Taiseux, sans pudeur, venait de lui poser la main sur la cuisse.

Sans doute pas.

— Comment tu t'appelles ?

— Lyla. Avec un y.

Le plus discrètement possible, elle regarda l'heure sur la pendule ronde suspendue dans le camion. Si elle restait une seconde de plus sans personne pour la raccompagner, elle raterait le dîner. « Ce soir, nous dînons avec Morin. Ne sois pas en retard, Lyla. Je ne plaisante pas. Tu m'as bien entendue ? » S'il y avait quelque chose d'abyssal dans l'idée de *rater le dîner*, elle n'était pas certaine d'en être capable. Une partie d'elle-même voulait rentrer, d'un « vouloir » qui n'était pas du désir, mais de l'obligation. Pas vraiment de l'obligation non plus. De la peur, en fait. La peur des conséquences. Des représailles.

— Vous n'auriez pas un portable, par hasard ?

— Navré, dit Blond Platine. Pas besoin de fil à la patte.

— Pour quoi faire ? ajouta Barbu en désignant la plage. Tout le monde sait où nous trouver.

Lyla sourit. Elle n'en voulait pas pour les mêmes raisons que le blond. Taiseux avait toujours la main posée sur sa peau et cette sensation rendait le présent légèrement élastique. La main était grande, englobait sa cuisse ; les doigts l'enserraient sans en faire le tour, tout de même pas, mais ces longs doigts bronzés, il ne fallait pas qu'elle les regarde. Dès qu'elle regardait cela – cette main sur sa peau nue, ces avant-bras pleins de cicatrices, plus haut le torse glabre, éternellement humide, comme hydrofuge – elle n'était plus capable de décider quoi que ce soit.

Dans la forêt, elle avait décidé. Choisi d'abandonner le vélo, d'aller vers la côte. Elle avait exercé son *libre arbitre*, pour une fois. Mais à cette table, entre le blond, le barbu et le taiseux, elle était prise au piège. Barbu, à nouveau, se leva. Ses cuisses semblaient énormes dans la combinaison noire, deux pattes d'insecte géant.

— La même ? demanda-t-il à la cantonade.

Question rhétorique.

Blond et Taiseux acquiescèrent, le regard dans les vagues. En faisant volte-face, Barbu jeta un coup d'œil à Lyla, qui n'avait pas bronché. Elle savait ce qu'il pensait, *Je vais te saouler, Blondie, je vais te saouler à mort et te baiser tranquille.* Elle n'était pas dupe, mais elle hocha la tête :

— Après celle-ci, vous venez avec moi récupérer le vélo, et vous me ramenez ? Je vais me faire tuer, sinon.

— Mais t'as quel âge, bordel ? demanda Blond Platine, agressif tout à coup.

— Dix-huit.

— T'es majeure et vaccinée. Personne ne peut te « tuer », ma grande. C'est juste la loi. Sauf si tu mens, bien sûr.

Pour un type qui n'avait pas inventé le fil à couper le beurre, elle le trouva très perspicace. Elle avait certes menti mais, surtout, Blond ne connaissait pas la loi d'Elaine. Ne connaissait pas Elaine du tout, d'ailleurs, à l'inverse d'un certain nombre de gens.

Perturbé par l'échange, Barbu ne savait plus trop ce qu'il devait faire, rapport à la commande.

— Bon, Lyla avec un y, t'en veux une autre ou quoi ?

— J'en veux une autre.

Fuck you, Elaine.

Le parking était désert, maintenant. À la table d'à côté, un couple d'amoureux ramassait ses affaires.

Le soleil descendait rouge, de plus en plus violent, à la manière d'un accident filmé au ralenti. Le monde autour d'eux s'assombrissait, laissant entrevoir la courbure de la terre.

Lyla, cœur emballé.

Il est trop tard.

Le malaise ne dura que quelques secondes, peut-être une minute. Ça lui parut long, vraiment long, mais Taiseux soudain retira sa main. La disparition de cette main devint beaucoup plus grave que l'heure tardive, interrompit le processus, électrochoc inversé. Lyla eut l'impression que sa chaise en plastique disparaissait, s'effaçait, se fondait dans l'asphalte. Ou qu'elle-même se disloquait, le corps vaporisé, liquide dans l'atmosphère.

Inspirer, expirer.

Pour se prouver qu'elle était encore solide, elle sortit de sa poche le billet de cinquante francs et l'agita au vent, pavillon pirate frappé du visage de Saint-Exupéry : « C'est la mienne. »

Ils buvaient tellement vite !

Blond Platine se leva, lui prit le billet des mains.

— Je vais commander, poupée. Et foutre un slip. Cette putain de combi' me détruit le fondement.

Pour se calmer les nerfs, Lyla commença à poser des questions. Elle s'adressa au barbu, incapable de parler au taiseux. Si elle croisait le regard de Taiseux, sûr, elle s'évanouirait.

— Vous faites quoi, dans la vie ? Je veux dire (elle désigna l'océan), vous faites autre chose que *ça*, j'imagine ?

Barbu la fixa un instant, puis détourna la tête et éclata de rire.

— T'es vraiment qu'une petite conne de Parisienne, toi, non ?

Lyla s'enfonça dans sa chaise, croisa les jambes, contenance fabriquée. Puis refusa d'être cette fille-là, se redressa, se rengorgea.

— T'es vraiment qu'un petit connard de surfeur, toi, non ? Et pour ta gouverne, j'habite à Lyon.

Barbu mima un coup au cœur, poignard, goguenard. *Définitivement, ce mec est un sale con.* Pourtant, elle avait gagné son estime, leur estime à tous, comme ça, sur du vent – une réplique, une attitude. Elle savait d'expérience que tout se gagne ainsi, à partir de rien, en une fraction de seconde.

Que faire ? Que faisait-elle là, putain ? Pourquoi rester ? Et ce fichu vélo à l'orée de la forêt… Dérobé, déjà ? Mais la main du taiseux, tel un papillon, se reposa doucement. Sur la cuisse nue, sur la peau. De nouvelles bières cognèrent la table, pins parasols de verre moulé, perlés de glace. Blond était de retour, le cul au sec – jean baggy, t-shirt blanc, caleçon apparent, élastique versicolore, le poil lustré, le regard fier.

La jeunesse.

La jeunesse, Lyla, est un monstre. Quand on la possède, on ne sait pas en profiter, pas vraiment, on n'en a même pas conscience. Puis un jour on réalise, trop tard, beaucoup trop tard, qu'elle est partie.

Alors on rêve que ce monstre revienne, mais il ne revient jamais. Et il n'y a rien d'autre à faire que chialer, ma pauvre petite, chialer sur un monde à jamais disparu.

Les mots d'Elaine. Quand elle a trop bu, tragédienne, Sarah Bernhardt de plastoc, sous plafond haussmannien ou ciel de traîne, à foutre les Doors trop fort – *Chialer, Lyla, chialer ! Chialer, accepter... ou mourir.*

Pourquoi les Doors ? Mystère. Sans doute était-ce la musique qu'elle écoutait quand elle avait son âge, avant de devenir elle-même le monstre, à jalouser sa propre fille comme une sorcière de conte de fées.

Il y a une dizaine d'années, j'ai eu un chat.

Je supportais mal la solitude et Zoé, avec ses conseils-de-Zoé, m'avait suggéré : « Prends donc un chat ! » Pour une raison obscure, j'ai toujours eu la fâcheuse tendance d'obéir à Zoé. En bonne meilleure amie, elle avait même fait les démarches à ma place, trouvé sur Internet une portée à adopter quelque part dans l'Oise et, par un dimanche brumeux, m'avait traînée en rase campagne à bord d'un train désert.

Nous avions débarqué dans une minuscule gare dont j'ai oublié le nom, mais je me souviens qu'il y avait des graffitis partout. Certains étaient beaux, figuratifs, mettaient de la gaieté dans un lieu qui paraissait entièrement fabriqué de parpaings, où l'herbe, sous un ciel plombé, semblait des copeaux de plâtre coloriés au marqueur.

Où est né mon chat, tout n'était que désolation.

J'ai refusé de voir le signe, quand il brillait en fèces lumineuses au-dessus de mon front.

Nous avions fait du stop, même si j'étais formellement contre. Zoé, elle, n'avait jamais peur de rien – n'a jamais peur de rien, l'audace en bandoulière. Je l'ai aimée pour cette raison-là, en moins de cinq minutes dans un amphithéâtre, coup de foudre magistral lors d'un cours terrifiant sur la non-palatalisation de *n* devant yod prétonique.

Zoé, blondeur décolorée en pétard au sommet du crâne, racines noires, bouche rouge, et deux yeux vert sapin de princesse Disney, si vifs et si grands que par instants on a l'impression qu'elle en possède trois. Zoé agit sur moi comme une forme d'antidote ; juste la regarder, cela me maintient en vie. Y, Z. Je suis grise, elle est flamboyante.

Nous avions donc fait du stop. À bord d'un break hors d'âge et couleur de goudron, c'était un vieil homme avec une tronche d'acteur américain, beauté détruite. Une odeur de cadavre flottait dans l'habitacle mais Zoé rigolait, à l'aise comme en toute circonstance. Par chance, certains ne pensent pas systématiquement « tueur en série ».

La maison où est né mon chat ressemblait à celle des films d'épouvante que j'ai pour habitude de regarder le dimanche – courette brutale, tapisserie glauque, miroirs piqués. Ou bien mes souvenirs fabriquent-ils cela ? C'est possible. La mémoire trafique les images bien mieux que le cinéma.

La dame nous présenta la portée : « Prends çui que tu veux, les autres vont y passer, la gueule dans le sac, le sac dans l'eau, *pif-paf,* c'est triste mais c'est la vie, hein. » J'avais regardé les quatre boules de poil dans le carton humide, au bord des larmes. Zoé ne savait pas que la situation réveillait en moi quelque chose d'enfoui et de monstrueux – ne sait toujours pas, je n'ai rien dit, rien raconté. J'imagine qu'elle mit mon malaise sur le compte de l'émotion, la joliesse de ces innocentes créatures et le sort désastreux qui les attendait si elles ne trouvaient pas de foyer pour les accueillir. Dans le fond, elle n'avait pas tort, mais restait très en deçà de la réalité.

Je ne bougeai pas, assommée de pensées, coups de poing dans la figure. Ma Zoé se gondolait et me poussait du coude, « Vas-y, choisis, ils sont trop choux, regarde celui-là, il a l'air con, j'adore, regarde-le, ses oreilles de fou, regarde ! » ; je dus hocher la tête car la dame prit le bébé et me le fourra dans les bras. Je ne savais qu'en faire, tétanisée. Il tremblait, je tremblais, *C'est déjà quelque chose,* me dis-je, *on a peur tous les deux, tous deux inaptes au monde.*

— Je voudrais une femelle, murmurai-je, et cette voix me sembla venir du carton plutôt que de ma gorge.

J'avais entendu dire que les femelles s'adaptaient mieux aux petits espaces, qu'elles étaient plus calmes, plus dociles. Plus tendres, aussi.

— Bah, ma p'tite, t'as de la chance. C'est une femelle, ça. Tu prends ou tu prends pas ?

Dans le train du retour, le chaton miaulait à lacérer par pans la tôle du wagon. On eût dit des vagissements, des cris de nourrisson, une catastrophe vivante.

— Comment tu vas l'appeler ? me demanda Zoé, toute fière de son intervention quant à ma solitude.

— Je ne sais pas… Lolita ?

Je n'y avais pas réfléchi mais, comme toujours, je voulais la satisfaire. Je venais de terminer le roman, qui m'avait beaucoup impressionnée. Zoé, tout sourire, applaudit des deux mains :

— Trop cool. Un de ces quatre, je lui payerai des lunettes.

Quelques jours plus tard, j'emmenai le chaton chez le vétérinaire. Lolita était un mâle, fragile et non sevré. Le médecin, laconique, me dit juste « Bon courage ».

Je ne le savais pas encore, au mieux le pressentais-je : Lolita était *tout* sauf « un chat d'appartement ». Mais ce qu'il était beau ! Un fauve miniature, probable croisé Maine Coon, aux oreilles de lynx et à la queue hirsute pareille à un plumeau. Si beau qu'à ce bébé-là je passais tout, comme pour expier autre chose. Il me grimpait dessus, griffes à découvert, mon corps labouré, *crub-circles* de chair à vif. Il me mordait, me torturait, m'empêchait de dormir, puis venait ronronner et me lécher les mains. Je l'aimais, je pardonnais, perdais toute dignité. Ce chat était un bel exemple de pervers narcissique.

Trois années durant, Lolita me rendit la vie impossible, détruisant tout sur son passage, chiant dans ma baignoire, pissant dans mes chaussures et attrapant des puces Dieu sait où, puisqu'il ne quittait jamais l'enceinte de mon deux-pièces-cuisine. Trop ingérable pour le commun des mortels, personne ne voulait le garder — pas même Zoé, ce qui occasionna de mémorables disputes — et je devais l'emmener partout dans une cage en plastique, laquelle le rendait encore plus cinglé qu'il était, claustrophobe comme moi.

Je le fis castrer, en vain. Lui donnai tout l'amour du monde, en vain. Quelques torgnoles, en vain.

La quatrième année, je jetai l'éponge et confiai, non sans culpabilité, mon terrible tortionnaire à des amis d'amis qui, à la campagne, habitaient une arche de Noé. Longtemps, j'ai demandé de ses nouvelles ; puis un jour, on ne m'en a plus donné. À demi-mot, j'ai compris.

Lolita était mort : passé sous une voiture, sans doute – le chat fou d'appartement détruit par l'immensité d'une liberté nouvelle.

Si je raconte cela, c'est que depuis le message de Joris, j'ai l'impression que Lolita est revenu. Je me réveille la nuit en sursaut, persuadée de l'avoir senti me marcher sur le dos. Avant de m'endormir, il me semble quelquefois entendre son ronronnement au creux de mon oreille, petite machine vibrante. Je me redresse, allume ma lampe de chevet, le cœur battant, terrorisée. Bien sûr, Lolita n'est pas là.

Pourtant, je suis hantée par un chat-fantôme. Personne n'a besoin de me croire : c'est un fait.

On n'abandonne pas les êtres vivants sans conséquence.

Août 1998

Elle rit, ne peut plus cesser de rire.

Le joint circule, phare minuscule secoué par la tempête.

Face à Lyla, le ciel et l'océan forment un grand trou noir. Les garçons à leur tour s'esclaffent, s'embrasent de rire, explosent. Pour rien, juste comme ça.

Blond s'est changé, Taiseux s'est changé, Barbu abdique.

— J'en peux plus, les mecs.

Il se lève, retire sa combinaison avant même de quitter l'espace du food-truck, se prend les pieds dans le latex, tombe, peste, et son cul blanc brille sous la lune. « La lune sous la lune », pense Lyla sans le dire, mais elle rit de plus belle – complètement défoncée. Ils rient aussi, les autres, et c'est merveilleux de rire ainsi ensemble, pour des bêtises, pour le fessier d'un gosse sur un parking désert.

Elle a oublié qui elle était, oublié le vélo, oublié la maison, maman connasse, papa cocu, le dîner avec Morin – et ce Morin, qui est-ce, d'abord ? Elle n'en a jamais entendu parler. Dans un angle mort, elle sent le gérant du food-truck gesticuler pour signaler que l'heure de la fermeture approche, réalise du même coup qu'ils sont désormais seuls.

— Bon, Lyla, articule Blond, la voix pâteuse. T'es mignonne, mais on va bouger, là. Tu viens ?

Elle continue de glousser sans avoir entendu la question. Pour la calmer, Blond pose une main sur son bras, mais c'est très différent de la main du tai-seux sur sa cuisse. Elle a un mouvement de recul, reprend ses esprits.

— Quelle heure est-il ?

Taiseux offre son poignet, orné d'une Swatch waterproof brillante comme un rasoir. 23 h 06.

De toute façon, Lyla est morte. Elaine va la tuer.

— Si vous venez chercher mon vélo, je vous suis. Ce n'est pas loin, je vous promets. Vous venez chercher mon vélo, et je vous suis. *Please ?*

Ils se regardent. Ça les gonfle, bien sûr. Ils sont bourrés – marcher dans la forêt, là, maintenant ? Sérieux ?

Blond se passe la main dans les cheveux, d'un geste énervé mais étudié tout de même :

— J'ai besoin d'une pizza, meuf. Je veux dire, j'ai vraiment besoin d'une pizza. C'est un besoin genre… *physiologique.* Tu piges ?

Taiseux repousse sa chaise :

— J'y vais, dit-il en se levant. Reprenez une bière, c'est ma tournée. Je vais chercher son putain de vélo, et on se tire d'ici.

Taiseux lui tend la main.

— T'as intérêt à savoir où on va, gamine.

Lyla se lève à son tour, serre fort la main tendue. Elle pourrait le gifler pour le mot « gamine » mais, reconnaissante, ne dit rien. Blond et Barbu font la gueule, délibèrent en silence. Taiseux leur lance un billet de vingt, banane aux singes, ils sourient de nouveau comme si cette énième bière allait sauver le monde. Barbu, tout de même, se sent obligé de les mettre en garde :

— Dépêchez-vous. Sinon je te jure, Joe : on se tire sans toi.

« Joe », indifférent, entraîne Lyla dans la forêt.

— C'est pour quoi, « Joe » ? Tes parents ne t'ont pas appelé Joe en vrai, si ?

— Je t'en pose, des questions ?

61

— T'es dégueulasse. J'ai bien répondu, moi… Lyla. Lyla, avec un y. Et toi, c'est quoi ?

Il lui tient toujours la main, continue de marcher, trop vite, la tirant derrière lui. Elle est saoule, trébuche, il fait tellement noir. Elle hésite entre rire et pleurer, son cœur est un énorme engin qui écorne sa poitrine. Elle ne veut pas se laisser bâillonner, distancer, elle trottine à ses côtés et, bravache, continue :

— Jonathan.

Silence.

— Jonas. Joachim.

— Non.

— Joeffrey.

— Putain, arrête, t'es relou.

— José. Johnny. Joseph !

— Joris. Tais-toi maintenant, tu me casses les couilles.

Lyla sourit – victoire. Comme pour la punir, il lui lâche la main. Elle est seule dans les bois avec un type qu'elle ne connait ni d'Ève ni d'Adam. Joe pourrait la torturer, la trucider, la dépecer, l'écarteler. Pire ?

Antilope.

Ils suivent la lune blanche, caillou du ciel. Elle a peur mais recommence à sourire.

Je suis parfaitement inconséquente.

Elle jouit de cette pensée, parce que cette pensée trahit Elaine.

Elaine ne s'inquiète pas pour elle, Elaine s'en fout. Mais si Lyla venait à disparaître, à être violée, tuée, dévorée cœur ouvert dans une forêt des Landes, l'affaire poserait problème. Un tel scandale, quand on est Elaine Manille, ne serait pas du tout une bonne nouvelle. Pour d'autres artistes, le scandale fait vendre. Mais pour Elaine, ce serait la fin de sa carrière. Parce que sa carrière a débuté avec la naissance de sa fille. S'est tout entière construite sur son image de mère parfaite.

Laissez-moi rire.

Elaine est née avec Lyla – avant, c'était « Hélène ». Lyla se fait parfois l'effet d'être un de ces bébés-médicaments, engendrés pour sauver un aîné atteint d'une maladie rare.

La maladie d'Elaine, c'était juste l'ennui.

Lyla, essoufflée, oblige Joe à s'arrêter.

— Regarde, le sentier... Je reconnais, on ne doit pas être loin.

Joris tire une petite lampe-torche de sa poche revolver, balaye le périmètre. Elle se demande pourquoi il ne l'a pas sortie avant, pourquoi il les a maintenus si longtemps dans le noir. La peur s'agite, légère comme une mousseline, mais la bicyclette apparaît, squelette métallique entre sable et forêt.

— T'as un bol de cocue, gamine. J'étais sûr qu'on ne le retrouverait pas.

Lyla reste en retrait dans l'ombre, tandis qu'il va relever le vélo. Il pose la lampe à ses genoux pour avoir de la lumière. En dix secondes chrono, il remet la chaîne en place, puis revient vers elle en poussant la machine, dont le phare, comme un œil clignotant, électrise la nuit noire.

— Ah, les meufs… dit-il en secouant la tête, mi-amusé mi-consterné, avec cette moue inimitable que font les garçons dans une telle situation.

Elle a soudain démesurément envie de l'embrasser.

D'un côté, le téléviseur et le message de Joris ; de l'autre, l'iPhone et le message de N*. J'avais le passé et l'avenir entre les mains mais, comme d'ordinaire, je n'avais pas le présent. J'ai attendu sur mon lit que la terre s'ouvre en deux, écartelée entre des machines. Des machines, et des hommes.

En moi, depuis l'adolescence, quelque chose ne va pas. Jamais les garçons – de douze ans, de vingt ans, de quarante ans – ne m'ont prise au sérieux. Lyla n'a jamais été *la fille à marier*. J'étais (je suis ?) plus jolie que la moyenne, plus brillante que la moyenne, plus drôle que la moyenne. J'ai toujours été populaire, je suis sortie avec des tas de garçons, je n'ai jamais eu le moindre problème pour séduire. Mais cela ne durait pas. Sauf exception, cela n'a jamais duré et lorsque c'était le cas, ils finissaient par me tromper, sans pour autant réussir à me quitter pour de bon. Tôt ou tard, j'apprenais les infidélités et je pliais bagages. Les garçons qui m'avaient trompée ne voulaient pas me laisser partir, mais ne voulaient pas non plus s'engager sérieusement. Une fois ou deux, ce fut l'inverse. Quoi qu'il en soit, j'ai désormais quatre ex-fiancés et quatre meilleurs amis. Bien sûr, ce sont les mêmes. Ils ont tous fait leur vie, sont mariés, pères de famille, heureux pour la plupart. J'ai même souvent été responsable du succès de leurs entreprises conjugales, à consoler des épouses, taire des trahisons, servir de thérapeute, de sexologue, de *go-between*.

Je réalise aujourd'hui que j'ai quitté des gens qui m'aimaient trop pour des gens qui ne m'aimaient pas assez, sans jamais rencontrer celui qui m'aimerait *comme il faut*. Sans doute est-ce ma faute, mais je ne sais pas pourquoi.

Je suis une amie, une maîtresse, un faire-valoir, une infirmière. Et personne, jamais, ne s'occupe de moi.

En pensant à Joris, j'ai par ricochet pensé à Elaine ; voilà près de quinze ans que je ne l'ai pas vue. Elle ne me manque pas. L'idée d'une mère me manque, mais pas la mienne.

Je sais qu'Elaine est vivante et qu'elle travaille toujours, même si les cercles concernés parlent beaucoup moins d'elle. En juin dernier, la galerie du Jeu de Paume lui a consacré une rétrospective. À bien y réfléchir, le terme « rétrospective » avait dû la blesser. C'est un mot de retraitée, de presque morte. Un mot qui signifie : « Le meilleur est derrière toi. »

J'avais décidé de ne pas y aller, j'y suis allée tout de même. Je connaissais quelques clichés ; d'autres semblaient inédits, récents pour certains, dont une séric très pop sur les chambres d'adolescents. Mais il y avait surtout un portrait de moi, salle numéro 3, un immense tirage qui occupait tout un mur. Il m'a fallu un instant avant de remettre en contexte cette photographie, que je n'avais jamais vue. Il m'a fallu, pour y croire, regarder la légende : *Lyla M* – 12 août 1999*.

J'ai failli vomir.

Je ne sais par quel miracle j'ai pu rester debout, entre les murs immaculés qui fondaient sur moi, me tombaient dessus, cherchaient à m'engloutir, banquise de placoplâtre. Je suis sortie de la galerie comme d'un pays en guerre, étoiles noires plein les yeux. Dehors, je me suis assise sur un banc, les jambes blanches et le front chaud, incapable d'accepter qu'elle ait osé faire cela, utiliser cette chose-là – mon drame à la face du monde, comme une putain de fiction.

Il y a prescription, ouvrons donc les cartons !

Une fois calmée, j'ai eu envie de rire. Pourquoi étais-je surprise ? C'était tellement typique.

Sur cette image en noir et blanc, j'ai dix-sept ans. Je suis assise sur une chaise, devant une fenêtre, à gauche du cadre, décentrée. Je regarde droit vers l'objectif, même si je n'ai aucun souvenir d'avoir été photographiée. J'ai les cheveux en bataille, un semblant de frange courte, désordonnée au milieu du front. Je porte un cardigan sombre, lâche mais bien boutonné, un chemisier de couleur claire, un jean. Mes mains sont posées sur mes genoux, mal croisées l'une sur l'autre ; on dirait des mains de vieille dame. Dans cette position, mes bras font un berceau, comme prêts à recevoir une offrande. Les carreaux de la fenêtre sont intensément blancs, sans doute en raison du soleil qui passe à travers, en contrejour. Les larges montants créent un *split-screen* naturel et, à droite de l'image, quelqu'un s'éloigne dans la pénombre, même si l'on dirait davantage quelque chose ; un quidam sans tête – une blouse avec des mains.

La composition de ce cliché est extraordinaire.

Il y a tout. La solitude, la détresse, le secret, le déni, la honte.

Sur ce cliché, il y a tout sauf moi.

Allongée sur mon lit, j'ai fermé les yeux, une main dans le passé, une main dans le futur. Des deux bras, j'ai embrassé le vide, vaine chorégraphie, puis j'ai répondu à N* pour me débarrasser.

Je suis un peu malade. On se parle demain ?

En envoyant le message, pour la première fois peut-être, je me suis rendu compte à quel point cette relation était absurde.

Cette relation était exactement comme la photo de ma mère.

Dans cette relation, il y avait tout sauf moi.

J'ai rallumé le téléviseur, en répétant cette maxime que ma psychanalyste avait pour mantra, *la peur n'évite pas le danger*. J'ai toujours trouvé cette phrase consternante. Le conseil peut sembler avisé, mais envisage la peur comme un sentiment rationnel, contrôlable, intellectualisable. La peur est l'exact inverse de la raison – ma peur, en tout cas. Plus je réfléchis, plus j'ai peur. Plus je prends conscience que ma peur est illogique, inutile, ridicule, plus j'ai peur. Et de fil en aiguille, j'ai tellement peur d'avoir peur que le pire des dangers, c'est moi-même.

Je n'ai jamais vraiment réussi à expliquer ce paradoxe à ma psychanalyste. En réalité, je n'arrivais pas à parler à ma psychanalyste. Alors un beau jour j'ai cessé de la voir, pour continuer tranquillement à avoir peur de tout.

« Lyla ? C'est Joris. Joris Quertier. Je ne sais pas si tu te souviens, c'est vieux, tout ça. J'ai eu du mal à retrouver ta trace, mais j'aimerais te parler. Comment t'expliquer… Mon père est mort, il y a quelques semaines. Je suis retourné là-bas, tu sais, pour vider la maison… Dans un vieux tas de papiers, j'ai trouvé ta lettre. Je te jure, Lyla, que je ne l'ai jamais lue. Jamais. S'il te plaît, appelle-moi. Je vis à Paris, moi aussi. Appelle-moi. »

« *Je ne l'ai jamais lue.* »

Je sais que c'est un mensonge. Alors, pourquoi ? Pourquoi réveiller ce monstre que j'ai mis tant d'années à endormir ?

Quelque chose d'indicible grouille dans la pièce, pulse et se répand.

Mon ventre est vide comme la bouche d'un mort et maintenant, j'ai envie de m'arracher la peau.

Joris

À l'approche de la quarantaine, on commence tous à se poser cette question : « Ai-je réussi ma vie ? » Les optimistes : « Vais-je réussir ma vie ? » Les pessimistes : « Où ai-je donc tant merdé ? »

Autant le dire tout de suite, je fais partie des pessimistes. À chaque bifurcation, ou presque, j'ai choisi la mauvaise route. Même naître, je ne l'ai pas fait comme il fallait. Au commencement de l'âge adulte, j'étais pourtant pareil à n'importe qui, je voulais la même chose que n'importe qui. Je n'ai jamais été révolutionnaire, n'ai jamais eu pour ambition de changer le monde. Je ne me suis jamais engagé en rien, je n'ai jamais fait de manifestation, j'ai peur de la foule et de la police. Je suis trop égoïste, trop hédoniste, trop con. J'étais heureux d'avoir enfin échappé à mon père, je voulais que le monde soit gentil avec moi et, pour une fois, me foute la paix. Ma seule utilité est de soulager les gens en massant leurs lombaires ou leur canal carpien dans un cabinet surchauffé. J'observe l'écroulement programmé de notre univers et je ne moufte pas. Parce que je ne sais pas comment m'y prendre. Je manque de confiance en moi, d'accord. Je manque aussi de couilles. Ça me rappelle une phrase de Bukowski... Je crois que c'est dans *Hollywood*.

Oui, c'est ça, *Hollywood*, à la page 101 de l'édition des Cahiers Rouges : « *Dans une société capitaliste, les vaincus bossent pour les vainqueurs et il faut donc qu'il y ait plus de vaincus que de vainqueurs. Qu'est-ce que j'en pensais ? Je savais que la politique ne parviendrait jamais à résoudre le problème et qu'il ne restait pas assez de temps pour forcer la chance.* »

Je suis un brave petit chien, vaincu consentant. Mais je soulage les gens et, les jours d'optimisme, je me dis que c'est mieux que rien. Avec mon enfance, après tout, je pourrais être gangster. Ou pilier de bar. Ou mort.

J'observe Camille, assoupie dans le canapé. Son visage a l'air d'une plage, ses cheveux d'un blond translucide balayés par un vent que je suis seul à

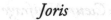

voir. Là-bas, dans une chambre pleine d'amanites lumineuses, d'ours polaires et d'oiseaux blancs, il y a Violette, mon bébé, ma fille.

Je pense à cette foutue lettre, bien sûr. Je ne peux pas me la sortir de la tête.

Je regarde Camille dormir, j'imagine Violette dormant, je me demande si Lyla dort. Si cet autre enfant existe, quelque part, peut-être déjà plus adulte que moi. Je n'y crois pas vraiment, mais le doute me taraude.

Camille est la seule route valable, et cette bifurcation fut une sorte de miracle. J'ai abîmé cette route, je l'ai quittée parfois, je l'ai salie. Camille ne sait pas les bosses, les creux, les déviations. Camille croit en moi, envers et contre tout. Je pense à mon père en qui je n'ai jamais cru, et réciproquement. Mon père, ses bouteilles, ses blessures, son rocking-chair, son océan, sa pêche, son rafiot, comme une caricature. Ses veines enflées, ma terreur. Mes veines ouvertes, sa terreur. Je pense à ma haine-père qui rejoignait, à l'époque, Lyla et sa haine-mère. Je ne crois pas aux attirances de hasard ; mais comment, de ces haines jumelles, une chose d'amour aurait-elle pu naître ? J'imagine qu'elle l'a fait passer, le bébé. Je suppose.

Camille se tourne, se retourne, s'étire, je m'enfonce dans le fauteuil. Je sais qu'elle va ouvrir les yeux et me demander ce que je fais là. Il était prévu que je ne rentre que demain.

— Hello.

— Hello, murmuré-je.

— Tu es rentré ?

Je souris, évidence. Elle se redresse et, par coquetterie, glisse la main dans ses cheveux pour se recoiffer. Ma femme est ravissante, mais ne le sait pas. Une chance pour moi.

— Comment ça s'est passé ?

Je hausse les épaules.

— Comme prévu.

Paume ouverte, doigts écartés, elle se frotte le front. Ses longues phalanges s'enfoncent dans sa chevelure, son regard gris tonnerre se mélange au mien.

— Et la maison ?

— Je vais la vendre.

— Tu es sûr ?

Je hoche la tête. J'étais déjà sûr avant de partir ; j'en suis désormais convaincu. Camille se lève, légère dans sa robe blanche, une robe printanière, anachronique en plein janvier. J'espérais qu'elle viendrait m'embrasser, mais non ; elle préfère étancher sa soif. Elle saisit un verre et s'approche de l'évier.

— Ta fille aurait peut-être aimé une maison à la mer...

— On en achètera une autre. Une toute vierge, sans cadavre.

D'un coup d'œil rapide, elle avise ma bière, ferme le robinet, avale son verre d'eau et s'installe sur mes genoux.

— Mon orphelin, murmure-t-elle, sa joue contre mon torse.

Elle est toute chaude, et rose, et minuscule, comme sa fille. J'ai envie de lui dire que j'ai été orphelin avant même de naître mais, scientifiquement, ce n'est pas très crédible. Et puis, je ne suis pas certain qu'elle soit capable de comprendre. Chez ma femme, ils sont vingt-cinq, je n'arrive même pas à savoir qui est qui. À chaque fête de famille, je confonds les frères, les demi-frères, les beaux-frères. Ils portent tous des prénoms interchangeables, Christophe, Vincent, Nico, Marc, ont tous plus ou moins la même tête, stature moyenne, barbe de trois jours, pull-over Gap. Gentils chiens, eux aussi.

— Camille...

— Oui ?

— Je t'aime.

Elle sourit.

— Je préfère ça.

Son menton se cale au creux de mon épaule et ses doigts, machinalement, viennent caresser les cicatrices qui chiffonnent mes bras.

Lyla avait eu ce geste, elle aussi ; à l'époque, il était tragique. Les cicatrices étaient récentes, mes veines avaient repeint le carrelage de la douche à peine trois ans plus tôt. J'avais le cœur tranché et je crois que Lyla m'avait aimé à cause de ça, au moins en partie. J'étais fracassé, je lui faisais peur. Elle était fissurée, elle voulait avoir peur. Nous étions deux paumés en puissance, deux enfants uniques aux parents défaillants.

J'ai baisé beaucoup de filles, avant de rencontrer Camille. J'ai oublié le nom de la plupart d'entre elles, leur visage même, la forme de leurs lèvres, de leur cul. J'ai oublié parfois jusqu'à leur existence. Mais je n'ai jamais oublié Lyla. Je n'ai pas oublié sa mère non plus, cette catin magnifique pour un gosse de vingt ans, créature de fantasme armée entre les seins d'un objectif phallique qu'elle pointait sur vous sans la moindre retenue, mais avec assez d'élégance pour pénétrer le champ du rêve. J'ai rêvé de la mère de Lyla bien longtemps après ma brève aventure avec sa fille ; des rêves à changer les draps. C'était pourtant une garce, il suffisait de la voir pour s'en rendre compte. Le venin faisait partie de son charme, sans doute était-ce même l'essence de son charme. En réaction, Lyla avait cette rage-là. Si elle avait un corps renversant, elle n'était pas belle ; pas comme Elaine. Mais elle dégageait quelque chose d'hypnotique. Avec le recul, c'était un peu comme une défense immunitaire. Une aura lumineuse se matérialisait autour d'elle, pleine de couleurs vibrantes. Autour de Lyla, on avait parfois l'impression d'une aurore boréale.

Je n'ose envisager qu'elle ne rappellera jamais. Ça fait déjà trois jours, mais je ne suis pas sûr qu'elle ait eu mon message. Peut-être est-elle absente, après tout…

— À quoi tu penses ?

Je caressais les cheveux de Camille, mais sa question enraye mon mouvement. Je me sens misérable, comme si elle m'avait surpris en flagrant délit d'adultère.

— À rien.

— Tu mens.

Ma femme me connaît. C'est un peu le problème, quand on a une femme.

— Je pense à mon adolescence. À mon père.

— Et ?

79

— Je n'aurais pas dû l'abandonner. J'aurais dû l'aider. J'ai été lâche.

Camille se redresse, s'écarte, hors d'elle tout à coup.

— L'aider ? Comment, l'aider ? Il ne voulait pas d'aide. Il voulait être tout seul, et crever tout seul. Il a bien réussi. C'était lui, le lâche. À son enterrement, nous étions à peine dix… Ça signifie quoi, selon toi ?

— Peut-être.

Je dis « peut-être », pour dire quelque chose. Je regarde ma femme sans vraiment la voir : les traits de Lyla se superposent. Je cherche autour de Camille une aurore boréale, mais ma femme n'est rien d'autre qu'un orage.

— C'est horrible, dit-elle. Bien sûr, c'est horrible… mais, Joris, tu devrais être soulagé.

Elle attend quelque chose qui ne vient pas. Face à mon mutisme, elle se lève et s'éloigne vers la chambre ; dans mon dos, je la sens disparaître. En allant chercher une autre bière, je manque de glisser sur la girafe de Violette. Le plastique moulé éructe un cri d'orfraie. Sophie est fatiguée, décolorée, jaunie, elle appartenait à Camille quand elle était petite. Je pose les mains sur le plan de travail, j'ai envie de pleurer.

Joris

J'ai une vie, d'accord ; mais cette vie m'a toujours semblé hors-sol, comme un jardin artificiel. D'abord, j'ai grandi sans mère, ce qui constitue en soi une aberration. Depuis la nuit des temps, grandir sans père est une chose commune. À l'école, j'avais beaucoup de copains qui n'avaient pas de père. Les pères sont pareils aux oiseaux : ils migrent. Mais comment simplement *exister*, quand on n'a pas de mère ?

J'ai été élevé par le plus grand de tous les migrateurs.

Avec la lettre de Lyla, j'ai cependant compris qu'il y avait un autre dysfonctionnement, complémentaire, dans la continuité de mes aberrations. Depuis des années, je sentais bien que quelque chose clochait… Sans la mort de mon père, je ne saurais toujours pas de quoi il s'agissait.

Lyon,
27 mars 1999

Joris,

Je suis désolée de t'écrire.

*Je voudrais te téléphoner, mais je n'ai pas ton
numéro. J'ai cherché mais je n'ai pas trouvé, vous
devez être sur liste rouge, ton père et toi. J'aimerais
venir frapper à ta porte mais avec ma mère, le lycée
et tout, ce n'est pas si simple. En plus, tu dois être
à Bordeaux et je ne sais ni où tu habites ni où tu
étudies. En fait, je ne sais rien de toi… J'espère juste
que tu auras cette lettre quand tu rentreras.*

Hier, c'était mon anniversaire. Je viens d'avoir dix-sept ans. Oui, j'ai menti, ton pote avait raison. Ça n'avait pas d'importance… Mais maintenant, ça en a.

C'était mon anniversaire et, pour fêter ça dignement, j'ai pissé sur un morceau de plastique.

Je ne sais pas si je dois te parler « technique ». Je ne sais pas si la capote a craqué, si la passion a rendu le latex poreux, si nous n'avons pas fait comme il fallait.

Je ne sais pas non plus pourquoi je n'ai pas compris plus tôt, pourquoi j'ai mis les nausées sur le compte de la bouffe d'Elaine qui n'a jamais su cuisiner, mon absence de règles sur le stress de mon premier bac blanc. Je ne sais pas à quel point tout cela est ma faute, j'ai dans la tête un feu d'artifice en forme d'accident.

Mon cœur noir, mon sexe rouge, et les nuits blanches.

« Les femmes raffolent des imposteurs, parce qu'ils savent embellir la réalité », écrivait ton cher Buk.

Tu es un imposteur… et j'aimerais tant que tu sois capable, aujourd'hui, d'embellir ma réalité.

Joris

Je suis enceinte, au cas où je n'aie pas été claire.
Oui, bien sûr, c'est de toi. Aucun doute.
Ne me fais pas l'affront de.
Les vacances de Noël… Enfin, tu vois.

Je n'en ai encore parlé à personne. C'est trop tard pour avorter (en tout cas en France) et je ne sais pas quoi faire. J'ai envie de mourir, de tuer ce truc à l'intérieur de moi, ou les deux en même temps. D'une pierre, deux coups.
Je m'en veux de te poser cette question, mais tu as le droit de savoir, et de décider aussi. Que devons-nous faire, Joe ?
Que dois-je faire ?

Je t'en supplie, réponds-moi. Je te laisse mon adresse, mon téléphone, ma vie. Je te laisse mon avenir.
Si tu ne réponds pas, je pars à l'étranger, et je le tue.
Ne m'oblige pas à faire ça, pas sans t'en avoir parlé.

Lyla.

P.-S. Je t'aime. Enfin, je t'aimais… Même si, je le sais bien, c'est accessoire.

Je conduis peu, quasiment plus depuis que j'habite Paris. Je n'ai jamais aimé conduire, sans doute à cause de la manière dont ma mère est morte. Quand j'étais jeune, à l'inverse de tous les garçons de mon âge, je n'ai jamais rêvé de posséder une voiture, ni même un scooter. Nous avions le van orange de Matthieu, et c'était le meilleur van de l'univers. J'avais un VTT, une planche de skate, une planche de surf, je n'avais besoin de rien d'autre. De toutes les manières, je n'avais pas un rond.

Puis il y a eu cet appel, un matin de décembre. Le 10 décembre, pour être exact. C'était un jeudi, Violette était prisonnière de son parc, bavante, hurlante, comme possédée ; les dents, quoi. Au bout du fil, la voix était féminine, fragile et nerveuse. Je ne l'ai pas reconnue.

— Il faudrait venir, a-t-elle dit de but en blanc, sans même se présenter. Il n'y a pas de bonne manière d'annoncer ce genre de chose, alors je vais faire simple. Voilà, Joris : cette nuit, votre père est mort. Jean-François est mort.

Sur ces mots, la voix s'est brisée. J'ai alors compris qu'il s'agissait de Michèle Lavoley, la plus proche voisine, la seule à s'encombrer l'esprit avec le bien-être de mon père. Elle passait parfois lui faire un peu de ménage, lui porter un plat, une tarte, que sais-je. Restée vieille fille, j'ai toujours pensé qu'elle était amoureuse de lui, nostalgique d'un temps où, dans le coin, il faisait encore figure de caïd : Jeff Quertier, sa moto, son blouson de cuir, ses t-shirts blancs aux manches retroussées, ses biceps calibrés de travailleur d'usine. L'entreprise qui l'employait (jusqu'à ce qu'il s'y blesse et que l'enfer commence) fabriquait du papier, principalement destiné à l'édition. Par une belle ironie, mon père n'a jamais rien lu d'autre que *Le Pêcheur de France*.

— Comment ? ai-je fini par demander, d'un ton sans doute trop lisse.

Il m'a semblé entendre Michèle Lavoley hausser les épaules à l'autre bout du pays.

— Infarctus. On pouvait s'y attendre… À tout juste soixante ans, si c'est pas malheureux.

J'aurais aimé, je crois, une mort spectaculaire. Un meurtre, un naufrage, une noyade par grand vent, une attaque de Kraken, bref, une fin atypique pour redorer le blason de cet homme qui m'avait engendré sans jamais m'accueillir ; mais comme l'avait dit Michèle, il n'y avait aucune surprise dans cette disparition. Triste d'être ainsi déçu jusqu'au bout, j'ai remercié la messagère, lui promettant d'arriver aussi vite que possible.

— Le temps de prendre mes dispositions. J'ai un bébé, vous savez…

— Je sais, oui.

Sur cette minuscule phrase, sèche comme un reproche, elle a raccroché.

Mon père, je le voyais une fois l'an, pour Noël. Et une fois l'an, c'était l'épreuve. Cette année, il n'y aurait pas d'épreuve. Ou bien d'une autre sorte.

Je ne sais pas avec certitude s'il a été un mauvais homme, ou juste un mauvais père. Il m'a sauvé du pire, mais le pire n'aurait sans doute pas existé s'il avait été quelqu'un d'autre. Je crois que mes bras gardent les stigmates du mauvais homme plus que du mauvais père ; et, par une étrange pirouette mentale, je suis soulagé que Violette soit une fille.

Papa est mort.

La phrase semblait droit sortie d'un roman, d'un film, d'une rêverie bizarre. S'il n'y avait rien de surprenant dans cette nouvelle, je ne parvenais pas à en appréhender la réalité.

J'ai reposé le combiné. Mes joues se sont gonflées en un soupir de cartoon, authentique néanmoins face à la caravane d'emmerdes qui m'attendait. Camille était partie très tôt au bureau à cause d'un petit-déjeuner d'affaires. Elle travaille au marketing chez France Télévisions et, dans cette boîte de verre, ils adorent les petits-déjeuners d'affaires. J'étais seul avec ma fille, nargué par cet énorme sapin qui, à neuf heures du matin, clignotait comme un homme saoul.

En arrivant à la crèche, j'ai eu envie d'annoncer à la puéricultrice : « Mon père est mort. » Elle m'aurait serré dans ses bras, avec toute sa bienveillance de puéricultrice, sa pédagogie ouatée et son efficace poitrine tendue de coton beige. Mais je n'ai rien dit et j'ai abandonné Violette à la guerre des gangs qui, comme tous les jours, sévissait dans l'établissement. À cet âge-là, les gosses sont de vrais hooligans.

Tandis que je rejoignais le cabinet dans le froid métallique de la mi-décembre, l'idée chaotique poursuivait son chemin.

Papa est mort.

Joris

Mon père, ce presque clochard, habitait une maison qui devait valoir, en raison de son emplacement, plusieurs centaines de milliers d'euros. Mon père, sa crasse, son abandon. Mon père, ses médocs, ses hantises, ses coups de sang. Mon père et sa main leste, sa jambe flasque, son verbe haut, son désespoir, ce foutu désespoir qu'il faisait payer aux autres, à commencer par moi. Je suppose que je suis kinésithérapeute à cause du désespoir de mon père, de cette fracture multiple qui lui a pris jusqu'à son âme et que rien, si ce n'est la bouteille, n'a jamais pu soulager.

Au début de notre relation, Camille m'avait demandé par quel miracle j'étais si « normal », ayant été élevé comme une herbe sauvage battue par les vents. Je ne suis pas normal, je fais seulement semblant. Semblant pour elle, puisqu'elle est mon virage, ma balise, ma sortie d'autoroute. Pour autant, et plus encore depuis la naissance de ma fille, je crains que l'ombre revienne me chercher. Je lutte nuit et jour contre les ténèbres, gesticulant, triste sire armé de pacotille, le sabre en sucre glace brisé au moindre choc. Quand je pense au martinet dont se servait mon père, j'imagine toujours un manège forain, comme à l'époque. Il levait le bras et les lanières de cuir devenaient faisceaux, diodes multicolores, arc-en-ciel magique, des milliers de lueurs à l'intérieur du corps, dans ces nuits de carbone que je ne comprenais pas. Mon fondement souffrait, mais au bout d'un moment je mutais chevalier, mi-Jedi mi-luciole, et je ne sentais plus rien. Et puis Jeff tremblait, et demandait pardon.

« Ta mère, Joe… Ta mère me manque tellement… »

Ma mère avait bon dos. J'en voulais à ma mère, alors même que je ne savais rien d'elle ; je lui en voulais d'être morte. C'était pratique, d'être morte ! Elle m'avait craché au monde puis laissé là tout seul, avec ce pauvre type qui n'avait rien d'un père. Elle n'aurait pas pu faire un peu plus attention ? Elle n'aurait pas pu regarder à droite, à gauche, comme tout le monde, comme tous ces gens qui avaient eu des parents pour leur tenir la main ? Nom d'un chien, c'était si compliqué de traverser une rue sans se faire écraser ? Privé d'elle, moi, j'avais bien réussi ! Ma mère était une idiote irresponsable qui ne savait même pas traverser une rue. Aujourd'hui encore, chaque fois que je vois un piéton se mettre à courir devant les voitures pour arriver plus vite de l'autre côté, j'ai envie de lui coller une gifle. Ces dix secondes, pauvre con, qu'en feras-tu, une fois mort ?

Je n'ai jamais réussi à la connaître, pas même un peu. Jeff ne voulait pas en parler, il n'y avait aucune photo d'elle nulle part, comme si elle avait eu trois têtes, qu'il fallait la cacher au regard des gens pour éviter un mouvement de panique. Je n'ai que son nom : Fanny. Fanny Martin – ils n'étaient pas mariés. Vous savez le nombre de Fanny Martin qu'il y a dans le monde ? Moi non plus, mais un max. Petit, si je posais trop de questions, l'arc-en-ciel se levait. À l'adolescence, le surf a remplacé ma mère et j'ai fini par lâcher cette enquête qui ne menait à rien. Une fois majeur, j'ai tout de même écrit à la mairie de Rouen pour demander mon acte de naissance, mais je n'ai rien appris de plus que dans mon carnet de santé. *Mère : Fanny Martin, née le 23 mai 1955 à Rouen, secrétaire.* Maintenant que mon père est mort, je dois accepter l'idée que je ne saurai jamais ni qui elle était, ni ce qui s'est exactement passé, ni ce que j'ai fait de si terrible pour subir toute mon enfance les foudres paternelles, à croire que c'était moi qui, du fond de ma poussette, avais renversé Fanny un après-midi de février 1980.

Il y a beaucoup de *jamais*, dans ce que je raconte.

Je n'ai, donc, jamais aimé conduire. Sans doute est-ce la raison pour laquelle j'ai loué cette voiture, une Ford Mustang décapotable de 1967, un truc de mariage plutôt que d'enterrement, un véhicule pour faire dix bornes et pas trois cents, surtout en plein hiver. Je l'avais réservée sur Internet et, une fois arrivé à Bordeaux par le TGV, je suis allé la récupérer. Dans la lumière du Sud, elle était encore plus belle que je l'avais imaginé : une rose des sables sur un parking.

Je n'ai rien dit à Camille au sujet de cette voiture, elle m'aurait fait une scène. Pour le danger éventuel, mais aussi pour la facture exorbitante que ma lubie allait engendrer. Heureusement, au cabinet, mes patients âgés règlent souvent en liquide : je me suis offert la légende dans le plus grand secret, pour une poignée de billets à l'odeur de camphre.

En arrivant sur la côte, j'ai baissé la capote. Le long de l'océan, j'avais le visage dans les falaises, comme quand j'étais gamin. Il faisait un froid de glace, je serrais les mâchoires et attrapais la mort, kilomètre après kilomètre. La voiture était magnifique, couleur vanille, une bagnole de truand, mais très inconfortable. Jadis, j'étais sur une planche, la vague dans la gueule et la gueule bien ouverte. Je n'étais pas encore un brave petit chien, j'avais vu *Point Break*, j'étais un *surfeur*, un rebelle, un fou. Du moins était-ce le rôle que je jouais pour me mesurer aux copains... Au volant de cette Mustang décapotée, je ne sais pas trop ce que je cherchais, sauf à tomber malade ; je suppose que j'avais besoin d'avoir mal, comme à l'adolescence. Ces dernières années, y compris avec Violette pour les funérailles, nous étions toujours venus en train, puis en car ou en taxi ; nous descendions, certains de remonter, ensemble et au plus vite, prudemment conduits par d'autres que nous. Je ne sais pas ce que je cherchais – à prouver, à ressentir – mais, ce jour-là, j'appuyais sur le champignon. Le moteur faisait un bruit pas possible, la bise glaciale me griffait le visage et me brûlait les bronches.

Papa est mort. Mort et enterré.

Pourquoi me sentais-je à ce point seul, quand la personne qui m'avait déconstruit n'était plus de ce monde ? Par quelle absurdité mentale ? Camille avait raison, j'aurais dû être soulagé. Mais l'océan fracassait l'univers, je me fracassais contre lui et le choc me semblait étrangement salutaire : j'éprouvais mon corps, sa résistance et ses limites.

Depuis combien de temps n'avais-je pas surfé ? Dix ans ? Aujourd'hui, je n'en serais plus capable. De toute façon, avec le métier que j'exerce, je réduis les risques de me blesser. J'ai toujours été lâche ; maintenant, je suis froussard.

Je me suis arrêté en route pour regarder ce spot que j'avais, dans ma jeunesse, si souvent pratiqué. Malgré le froid polaire, plusieurs adolescents en combinaison intégrale étaient à l'eau, à attendre une vague qui ne viendrait jamais. Il n'y avait pas de houle, peu de vent, ils s'ennuyaient ferme, assis sur leur planche comme d'autres au bistrot. N'empêche, ils étaient à l'eau. Comme nous, avant, parce qu'on ne sait jamais. Si les vagues donnent une sensation de vitesse et de liberté, le surf enseigne avant tout la patience. Sur une session de plusieurs heures, on bénéficie, avec un peu de chance, d'une glisse de dix minutes. Mais la sensation, tout de même ; le « berceau », ainsi que nous l'appelions, les gars et moi. J'ai pensé à Sylvain et sa blondeur viking, à Matthieu et sa barbe de conquistador. L'un est mort, l'autre habite désormais à l'autre bout de la planète. J'aurais voulu les croiser, pour ne pas affronter seul la dune et les souvenirs que, tous trois, nous y avions enfouis… Mais à ce moment-là, je ne savais pas encore que j'allais exhumer une chose bien plus grave que la nostalgie.

Lyla

Depuis ce jour-là, le jour où fut prise la photo d'Elaine, tout, absolument tout, m'a semblé dérisoire.

La veille, c'était le 11 août 1999.

Il était midi, midi et des poussières – poussières d'obscurité qui, à jamais, enterreraient mon enfance.

Mon fils est né de nuit, en plein été et en plein jour.

J'étais à l'hôpital de Fécamp, un établissement vétuste, glacé comme un cloître, aujourd'hui installé dans des locaux modernes en périphérie de la ville. Le bébé est arrivé avec plus d'un mois d'avance, comme s'il avait voulu, coûte que coûte, assister au spectacle. Je l'ai raté, le spectacle, de même que l'anesthésiste, la sage-femme, l'aide-soignante. Je suis sûre qu'ils avaient leurs lunettes en carton dans la poche, prêts à dégainer, à monter sur le toit du centre hospitalier, excités comme des gosses malgré leur bac + 12. Sûre qu'ils m'ont haïe, eux aussi. J'avais tout à la fois fichu en l'air ma vie, et l'événement astronomique le plus insensé du millénaire.

Sous nos latitudes, la prochaine éclipse totale aura lieu en 2081, et je ne serai plus là. Mon fils peut-être, si les gens l'ont bien élevé, s'il mange biologique, ne stresse pas comme sa mère, ne pleure pas comme sa mère.

S'il est heureux.

S'il n'y a pas la guerre.

Je ne l'ai pas vu, l'enfant. Pas vraiment. Je l'ai seulement entendu crier. Je me suis évanouie, après.

Quelques heures plus tard, on m'a demandé de lui donner un prénom. Je n'ai pas réussi. J'y avais pensé, bien sûr, j'en avais plein la tête – Malo, Charlie, Matthis, Colin. Mais cela n'avait pas de sens, je ne pouvais pas choisir.

— Ce n'est pas grave. C'était plus pour vous que pour lui, de toute façon… En règle générale, les parents les rebaptisent.

Je n'ai jamais oublié cette expression de l'assistante sociale, *en règle générale*. Comme s'il y avait une quelconque règle dans ce que j'étais en train de vivre, comme si l'aspect « général » de l'histoire rendait l'acte banal, presque anodin. Je sursaute toujours à cette formule utilisée par certains politiques à des fins électorales, *IVG de confort*. Certains sont des « certaines » et, chaque fois, je suis incapable de comprendre comment, coincées à l'intérieur d'un corps de femme, elles peuvent croire un instant à ce qu'elles sont en train de raconter. *IVG de confort*, l'un des pires mensonges de l'histoire des idées. Je me demande parfois si je ne me sentirais pas mieux si j'avais malgré tout interrompu cette grossesse. À l'époque, mon fils n'était guère plus qu'un amas de cellules… Alors, je ne sais pas. Aurais-je davantage réussi à vivre ? Si j'avais compris quelques semaines plus tôt ce qui m'arrivait, les choses auraient été très différentes.

À défaut de prénom, j'avais demandé à lui écrire une lettre ; on venait de m'annoncer que l'enfant n'était plus dans les murs, qu'on l'avait transféré vers un autre hôpital pour le mettre en couveuse.

— C'est votre droit le plus strict, Lyla. Il ne l'aura peut-être jamais, votre lettre... Mais écrivez, mon petit, écrivez, ça ne peut pas faire de mal.

J'avais pensé à Hervé, à la Remington, à ces mots jamais écrits. À ma mère quelque part, beaucoup trop près, à la cafétéria ou occupée à séduire un innocent médecin au détour d'un couloir, victime collatérale. À mon père, en voyage comme toujours, quand j'aurais tant aimé qu'il soit, lui, près de moi. J'avais pensé à tout ce qui m'avait toujours été enlevé, à portée de main mais inaccessible. Dans cette chambre glacée, j'allais bien, cette fois, écrire à « quelqu'un ». Quelqu'un qu'a priori je ne connaîtrais jamais.

Cœur-Naufrage.

J'avais bafouillé : « Je m'en fous, je veux lui écrire, donnez-moi de quoi écrire, tout de suite. »

Deux heures plus tard, l'infirmière m'avait apporté un bloc-notes et un stylo bic noir.

Je ne sais plus ce que j'avais raconté. Je me souviens seulement que j'avais mal au ventre, et que je pleurais beaucoup.

N* me téléphone – son prénom sur l'écran, anormalement brillant. J'hésite à décrocher.

La peur n'évite pas le danger.

— Lyla ?

— Oui.

— Pourquoi tu ne réponds plus à mes messages ?

— Je ne sais pas. Enfin si, je sais. Il faut qu'on arrête de se voir.

— Qu'est-ce que tu racontes ?

— C'est débile, tu vois bien que c'est débile… Cette histoire est débile.

— T'aimer, c'est débile ?

Mon sang ne fait qu'un tour. Dans mes veines il s'embrase, s'émultionne, et mes mains deviennent bleues.

— Mais va te faire foutre, avec ton amour de merde ! De quoi tu parles, putain ? De QUOI tu parles ?

— Lyla… Tu as bu ?

Je raccroche.

Sous X.
C'est ainsi que cela s'appelle.
Comme le porno.

Quand je vois l'état du monde, la montée des extrêmes, les attentats, la folie, l'égoïsme, le repli sur soi, l'hégémonie du fric, de la peur et de l'*entertainment*, je regrette de t'avoir eu. Quand je pense à N* et ses trois enfants, je ne lui en veux pas : je compatis. Je mesure le courage qu'il faut pour, en connaissance de cause, engendrer du mortel. Je comprends qu'on ne puisse, pour un peu de jambes en l'air, laisser ces minuscules humains qui ont tant besoin de vous.

Je voudrais savoir comment tu vas, toi, l'enfant qui n'avait pas de prénom. Savoir comment tu t'appelles, où tu vis, être sûre que tu n'étais pas en terrasse, au concert, que tu n'étais pas dans un avion, un métro, un hôtel ou une salle de musée, le corps criblé de balles, de boulons, amputé, abîmé, arrêté en plein vol, pour rien, pour la connerie des uns, pour la lâcheté des autres – tous autant que nous sommes.

Quand je pleure les victimes, c'est toi que je pleure.

Dans quelques mois, tu auras dix-sept ans. La boucle est bouclée, comme on dit. Même si Elaine ne voulait pas le voir, j'étais presque une femme, à l'époque ; mais *presque* est peut-être le mot le plus important.

Tu as grandi en moi, tu es sorti de moi, je t'ai entraperçu, à peine – pourtant, si tout va pour le mieux, tu deviens *presque* un homme. Je ne peux te dire l'effet que cela me fait. Tous les 11 août, je fabrique un gâteau et souffle les bougies. C'est la seule fois de l'année où je cuisine ; ces gâteaux sont sans doute immangeables, mais qu'importe : pour ton anniversaire, tu sais, je n'ai jamais très faim.

J'ai sous les yeux le numéro de Joris. Je le compose, le décompose, c'est dans mon ventre que tout se noue, dans la chair ; dans ces ovaires inutiles, que j'imagine telles deux maracas luisantes, pleines de sable et de couleurs. Il y a l'odeur du sang, le fer croisé, tous ces combats que j'ai perdus sans même me battre. Il y a la faiblesse, la solitude, le temps qui passe. L'amant sans avenir, l'avenir sans amant, la vieillesse, la ménopause. Il y a le sang qui, un jour, ne coulera plus jamais – ce dont, dans n'importe quel autre contexte, on se réjouirait.

La jouissance, de plus en plus rare.

Les lits vides, l'angoisse, et la télévision.

N* rappelle.

Je voudrais laisser sonner, mais je décroche.

— Allô.

— Tu me fais quoi, là ?

— Rien. Pour la première fois, je ne te fais rien. J'arrête, c'est tout. Et je te souhaite, sincèrement, tout le bonheur du monde.

— Lyla… Voyons-nous, tu veux ?

— Non.

J'éteins le téléphone et me prends à sourire. Je brise la routine, dans un sens, car je crois n'avoir jamais réellement prononcé le mot « non ». Ainsi s'expliquent sans doute mes quatre ex-fiancés… Pareils aux enfants, les hommes ont besoin de limites ; mais les poser, moi, je n'ai jamais su faire, avec personne. Toute mon existence, j'ai dit oui. Non que je sois adepte du *carpe diem*, philosophe de comptoir décidée coûte que coûte à profiter de la vie. Simplement, je n'ai jamais réussi à refuser quoi que ce soit à qui que ce soit, habituée depuis la prime enfance à obéir, à faire plaisir, à incarner les fantasmes de ma mère. De fait, je n'ai jamais vraiment su ce que je voulais, marionnette malléable, sans cesse conformée au désir des autres.

N* paye aujourd'hui l'improbable tribut de mon émancipation.

Zoé était pieds nus, vêtue d'un pyjama d'homme en toile bleu cobalt, le genre d'accoutrement qu'affectionne mon père ; il était pourtant quatre heures de l'après-midi. Elle avait une clope au bec et les cheveux en bataille – ils sont noir corbeau en ce moment, coupés à la garçonne. À l'inverse de moi, Zoé paraît plus jeune sans maquillage, adolescente hirsute, sexy à sa manière, un reste de khôl kajal à l'orée des paupières comme une ombre portée.

— Lyl' ! Quesse tu fous là ?

Elle n'attendit pas ma réponse pour ouvrir grand sa porte. En franchissant le seuil, je réalisai que cela faisait longtemps que je n'étais pas venue : c'était un nouveau monde.

Du sol au plafond, des rangées de peluches, empilées sur les étagères comme je le fais des livres. Des ours, des singes, des éléphants. Mickey, chiens, chats, Bambi. Lapins, moutons, Kitty, souris ordinaires ou extraordinaires. Lions, rennes, dauphins, créatures hybrides. Veau, vache, cochon. Anges, étoiles de mer. Des pandas en nombre incalculable, plus que dans la nature.

Je me figeai au milieu du salon, un peu effrayée par cet amoncellement. Sur l'instant, le décor m'évoqua une baby-version de *Jeepers Creepers*, ce film d'horreur dans lequel un être fantastique recrée la chapelle Sixtine avec des cadavres écorchés. Elle alla écraser sa cigarette dans un cendrier posé sur le rebord de la fenêtre, puis se tourna vers moi.

— Tu bois un truc ? me demanda-t-elle avec son flegme habituel, comme si cette pagaille était tout à fait normale.

Je hochai la tête en posant mon sac dans le hall, à côté d'une girafe presque aussi grande que moi.

— Thé, café, vodka, bière ?

Décontenancée, je ne répondis pas, le regard perdu dans cet enchevêtrement de textiles versicolores.

— Perso, je prends une bière, cria-t-elle depuis la cuisine. Toi aussi ?

— Il est un peu tôt, non ?

— Tu sais ce qu'on dit : c'est forcément l'heure de l'apéro quelque part sur la Terre !

J'étais aussi alcoolique que Zoé, mais elle l'assumait mieux que moi. J'acceptai sans broncher la bouteille qu'elle me tendait.

— Ne fais pas cette tête, Lyla. C'est juste mon nouveau job.

Elle cogna sa bière contre la mienne, en me regardant droit dans les yeux selon son habitude, puis s'affala dans un fauteuil.

— Ton nouveau job… ?

Devant mon air perplexe, elle entreprit de préciser.

— Ben, les doudous ! Je crois que j'ai enfin trouvé ma voie. Je n'ai jamais gagné d'argent aussi facilement et, en plus, je fais le bien !

Je m'assis dans le canapé en velours, soudain exténuée, puis je bus une gorgée avant de demander :

— Je ne comprends rien à ce que tu racontes. C'est-à-dire, tu fais le « bien » ?

— Tu sais, tous nos potes avec des gosses, là… Leur plus grande terreur, c'est de paumer le doudou du gamin, le seul truc qui leur permet de passer une nuit potable ou d'enrayer le caprice du siècle…

Je commençai à voir où elle voulait en venir et fronçai les sourcils.

— Et alors ?

— À force d'aller dans les dîners, je me suis rendu compte que les gens seraient capables de tuer pour régler ce problème de doudou perdu. Du coup, je passe mon temps dans les bro- cantes, les solderies, les vide-greniers, j'achète tous les doudous que je trouve, et je les stocke. Le moment venu, je les revends sur Internet. J'ai créé un site, « SOS Doudou »… Je sais, ça claque ! Non ?

Je bus une nouvelle gorgée de bière, sidérée.

— Franchement, ajouta-t-elle avec un sem- blant de sérieux, mon affaire cartonne au-delà de mes espérances.

Zoé jubilait, ses grands yeux fous, illuminés. Un instant, je me dis qu'elle était stone ; mais elle se leva, parfaitement stable, attrapa un énorme ours blanc sur une étagère et me le fourra dans les bras, comme la dame de l'Oise l'avait fait jadis avec Lolita.

— Je pense que j'ai sauvé des vies, Lyl'. Je gagne ma vie en sauvant des vies.

— Comme les pompiers ?

Elle s'esclaffa dans son pyjama bleu.

— Exactement !

Je connais Zoé depuis quinze ans et, toujours, elle a eu de curieuses activités. Mais c'était bien la plus étrange qu'elle eût jamais exercée.

— C'est un peu dégueulasse, non ? Tu rackettes des gens qui veulent juste rendre leur enfant heureux…

— Sauf que moi, je suis géniale. C'est un vrai business, tu sais, et il y a plein de salauds qui demandent deux cents billets pour un machin qui en valait dix il y a trois ans. Aujourd'hui, c'est introuvable, et les vendeurs spéculent sur la rareté du truc. Ça, oui, c'est dégueulasse. Perso, j'ai mis au point un système imparable. Et politiquement correct, si tu veux mon avis.

— Mais encore ?

Je sursautai à ma propre expression, ce « mais encore » qu'utilisait ma mère et que je détestais par-dessus tout.

— Je ne fixe pas de prix, quelle que soit la rareté de l'objet. Le prix, c'est 5 % du salaire mensuel des parents. Je demande une copie de la feuille d'imposition et je détermine le prix en fonction des revenus.

— Tu plaisantes ?

111

— Pas du tout. Par exemple, j'ai vendu mille euros un Donald râpé, et quasiment donné une souris artisanale fabriquée à trente-cinq exemplaires. L'offre, la demande, le capitalisme, le communisme, et la révolution ! Astucieux, n'est-ce pas ?

J'étais bouche bée.

En venant la voir, je voulais lui raconter.

Joris, le message, le bébé, le X de mon Y.

Lui raconter mon vide, mon manque, mon horreur.

Dans ce ciel de doudous, bien sûr, c'était impossible. J'étais venue me confier au ventre du démon.

— Mais tu fais ça depuis longtemps ?

— Je ne sais pas… Sept, huit mois ?

— Pourquoi tu ne m'en as pas parlé ? demandai-je, blessée d'avoir été tenue à l'écart d'un tel revirement.

Pour moi, elle était toujours secrétaire d'un tatoueur, lequel avait gravé deux ailes noires dans son dos. Elle fit la moue.

— Tu te moques toujours de mes initiatives.

— Excuse-moi Zoé, mais tes initiatives te conduisent au poste la moitié du temps. Et qu'est-ce que tu fiches en pyjama à une heure pareille ?

— C'est l'avantage d'être auto-entrepreneur, tu le sais aussi bien que moi. Le costume est confortable !

Sur ce, elle exécuta une petite danse, puis mima un claquement de bretelles imaginaires. Je ne pus réprimer un sourire. J'aimais Zoé parce qu'elle était Zoé, Zoé était heureuse d'être Zoé, il n'y avait pas de quoi se mettre la rate au court-bouillon. Galerie d'art, tatoueur, contrebande de doudous… Il y avait dans cet enchaînement professionnel une certaine cohérence, même s'il s'apparentait à la logique des rêves. Depuis la faculté, Zoé était fantasque, dissipée, imprévisible, mais une bonne étoile brillait au-dessus de sa tête à la chevelure changeante, et, quoi qu'elle entreprenne, cela finissait bien. Elle vivait au jour le jour sans se poser de questions, à l'inverse de moi, comme si elle n'avait ni passé ni futur. Son père était militaire : petite, elle déménageait sans cesse, et cette drôle d'enfance lui avait conféré une capacité d'adaptation hors norme.

— Avec tout ça, lui dis-je finalement, tu vas peut-être rencontrer quelqu'un. Un père de famille nombreuse avec le cœur brisé et un tatouage de dragon…

— Pas besoin, je suis amoureuse.

— Ah bon ? Depuis quand ?

J'avais dîné avec elle moins d'une semaine plus tôt, mais j'avais le sentiment qu'elle avait entre-temps révolutionné son existence. Je n'étais pas la seule à ne rien raconter…

— Oui, ma chère. Et pas vraiment le profil auquel tu t'attends.

— Avec toi, je ne m'attends à rien. Ou à tout, c'est selon.

— Elle s'appelle Audrey.

— Une fille ?

— Une femme. Enfin, je ne sais pas. Une créature. Un personnage. Un… *truc*. Il n'y a pas de mot pour la décrire.

À ma connaissance, Zoé n'a jamais été bisexuelle, mais avec une spontanéité comme la sienne, elle pouvait tomber amoureuse de n'importe qui, ce qui rendait son champ des possibles proche de l'infini.

— Tu as de la chance.

— Je sais. Tu verrais ses pommettes ! On pourrait poser un vase dessus.

Le compliment me paraissait saugrenu, mais avec Zoé rien ne m'étonnait plus. Je parcourus des yeux les étagères et trouvai, au milieu du deuxième étage, un Marsupilami dont la longue queue pendait, torsadée comme un morceau de pellicule. Quelque chose en moi frissonna – un ruban de passé, d'images en staccato. Je pensai à la petite salle dans laquelle je patientais lorsque ma mère m'emmenait au laboratoire où elle développait ses photographies. J'attendais des heures, assise sur une chaise en plastique inconfortable, qu'elle daigne enfin quitter la chambre noire, essayant tant bien que mal d'apprendre mes leçons. Rien que l'expression, *chambre noire*, me faisait peur : j'avais l'impression qu'elle y pratiquait une forme de sorcellerie. À bien y réfléchir, c'était un peu le cas.

— Tu me le vendrais ?

Zoé suivit mon regard, sans parvenir à déterminer ce que je convoitais au milieu de son bazar en fourrure synthétique.

— Lequel ? demanda-t-elle, un sourire curieux calé au coin des lèvres.

— Le Marsupilami.

Elle me dévisagea, surprise.

— Celui-là ? Il est mochedingue ! En plus, le fil de fer qui articulait la queue est cassé.

— C'est un souvenir d'enfance.

— Ah ? Joyeux, je suppose ?

Je fronçai le nez, l'air de dire « plus ou moins ». Elle attendit un développement qui, comme souvent, n'arriverait jamais. Elle me connaissait par cœur et se garda d'insister.

— Comme tu veux, dit-elle en haussant les épaules. On ne transige pas avec l'enfance.

— Il faut que je revienne avec ma feuille d'impôts ?

— C'est la règle, ma biche. Sauf si tu quittes ton connard farci de gosses. Auquel cas, je te l'offre.

J'imaginai soudain N* allongé en costume rouge dans une assiette plate, le corps scindé en deux et le ventre garni d'enfants minuscules, mélange de Gulliver et de tomate farcie.

Qu'elle le fasse exprès ou non, Zoé finissait toujours par me remonter le moral.

Réinventer la langue de l'autre, lorsqu'on est soi-même incapable d'écrire, a fortiori de parler, est l'activité idéale. Un emploi de bonne élève, la créativité en plus, et puis l'empathie, qui vous fait saisir ce que l'auteur a voulu dire. Je suis portée par l'idée obsédante de ne pas trahir sa pensée, son verbe, son âme. Je ne crois en rien, sauf peut-être en cela – l'âme d'un auteur dans les mots qu'il choisit. Il ne suffit pas de transcrire le sens, ce serait beaucoup trop simple, je ne servirais à rien. En traduisant, je pense toujours à cette formule banale, quoique rabelaisienne, *substantifique moelle*. Rompre l'os pour comprendre, viscéralement, sucer la vérité pour créer dans les clous, les clous d'un autre. J'aimerais parfois rencontrer cet autre mais, par pudeur ou superstition, je ne

117

cherche aucun renseignement, pas même son visage. Ce serait facile, mais jamais je ne le fais. Je le laisse dans l'ombre, comme je reste dans la sienne. L'obscurité m'est confortable.

Assise au café, je relis le travail de ces derniers jours. Léonie ne m'a toujours pas envoyé ses remarques. Si ce n'est pas inhabituel, l'angoisse me tourmente. C'était bien la peine de tenir les délais…

Le héros du roman britannique est maintenant perdu dans le bush australien. Fatigué des nantis d'Exeter, à la fois proprets et dégénérés, effrayé par une forme de confort moral dans laquelle il se sentait glisser, Calvin s'est décidé à quitter l'université pour affronter ses peurs. Les voyages forment la jeunesse, comme chacun sait – sauf moi. Aux prises avec une nature grandiose, il ne pense plus tellement à sa fiancée de St Andrews. Exilé dans le désert, il se sent à la fois immense et minuscule ; j'aime cette idée, je la comprends très bien. Depuis que j'ai commencé cette traduction, c'est l'image de Joe qui me vient en tête, lui que j'imagine à la place de Cal – et ce, avant même sa réapparition dans mon téléviseur. La jeunesse, sans doute ; la jeunesse, la sauvagerie et la blessure.

Comme toujours quand le vent soufflait fort, l'air semblait rouge. Progresser dans un nuage de sang, vaporisé, instantanément séché par l'atmosphère brûlante. Cal se frotta les yeux, le sang de la terre sur la peau en un masque tribal dessiné à la sueur. D'un brusque revers de main, il chassa une mouche qui grésillait en haut de sa pommette, puis vérifia le niveau d'huile de la jeep, la pression des pneus, l'état de la batterie. Tombez en panne dans l'Outback, et la Mort vous trouvera. Au sommet d'un rocher, une araignée l'observait, grosse, ronde et immobile, gymnaste tératologique.

Je trouve le mot « *teratological* » un peu violent, j'hésite à le traduire par un simple « monstrueux ». Cela sonnerait mieux, mais ce n'est pas pareil. L'espace entre les mots, l'espace entre les gens…

When love is gone, where does it go ?

C'est le titre original du livre, en référence probable au morceau d'Arcade Fire, *Afterlife*. J'aimerais le garder, dans une transposition presque littérale.

« Où va l'amour, quand il meurt ? »

C'est un titre parfait. Je le dirai à Léonie.

C'est vrai, ça. Où va l'amour, quand il meurt ? Et nous, où allons-nous ?

119

À onze ans, j'étais persuadée de devenir gymnaste olympique. C'était naturellement une idée farfelue : à cet âge, j'aurais déjà dû être junior en équipe de France, tandis que je stagnais sur la gomme nauséabonde d'un stade de banlieue. Mais j'y croyais dur comme fer et mon aveuglement arrangeait tout le monde : l'entraîneur privé empochait ses billets, mon père me trouvait « choupinette » dans mes costumes lamés et Elaine faisait d'incroyables photos, parmi les plus belles de sa carrière. *Élastiques* fut son exposition la plus remarquée, l'apogée de sa gloire : une ribambelle de gamines surmaquillées alanguies sur des bancs de vestiaires, épuisées, sublimes, effrayantes, nos seins indécis qui ne savaient où pousser parmi les muscles saillants, nos sexes innocents fendus par le lycra DuPont des justaucorps nacrés. Nous étions, mes camarades et moi, quelque part entre la Mini-Miss et la prostituée, auréolées de sequins et d'hématomes, de paillettes et de cloques. Souriantes à outrance et échancrées de même, les cheveux tirés, le regard fier, le dos crispé, nous étions, au sens propre, un sujet en or. À l'époque, je ne voyais pas le mal, et, pour être franche, cette série reste ce que je préfère du travail de ma mère. Mais j'ai perdu l'innocence et, aujourd'hui, je sais ce qu'elle cherchait : la limite, la subversion – son côté Nan Goldin, photographe qu'elle a toujours beaucoup admirée. L'idée abominable que des pédophiles puissent jouir en regardant ces images, en regardant *l'image de sa propre fille*, n'était pas étrangère à l'excitation que lui procurait son œuvre. Je fréquente moi aussi des artistes et comprends que l'art doive parfois s'affranchir de la bienséance. Ce n'est pas tant pour *Élastiques* que je lui en veux. Ce n'est pas pour *Élastiques* que je la hais. Je la hais pour ce qui a suivi, quelques semaines plus tard. Pour ce qui a suivi, quelques années plus tard. Pour tout ce qui a suivi, en fait – ou ce qui a précédé, je ne sais plus bien où le mal s'enracine. Je lui en veux d'avoir intégré mes déchéances successives dans le maelström étincelant de sa créativité et, plus que tout, je lui en veux d'avoir fait cela non pas une fois mais plusieurs, comme si rien, jamais, ne lui servait de leçon.

C'était un mercredi d'hiver, au début du mois de novembre.

À dix-huit heures, il faisait déjà nuit noire, les néons du gymnase grésillaient blancs sur notre planète verte ; j'étais depuis des heures juchée sur la poutre, les mains gantées d'ampoules et de magnésie. Le samedi suivant se tenait le championnat régional et, pour cet agrès, l'équipe misait sur moi. J'aimais la gymnastique car j'avais l'impression de maîtriser mon corps, et mon corps dans l'espace. Par cette sensation, j'appartenais à l'univers, comme un fragment d'étoile. J'étais dans un état de concentration tel que je ne pensais à rien d'autre que mes pieds un mètre au-dessus du sol, à la torsion de mes poignets, à la bulle que nous formions, ma cage thoracique et moi, tandis que le flip s'arc-boutait au-dessus de la poutre. Et puis, je ne sais pas, quelque chose s'est passé, ma trajectoire a été déviée – par une pensée ou une poussière. Je suis tombée. Sur le moment, je n'ai pas compris, tout cela n'a duré qu'une fraction de seconde. C'est seulement lorsque je me suis relevée, au tapis, que les mots se sont formés dans ma tête, *merde, je suis tombée*, et la première émotion ne fut pas de la peur mais de la déception, tomber à trois jours de la compétition, j'étais nulle, je ne serais jamais prête, j'avais un peu mal mais la douleur était ailleurs, *nulle, grosse nulle*, je me suis relevée en me tenant le bras, j'ai marché à travers le gymnase pour aller voir le coach, la distance me semblait anormalement longue, je n'avais jamais remarqué que le gymnase était si vaste, un planisphère, « M'sieur, je suis tombée, je suis désolée, je suis tellement désolée », le regard du coach, pétrifié, il m'a parlé, je n'ai pas entendu, sa voix résonnait, sourde, comme depuis une caverne. Il m'a fait allonger et autour de moi les autres s'amassaient, toutes les autres, toutes les petites filles en justaucorps brillants – il y a eu des cris, des yeux détournés, des mains devant le visage, « Mon Dieu, ses os… Regarde, ses os, ils *sortent* ! » Et brusquement, à cause de leurs regards, de l'horreur dans leurs regards, j'ai compris que c'était grave et que, jamais, je ne deviendrais gymnaste olympique.

Plus tard, beaucoup plus tard, après les brancards, les piqûres, les larmes, les chirurgies.

Souriante dans l'angle mort de ma chambre d'hôpital, Elaine serrait son appareil photo et la matière vibrante de *Chute, Dysphorie / Élastiques II*. Papa, lui, tenait un Marsupilami en peluche.

L'image est idiote, mais l'image dit tout.

Ce jour-là, j'ai su. Lorsqu'il n'y avait pas d'objectif entre nous, Elaine ne me voyait plus. Elle avait cessé de me regarder. J'ai su que l'amour était parti – l'amour que j'avais pour ma mère.

Et je ne savais pas où il était allé.

Août 1998

La lune, dans l'eau. Le gris de sa lumière rend l'océan vieillard. Sous les fesses de Lyla, le sable est glacé. Taiseux est là, pack de bières entre les cuisses.

Joe.

Le bruit du carton qui se déchire ne masque pas celui des vagues brisées sur le rivage. À l'intérieur de Lyla, c'est un précipité chimique, du bleu cristallisé dans le tube à essai. Elle contemple le vélo échoué sur la plage, imagine le sable rouler dans la structure tubulaire à la manière du sang qui, par salves intermittentes, irrigue son cœur.

Les papillons dans le ventre ? Sornettes de conte de fées. Elle cherche une autre métaphore, mais ce qui domine est l'envie de vomir. Ce sont des cafards, des perce-oreilles, une armée de blattes dégueulasses, Elaine en fond de court – son irréelle beauté, sa puissance, un mètre soixante-quinze de marbre et de fureur.

Lyla, quelquefois, pense à ses grands-parents qu'elle a trop peu connus, ces éleveurs de monstre, des gens « bien », paraît-il, de braves commerçants, sur les marchés toute leur vie à vendre des bouquets de fleurs dès six heures du matin. Pense à son père qui, pareil à monsieur Jacquet, finira par disparaître vers un monde meilleur. *Heureux qui, comme Ulysse, a fait un beau voyage…*

Mais Elaine n'est pas Pénélope. Elaine – la femme qui attend ?

Mon cul.

Elaine n'a jamais rien attendu, elle en est incapable. Elaine la capricieuse, sa vie, son œuvre, le monde fanatique autour de son nombril.

Lyla se demande si, à l'heure qu'il est, « Maman » a déjà appelé la police. Elle l'imagine, extrême comme toujours, se jetant au sol, s'arrachant les cheveux – *Ma fille a disparu, Seigneur, ma fille, ma petite fille, aidez-moi, aidez-nous, je vous en supplie, rendez-moi ma fille !* Lyla se félicite d'avoir refusé le téléphone portable que sa mère voulait à tout prix lui acheter. Elle se sent bien assez sous surveillance comme ça.

BIG MOTHER.

126

Joris décapsule deux bières avec son briquet, lui en tend une. Lyla boit une gorgée puis, sans le regarder, demande :

— Pourquoi tu es resté avec moi, au lieu d'aller avec tes potes ?

Il hausse les épaules dans le débardeur noir. Elles sont rondes et pâles, deux petites lunes étranges. Il boit sans répondre, Taiseux jusqu'au bout, puis allume une cigarette. C'est une cigarette rare, entièrement blanche. Il lui en propose une, elle secoue la tête.

— Elles sont bizarres, tes clopes.

— Elles viennent d'Espagne. C'est moins cher, là-bas.

Si ce n'est un joint de temps en temps, Lyla ne fume pas. Elle cherche à se différencier de sa mère, par tout moyen légal ; Elaine se déploie dans l'espace comme les lentes vapeurs d'une centrale nucléaire.

Le mutisme coagule, épais, château de sable en grains de silence. La plage mute planète, un lieu extraterrestre sur lequel mourir deviendrait héroïque. Au bout d'un moment, Joe rouvre la bouche :

— Et toi ? Pourquoi t'es là ?

Elle plante la bouteille dans le sol instable, s'allonge, le poids de sa tête transforme légèrement le relief de la dune. Les étoiles mortes détruisent les repères, dessinent d'autres horizons.

— Ma mère est une salope.

Il s'allonge à son tour ; elle entend son crâne se poser sur le sable, les crissements minuscules du monde fragmenté.

— La mienne est morte, dit-il. L'un dans l'autre, ça compense.

Lyla imagine Elaine morte, pour voir. Imagine sa dépouille dans un cercueil capitonné, la beauté satinée, les émois hypocrites des visages penchés sur son corps de déesse, la robe idéale, les bijoux luxueux, les regards embrumés. Les bougies, les fleurs, les discours. Elle se pince le bras. Elle aime bien cette pensée. Cette pensée libère ses bronches, lui ouvre les poumons. Elle adore cette pensée et pince sa peau plus fort, jusqu'au bleu, presque à crier.

— C'est affreux.

Les mots se sont échappés, mais Taiseux les prend comme des condoléances. Il se tourne vers elle, l'enlace puis murmure :

— Je ne voulais pas te rendre triste.

— Tu ne me rends pas triste. Je suis bourrée, c'est tout.

Taiseux lui passe la main sous la nuque. Soudain réveillée, sa nuque semble vivante, autonome, comme un animal sauvage évadé d'un zoo. Elle ferme les yeux, le ciel disparaît. Sa tête s'enfonce dans le sable comme dans une boue glacée puis ses lèvres deviennent chaudes. Les yeux se rouvrent et, telles d'étranges parures tribales, les cicatrices de Joe brillent dans la nuit.

— C'est quoi, ça ? demande-t-elle.

Il hausse de nouveau les épaules.

— L'océan. Les rochers n'ont pas de pitié, tu sais.

— Tu ne t'es pas fait ça en surfant, Joe... Alors, c'est quoi ?

Il ne répond pas. Lyla se redresse sur un coude, tend le bras, approche sa main. La lune mange le bout de ses doigts, les reflets blancs s'accrochent aux lacérations tels des cheveux d'ange à une branche de sapin. Elle caresse les cicatrices, doucement.

— C'est ma peine, dit-il dans un souffle.

Le dernier film de Cronenberg lui éclate au visage, *Crash*, l'hypersexualité des catastrophes. Elle lui demande s'il l'a vu, il répond que le cinéma, ce n'est pas trop son truc.

— C'est quoi, ton truc ?

— Le surf.

Il se penche et l'embrasse ; elle sait qu'il veut la faire taire mais, dans le fond, elle n'a plus vraiment envie de parler. Et puis, quand même :

— J'en ai, moi aussi.

— Pardon ?

— Des cicatrices.

Elle lui montre son bras, Joris hoche la tête.

— J'ai remarqué tout à l'heure. Accident ?

Elle le repousse sans répondre, grimpe, l'escalade. Elle n'a plus peur du tout, elle chuchote « Je veux » au creux de son oreille, et le monde renversé se renverse autour d'eux.

Zoé et moi déjeunions à Belleville, avec Fiona, Alexis et leur fils Léo. Ce bistrot au chef primé, ténébreux Sicilien avec lequel Zoé fricota quelque temps, est devenu depuis notre quartier général. L'histoire s'étant terminée sans drame majeur, nous y sommes toujours extrêmement bien reçues.

Léo a treize mois, il bave, bulle, pleure, fait des sourires qui valent chacun un million de dollars, se met les mains sur les yeux en pensant se cacher, transporte des maladies dont je n'ai jamais entendu parler, *pied-main-bouche*, contagieux paraît-il, virus de cauchemar qui, chez l'adulte, donne des symptômes dignes de la fièvre aphteuse. Alex en témoigna avec force grimaces, « Ma langue était un champ de mines, je n'ai pas pu bouffer pendant une semaine. J'ai maigri, non ? »

Depuis le déjeuner, j'angoisse.

Je n'ai toujours rien raconté à Zoé, je n'ai toujours pas rappelé Joris, j'ignore toujours les appels de N*, je suis en suspension. Une maladie de la langue serait bien ironique.

Quand, à dix-sept ans, on m'a enlevé l'enfant qui n'avait pas de prénom, l'horreur fut contrebalancée par cette phrase sans cesse répétée par les infirmières et autres assistantes sociales, que je tenais pour vraie, qui me tenait debout : « Vous aurez d'autres enfants, Lyla. Dans de meilleures conditions, parce que vous serez prête. »

Au restaurant, je regardais Alexis et le passé avec, comme en surimpression, la Centrale, la Renault bleue, mes quinze ans et celui qui fut mon premier grand amour. Combien nous étions jeunes alors, combien nous nous foutions de tout, la prochaine interro ou le prochain examen comme ultimes terreurs. Néons, cages, beats. Évian customisée, Doc Martens, robes moulantes – et vomir en bord de Saône, avec panache. Notre foie à l'époque était une abstraction, un mot entendu quelque part, à la télévision ou en cours de biologie. Je n'étais qu'en première – j'avais sauté une classe – mais Alexis déjà à l'université.

Détournement de mineure, nous adorions l'expression, détourne-moi, chéri, détourne-moi encore. Il faisait des études de mathématiques ; la chose me fascinait, car j'avais pour les chiffres une aversion terrible. Aujourd'hui, il les enseigne, dans le cadre prestigieux de l'ENS Cachan. Fiona est professeur, elle aussi, de physique-chimie ; c'est d'ailleurs ainsi qu'ils se sont rencontrés. Par chance, ils ne parlent jamais de boulot, sans quoi nos déjeuners s'espaceraient sérieusement. Je regardais Fiona, parfaite-sous-tout-rapport, son petit carré brun, ses yeux vert olive invariablement soulignés d'eye-liner violet. J'ai appris à l'apprécier, c'est une femme douce, calme, qui rend Alex heureux. Comme je m'y attendais, je surpris Zoé à observer le doudou dans les bras de l'enfant. C'était justement moi qui le lui avais offert, une petite pieuvre en laine rayée noir et blanc qui m'évoquait les premiers films de Tim Burton, qu'Alexis aimait beaucoup. Zoé croisa mon regard et éclata de rire. « Déformation professionnelle », lança-t-elle, avant d'expliquer aux autres le génie absolu de son nouveau business. Je les regardais, tous et toutes ; comme d'habitude, je ne disais rien, ou si peu. Je regardais au fond une chose plus nébuleuse – la manière dont certains avancent quand d'autres, après avoir soigneusement stagné, en équilibre précaire, reculent d'un bond, chutent et se répandent. Je regardais une chose qui ne se regarde pas.

« Séchez vos larmes, jeune fille. Tout cela est pour le mieux. »

Je souriais à Léo, à peine né, au commencement du monde. Je jouais à cache-cache, les mains devant les yeux. Les enfants m'aiment de manière instinctive, comme s'ils sentaient que je leur ressemble. Tout en amusant Léo, je pensais à ma psychanalyste.

— Le fait que les enfants vous aiment n'aurait pas nécessairement fait de vous une bonne mère. Être mère, Lyla, ce n'est pas juste être aimée.

Si je ne me souviens pas du visage de mon fils, je me souviens de son cri, de son corps quittant mon corps, de son corps à l'extérieur de mon corps, des rugissements, du sang noir. Je me souviens des médicaments pour arrêter les montées de lait, qui ne s'arrêtaient pas. De mes seins douloureux, organes extraterrestres, punition divine ; d'avoir touché mes seins comme s'ils ne m'appartenaient pas, comme si mon corps était celui de quelqu'un d'autre, ou même *quelque chose d'autre*. Par moments, je me sentais pareille à la machine à café du lycée. Joe avait mis une pièce, la machine avait chauffé, le gobelet était descendu. Mais face au gobelet, il n'y avait plus personne pour savourer le café. Et moi, l'inutile machine, j'aurais voulu hurler ou me rouler par terre, sauf que je n'avais ni bouche ni cordes vocales – et de se rouler par terre, il n'était pas question.

Avec une assiduité compulsive, je prends la pilule ; je ne veux pas risquer une grossesse de N*.

N* a trois filles, elles se prénomment Noëlie, Nolwenn et Naomi. Je les ai vues en photo, elles sont toutes très mignonnes, avec de longs cheveux châtains, luisants et nervurés comme du bois exotique. Nolwenn a peut-être le nez un peu fort, à l'image de son père, mais d'autres y ont survécu, à commencer par moi. N* a baptisé toutes ses filles N*. Quant à sa femme, elle s'appelle Nathalie. Ces deux cinglés ont choisi de vivre en huis clos entre consonnes semblables. C'est idiot, mais je n'ai jamais osé lui demander pourquoi. J'imagine que cela entérine, à leurs yeux, la notion de *famille*. Mais ce soir, lorsqu'on sonne à ma porte, je sais très bien de qui il s'agit ; et je ne pourrai pas fuir éternellement.

Joris

Joris

Quand, le 16 décembre, nous étions venus enterrer mon père, je n'étais même pas entré dans la maison.

Michèle Lavoley s'était occupée de tout, avait contacté les pompes funèbres, choisi le cercueil, le costume, comme l'aurait fait une épouse. Elle l'avait gentiment proposé, j'avais lâchement accepté : je n'avais eu qu'à payer la facture. Ma famille et moi avions fait l'aller-retour en vingt-quatre heures et dormi à l'hôtel dans une ville voisine. J'avais des patients, Camille des réunions, Violette une incisive qui la rendait d'une humeur de dogue, sans parler du climat qui régnait sur la côte en cette saison. De toute façon, je savais que pour régler les affaires de mon père, il me faudrait revenir seul, et plusieurs jours d'affilée.

De retour à Paris, je fus tenté de différer le voyage, voire de le renvoyer aux calendes grecques. Mais j'avais un bébé, maintenant. J'avais des responsabilités. Je devais me comporter en homme, assumer mon passé et, espérais-je, m'en débarrasser une bonne fois pour toutes. Je voulais mettre en vente cette maison pour l'avenir de Violette, ne pas la spolier du maigre patrimoine que son aïeul lui avait laissé. Sans doute louai-je la Mustang pour insuffler un peu de romanesque dans cette mission qui m'excitait à peu près autant qu'une visite chez le dentiste... Mais voilà : nous y étions.

J'étais debout devant la porte, en plein vent, à serrer dans mon poing le trousseau de clés que Michèle m'avait rendu. Décrire les émotions qui me traversèrent à ce moment-là reviendrait à tenter de dénouer une chaînette emmêlée : l'opération se solderait par davantage de nœuds, à rendre l'affaire inextricable. Je levai la tête au cri d'une mouette dans le ciel, indifférente au gris atrabilaire qui le plombait depuis mon arrivée. Portée par la bise, elle semblait parfaitement heureuse. Je pensai à ma fille pour me donner du courage – Violette adore les mouettes, elle les imite très bien – et j'enfonçai la clé dans la serrure. Elle accrochait, comme si la serrure était remplie de sel.

À l'intérieur du pavillon régnait un froid terrible. Si l'électricité fonctionnait encore, le gaz était coupé depuis plusieurs semaines. Face au désordre, je remerciai intérieurement Michèle : dans un dernier hommage à mon père, elle m'avait dit avoir fait le ménage. À quoi pouvait ressembler la maison avant son passage ? Le même bordel, la crasse en plus ? Depuis ma dernière visite, les lieux semblaient avoir vieilli de manière exponentielle, comme si Jeff avait su qu'il n'en avait plus pour longtemps. J'étais surpris que le pavillon ne soit pas infesté de vermine, mais je devais sans doute cette salubrité aux interventions de notre voisine. Il faudrait vraiment que je lui offre des fleurs, et pas un petit bouquet. Elle méritait un jardin. Debout dans ce salon qui me paraissait plus sordide encore que d'habitude, je me demandai quelles fleurs elle pouvait aimer. Quelque chose de clair, de soyeux. Quelque chose avec de l'espoir dedans. Des lys, peut-être. Ou des dahlias.

Je posai mon sac sur le carrelage brun. Le canapé en cuir craquelé à droite, la cuisine vétuste à gauche, en face de moi l'escalier, le recoin sombre sous l'escalier, les murs tapissés de fleurettes éter-nellement fanées.

J'ai depuis longtemps cessé d'associer cet endroit aux coups, aux insultes, au suicide. Les années ont passé, éloignant la cohabitation forcée avec cet homme qui, depuis mes onze ans, n'était plus qu'un fantoche armé d'une bouteille. Dès la classe de seconde, j'ai été interne à Parentis-en-Born. Je ne rentrais que les week-ends, et encore. Après le bac, j'ai intégré une prépa à Bordeaux, puis réussi le concours du premier coup. J'ai tou-jours été un excellent élève, dans l'espoir de ne pas contrarier mon père. Mes notes étaient son unique fierté, l'arrivée de mon bulletin le seul moment où je n'avais pas l'impression d'être un fardeau puant laissé devant sa porte. En dépit de l'état de mes avant-bras, j'ai obtenu une bourse, un logement étudiant, un job de barman qui m'épuisait mais payait bien, et alimentait en filles de toutes sortes les fêtes improvisées. L'été où j'ai rencontré Lyla, le pire était derrière moi, même si je revenais souvent, poussé par un mélange de désir et de culpabilité. J'aimais ma lande, j'aimais ma dune, j'aimais ma vague. Mes potes étaient encore là et sans doute n'étais-je pas prêt à abandonner Jean-François, m'accrochant au vain espoir qu'un jour il se rappellerait être mon père. J'étais grand, j'étais fort. Il vieillissait, il se calmait. L'alcool le faisait dormir, il ne tapait plus dans les murs, et sur moi encore moins. Aujourd'hui, cette maison me rend surtout amer, comme la matérialisation d'un immense gâchis. Un gâchis des années 60 sans charme particulier, au toit de tuiles rouges, aux façades tannées par l'iode et les embruns, ouvert sur un jardinet où, depuis longtemps, le sable a remplacé la végétation. Mais la vue sur l'océan et l'accès à la plage en moins de trois minutes. Avec quelques travaux, le gâchis pourrait devenir un paradis terrestre ; je n'en veux pas. Pour moi, la tristesse des murs ne s'effacera jamais, quel que soit le nombre de couches de peinture dont on pourrait les recouvrir.

Je retroussai mes manches, décidé à trier, jeter, vider les lieux pour que d'autres que moi puissent s'y projeter. Tandis que je brassais la poussière, je compris à quel point la location de cette Ford était grotesque : j'allais devoir faire dix voyages à la déchetterie, rôle qui n'était pas dévolu à une décapotable de 1967. En milieu d'après-midi, Michèle passa voir comment je m'en sortais, frêle et mignonne dans un gilet à pois rouges. Elle me trouva penaud, un Coca à la main, assis sur une pile d'exemplaires défraîchis du *Pêcheur de*

France. J'étais encerclé de meubles Ikea à demi-démontés, de cartons pleins jusqu'à la gueule d'objets inutiles et de paperasse caduque, le visage brûlant, les mains glacées. Je haussai les épaules, abattu.

— Je crois que je n'ai pas choisi la bonne bagnole.

Elle sourit en jetant un coup d'œil à l'engin extravagant garé devant la porte. Moi, j'aimais bien. La Mustang donnait à la cour des airs de Californie.

— Je n'ai pas voulu vous le dire tout à l'heure, mais j'avoue avoir été un peu surprise.

— Je ne sais pas ce qui m'a pris.

Je secouai la tête. En même temps, j'avais envie de rire.

— Si j'ai bonne mémoire, vous étiez copain avec le fils Jarril, non ?

— Matthieu… Mais aux dernières nouvelles, il est prof de plongée en Thaïlande.

— Ce n'est pas à lui que je pensais, Joris. C'est au van.

— Le van existe toujours ? demandai-je, interloqué, une pointe d'excitation dans la voix.

Elle acquiesça avec une mine de conspiratrice, tout en fouillant dans la poche de son pantalon.

Elle en sortit une clé, que j'aurais reconnue entre mille.

— J'ai expliqué la situation à son père. Il a été très compréhensif. Enfin, plus exactement, il a dit quelque chose comme : « Cette épave ? Bien sûr que je la lui prête ! Il peut même l'envoyer par le fond, si ça lui chante. »

Je souris, puis saisis la clé qu'elle me tendait. J'eus envie de lui dire combien mon père avait été chanceux qu'elle s'occupât de lui, qu'il n'avait rien compris, qu'il aurait pu avoir une autre vie, et une autre mort. Mais je dis :

— En fait, ici, vous êtes le maître des clés ?

Elle éclata de rire et, l'espace d'un instant, elle n'eut plus soixante ans, mais dix-huit.

Comme moi une heure plus tard, au volant du van orange de Matthieu Jarril, qui filait assorti au soleil déclinant.

Avant tout, c'était l'odeur. Un mélange de moisissure, d'essence, de caoutchouc et de wax. L'odeur du van, si longtemps après, était inchangée. Je croyais l'avoir oubliée, mais les parfums réactivent la mémoire mieux que n'importe quoi d'autre et, à peine monté dans le véhicule, ma jeunesse tout entière me sauta à la gorge. Brusquement, je n'étais plus cet homme de trente-huit ans, kinésithérapeute, marié et père d'une petite fille. J'étais redevenu un gamin sans mère élevé par un marin fantôme et dont la planche de surf était l'unique salut. Avant même d'enclencher le contact, par un phénomène quasi instantané, les larmes me montèrent aux yeux et je pleurai longtemps derrière le pare-brise sale, renvoyé tout à coup tant d'années en arrière.

J'étais si jeune… Je ne suis pas un vieillard, mais l'odeur du van racontait un monde qui n'existe plus. Si toutefois l'adjectif a un sens, je suis beaucoup plus *heureux* aujourd'hui qu'à l'époque. Mais le cul posé sur ce siège grinçant et rongé par le sel, j'aurais tout restitué pour être à nouveau ce gamin-là, avec son malheur, son mal-être, sa noirceur. Pour que mon père soit vivant et, à mon tour, lui péter la gueule, lui dire ce que je n'ai jamais osé lui dire, hurler et taper dans les murs, au lieu de m'ouvrir les veines comme on ouvre le courrier.

Je n'ai jamais su parler. Lyla, ça me revient, me traitait de « taiseux ». Je ne connaissais pas le terme, mais le comprenais d'instinct. Lorsqu'elle est énervée, Camille me traite de sourd-muet, celui qui n'entend pas et qui ne peut pas dire. « Tu fais chier, Joe. » On m'a volé la parole. Je ne sais qui accuser, ma mère, mon père, ma nature. J'aime mon travail parce que je n'ai pas à discuter, ou si peu. Je masse, manipule, répare, détends, replace. Certains patients parlent beaucoup, je les laisse faire ; je n'écoute ni ne réponds, mais leur logorrhée ressemble à une berceuse. Je me concentre sur les corps, les os, les muscles. Les peaux nues sous mes doigts roulent comme l'océan, mes bras scarifiés surfent lentement sur la douleur des autres. Le corps aussi a un langage, un langage que je comprends.

Je garai le van orange devant la maison, à côté de la Ford. J'avais le sentiment de voir dialoguer mes deux vies côte à côte, la brutalité de la jeunesse *versus* l'élégance de l'âge mûr, quelque chose de cet ordre. Pour autant, les deux véhicules étaient d'accord sur un point : l'anachronisme de leur situation.

Il faisait de plus en plus froid, comme si un iceberg avait décidé de fondre au large de ma dune. Me revint tout à coup l'image de ce gigantesque requin pèlerin échoué sur la plage quand j'étais petit, sans doute blessé par des filets de pêche ou l'hélice d'un bateau. Un squale de huit mètres, aux fentes branchiales béantes, à la gueule terrible. Cette race de requin est inoffensive mais, à l'époque, je ne le savais pas. Les autres enfants et moi avions cru à une créature préhistorique, voire extraterrestre. Mon père avait dit, je m'en souviens très bien : « Ça ne vient pas du ciel, Joe. Ça vient juste des hommes qui ne croient plus au ciel. »

De ce souvenir, bizarrement, émerge de la tendresse.

Je continuai de revivre le passé en allant chez Nino, qui tient la Trattoria de la rue principale. Je connais Nino depuis le collège. Nous étions tous deux demi-pensionnaires à Mimizan et prenions le car ensemble, comme tous les gamins qui vivaient par ici, paumés le long de la dune. Si nous n'étions pas vraiment copains, nous avions, au sens propre, partagé des tranches de vie : son père nous filait des parts de pizza le samedi soir, que nous mangions sur la plage autour d'un feu de camp. Au village, je ne connais plus grand monde, mais je n'avais pas le courage de passer la soirée tout seul sur le carrelage brun, cerné de cartons et de meubles désossés.

Dans cette station déserte, la salle était pourtant à moitié pleine ; c'est le seul restaurant ouvert toute l'année. Je m'installai à une table dans le fond et une immense fille brune à l'air congelé vint prendre ma commande. Sans réfléchir, j'optai pour une calzone.

— Nino est là ?

— Qui le demande ?

Je souris à sa voix rauque et ses sourcils froncés. Entre les tables en bois nappées de carreaux rouges, les lumières basses et jaunes, les bougies vacillantes et l'air patibulaire de cette grande

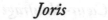

serveuse, j'avais l'impression d'être dans un film
de gangsters. Le dîner s'annonçait raccord avec la
Ford Mustang.

— Joris. Joris Quertier. On était potes, à
l'école.

— Je fais suivre.

La fille congelée fit demi-tour, après avoir
posé sur la table mon pichet de chianti. Je me
servis un verre, bus quelques gorgées. Une fois
réchauffé par l'alcool, je téléphonai à Camille.
Tout allait bien : Violette avait fait trois pas
toute seule, mangé sa purée de carottes et mordu
à la crèche la joue d'un gamin qui lui voulait
du mal. J'étais fier de ma fille. Je venais à peine
de raccrocher quand Nino fit son apparition,
ma pizza à la main, le ventre proéminent sous
un long tablier maculé de rouge vif. Il n'avait
pas vraiment changé, il s'était juste amplifié.
Enfant, il était maigrichon, un petit Rital sec
façon bresaola. Aujourd'hui, on avait le sentiment qu'il avait gonflé au four en même temps
que la calzone.

— Joris Quertier ! Bah, ça faisait un bail
qu'on ne t'avait pas vu ! Comment tu vas, mon
vieux ?

Il me tendit la main, je fis de même. Il la serra
si fort que je sentis craquer mon os trapézoïde.

151

— Je vais, merci.

— Qu'est-ce que tu fais là ?

— Tu le sais sûrement mais, début décembre, mon père est mort.

Il hocha la tête d'un air désolé.

— Ouais, j'ai appris. Toutes mes condoléances.

— C'est gentil. Du coup, je suis revenu pour la maison. Je veux dire… pour vider la maison. Enfin, tu vois.

— Je vois très bien, soupira-t-il. C'est moche.

J'ouvris les mains d'un geste fataliste.

— C'est la vie… Tes parents, toi, ça va ?

— Eux ? Ils s'éclatent. Mon père ne voulait pas lâcher le resto et m'a fait tout un cirque pendant des années. Maintenant, il raconte à qui veut l'entendre que la retraite, c'est le paradis des besogneux. Il passe ses journées à faire des mots fléchés en sirotant des martinis. Quant à ma mère, elle s'est mise à la peinture.

— Euh, Nino, je crois qu'on t'appelle…

Par le hublot du passe-plat, un cuistot affolé faisait de grands signes, comme si un incendie était sur le point de ravager les cuisines.

— Désolé, sont pas fichus de survivre deux minutes sans moi. Je te rejoins pour le digestif ?

152

— Avec plaisir, opinai-je. Je n'ai pas de scoop à raconter, mais ça serait cool de trinquer avec toi.

Il me gratifia d'une tape sur l'épaule, avant d'être englouti par une porte battante. Peu après, une salve de jurons en italien embrasa la salle et tous les clients se mirent à rigoler, comme s'il s'agissait là d'une chose habituelle qui faisait partie du folklore de la maison.

J'entamai ma calzone. Elle était brûlante, mais c'était agréable. Je comprenais mieux l'attitude de la grande fille congelée. En dépit du four à bois, il faisait froid ; moins que dans la maison de mon père, mais je dus me rendre à l'évidence : moi, l'enfant du pays, je n'étais plus adapté à la région. Je m'étais habitué au confort moderne, aux radiateurs performants et au double-vitrage. Habitué au bruit, aux taxis grognons et aux lumières vives, habitué au stress, à la vitesse, à la foule. En marchant jusque chez Nino, j'avais retrouvé cette étrange sensation de ma jeunesse, la beauté mélancolique et angoissante des stations balnéaires hors saison. Toute mon enfance, j'avais vu dès le printemps le village se charger de touristes, de citadins en monospace, d'Allemands en sandales, d'Anglais en fiesta, de Néerlandais blonds et gigantesques comme des cousins éloignés de mon copain Sylvain. Notre enclave se muait en une tour de Babel bruyante et chamarrée, un monde entièrement construit de bateaux en plastique, de churros luisants et de guirlandes lumineuses. Puis, à l'automne, tout redevenait calme, silencieux comme le fond des mers ; seuls le ciel et l'océan, imperturbables face aux variations de population, crachaient leur fougue et leurs nuances sur le désert retrouvé. Mon père détestait la période estivale. Il disait toujours que s'il avait eu de l'argent, il se serait cassé tous les étés au Québec, tranquille dans une cabane au cœur des Laurentides, au bord d'un lac placide en compagnie des ours et des truites arc-en-ciel. Évidemment, il n'avait pas d'argent, et, quand il ne travaillait pas, il s'en allait pêcher le plus longtemps possible, des jours et des jours en mer sans donner signe de vie. J'étais toujours terrifié à l'idée qu'il ne revienne jamais. Il ne m'aimait pas, ne me rendait pas heureux et, même avant la blessure, même avant le chômage, j'avais peur de lui. Mais voilà, c'était mon père : s'il ne rentrait pas, qu'allais-je devenir ? Avec le recul, je suis surpris que nous n'ayons pas eu plus souvent la visite de la protection de l'enfance, mais il est vrai que je ne disais rien. J'avais appris à me taire, et si l'on me questionnait je mentais avec aplomb et créativité. Les voisins ne pouvaient pas imaginer qu'à six ou sept ans je restais ainsi livré à moi-même. Hors saison, c'était encore plus facile : les maisons alentour étaient toutes des résidences secondaires vides les trois quarts du temps, jusqu'à l'emménagement de Michèle Lavoley l'année de mes neuf ans. Mais son béguin pour Jeff devait l'aveugler, car elle ne remarqua rien, ou ne voulut rien remarquer.

Si les touristes rendaient mon père malade, j'ai toujours beaucoup aimé, petit garçon, mon village en été. Il faisait beau, chaud, et je ne me sentais jamais tout à fait seul au milieu de l'effervescence qui animait les rues. Je connaissais tous les commerçants, on m'offrait des glaces, des gaufres, la supérette me faisait crédit – du moins, elle faisait crédit à Jean-François –, et chaque année, en plus des gosses du coin et de mes copains d'école, il y avait toujours un nouveau stock d'enfants avec lesquels jouer. Je suppose qu'à l'époque, je n'étais pas malheureux. Je savais bien que ma vie n'était pas normale, que mon père ne ressemblait en rien aux autres pères, qu'une forme de danger, un peu sibyllin, flottait au-dessus de ma tête. En fait, à cet âge-là, j'étais surtout anxieux. À cause du manque d'argent, à cause des abandons, je souffrais d'une angoisse mortifère qu'aucun gamin ne devrait jamais connaître. Pour autant, non, je n'étais pas malheureux. À l'adolescence, quand j'ai commencé à prendre des boulots saisonniers, nettoyeur de piscine ou vendeur de beignets, j'ai mieux compris l'agacement de mon père devant ces déferlantes de gros bourges qui pensaient que leurs liasses de billets les dispensaient de la politesse la plus élémentaire. Mais j'avais le surf pour me défouler entre deux services ; et puis, au faîte de cette invasion, il y avait les filles. Les filles de la ville, c'était quelque chose, leur élégance urbaine, délurée. Je les méprisais un peu, mais elles me faisaient bander.

Quoi qu'il en soit, j'avais oublié la station au mois de janvier. Même pour Noël, il y avait toujours de l'animation, de nombreux citadins venant passer les fêtes dans leur maison de vacances. Mais ça devait faire dix ans que je n'étais pas revenu en plein hiver et l'impression de bout du monde était saisissante. Aussi, même s'il y faisait un peu trop froid, entrer dans le restaurant de Nino fut une bénédiction. Cette calzone, ce chianti, ces humains attablés engloutissant des pâtes, c'était ma providence. Et quand la grande serveuse vint enlever mon assiette, je commandai un tiramisu aux fraises et une grappa vintage au prix exorbitant.

J'ai de l'argent, aujourd'hui, même si j'espère n'être pas devenu l'un de ces gros bourges que je détestais jadis. J'ai un beau métier, une belle épouse, un beau bébé.

Je ne change pas le monde, mais le mien a changé.

Lyla

Lyla

Août 1998

Ils marchent côte à côte dans l'aube frémissante, sans se toucher. Joe pousse le vélo d'une main experte, presque d'un doigt. Lyla se sent amoureuse, un sentiment fabriqué par les hormones. Le sexe fut pourtant sans intérêt, un rapport maladroit, empêché, troublé par l'exercice de la capote et le sable glacé qui s'insinuait, râpeux, à l'intérieur du corps. Cela n'avait pas d'importance, c'était une première fois. Même avec Alexis, les premières fois avaient été médiocres. Sans parler des garçons qui prirent le relais pour panser la blessure, les rencontres d'un soir, *fast food, fast love*. Au fond, elle n'aimait pas tant le sexe que l'idée du sexe. L'idée d'être « utilisée », pour le plaisir de quelqu'un d'autre. Elle ne se sentait pas objet pour autant, jamais. Au contraire, elle se sentait vivante,

161

accueillante, fière de s'être donnée. Généreuse, en somme.

Lyla est généreuse, et le silence lui pèse.

— Tu n'aimes pas le cinéma… Mais sinon, tu lis ?

— Bukowski.

— Je ne connais pas très bien. Quoi d'autre ?

— Bukowski, c'est tout.

Elle hésite à poser davantage de questions, pourquoi Bukowski et seulement Bukowski ? Mais il s'agit de Taiseux, elle a déjà trop parlé, parlé des cicatrices et des sujets qui fâchent.

L'aube, comme un tapis, se déroule.

Glisse.

Il fait de plus en plus jour.

La paume de Lyla frôle le bras de Joe.

— C'est là.

Il s'arrête, lève les yeux.

— C'est joli, chez toi.

— On a loué, réplique Lyla d'instinct. C'est juste pour les vacances.

Joe ricane. Elle regarde la maison comme si elle ne l'avait jamais vue. Une bâtisse en bord de plage, planches blanches, volets bleus, terrasse, jardin, piscine, villa californienne. Sous le porche, la balancelle oscille dans la brise matinale comme

162

la plume d'un édredon grand luxe. « Joli » est un euphémisme et, brusquement, Lyla a honte.

— Ce n'est pas où on vit qui importe, murmure-t-elle. C'est avec qui.

Joris sourit, acquiesce en silence. Le sourire est douloureux mais Lyla ne le voit pas, ne le comprend pas. Pas encore.

— Je te reverrai ? demande-t-elle, intrépide tout à coup.

Il hausse les épaules.

— Matthieu te l'a dit : on sait toujours où nous trouver.

Elle espère un baiser mais Joe lui rend le vélo et, sans un mot, fait volte-face.

Il ne se retourne pas.

Elle range la bicyclette dans le garage, s'essuie les mains sur son short, monte les marches, pousse la porte. Elaine se tient dans le salon. Le soleil levant colore d'orange sanguine son éternelle tunique blanche, élégamment ceinturée de cuir fauve. Au salon, il y a un homme que Lyla ne connaît pas. Elle imagine qu'il s'agit du fameux Morin, lui trouve des airs d'insecte, avec son corps trop mince, trop grand, cintré dans un costume en lin rayé beige. Visiblement, ils ont bu toute la nuit – eux aussi. Baisé toute la nuit ?

— Tu as vu l'heure ? J'étais sur le point d'appeler les flics !

— Pardon. J'ai déraillé.

Morin s'esclaffe, whisky à la main, l'œil qui frise.

— Comme nous tous, ma grande !

Un frisson désagréable lui déchire la colonne, comme la fermeture éclair d'une combinaison de plongée. Elle se demande où est son père, son petit père mou, doux et cocu. Elaine ne relève même pas la plaisanterie graveleuse, ses yeux bleu lagon lancent des éclairs noirs.

— Tu as *déraillé* ? Tu te fous de moi ?

— Je suis désolée. J'ai rencontré des gens, ils m'ont aidée avec le vélo… J'étais paumée dans la forêt, super loin, de l'autre côté. Ils étaient cools et je n'ai pas vu le temps passer.

— Il est presque sept heures du matin, Lyla, tu te rends compte ? À quoi tu pensais ? Tu as pensé à moi, bordel ?!

Elle a envie de répondre : « Tellement. » Mais elle esquive.

— Et papa ? Il dort ?

Elaine soupire.

— Il est parti hier soir. Un client, en Espagne. Heureusement pour toi. S'il avait été là, tu aurais la cavalerie aux trousses.

— Parce que toi, bien sûr, tu ne t'es pas inquiétée…

— Moi, ma petite, j'ai été une gamine de seize ans.

Sans la présence de Morin, les choses auraient sans doute dégénéré, mais comme il est là, Elaine renonce à jouer les tragédiennes. Lyla ne sait toujours pas qui est Morin, au juste. S'en fout et bâille, épuisée.

— Je vais me coucher.

Elaine se passe la main dans le cou avec lassitude, offre sa gorge languide aux lueurs du matin.

— On déjeune ensemble, puisque, à force de t'attendre, il n'y a pas eu de dîner. Je te veux fraîche et dispose à midi pile. C'est clair, Lyla ?

— C'est clair, maman.

Une fois dans sa chambre, elle ôte le short, le débardeur en lin, les espadrilles. Le soutif de maillot, la culotte de maillot. Elle ne se sera même pas baignée, finalement.

Le lycra sent le stupre. L'odeur puissante déferle dans la pièce, comme une vague.

Elle pense à nouveau au père Jacquet. *Moi aussi disparaître, pfffuit.* Comment a-t-il fait pour qu'on ne le retrouve jamais ? Voilà maintenant des mois qu'il semble avoir quitté la surface de la Terre. *Je voudrais la notice, tiens.* Mais Lyla n'a pas disparu, elle a réintégré la maison de vacances, y a trouvé sa mère un « ami » au côté, blague salace et whisky au bord des lèvres, vieux poivrot dégueulasse en costard de moustique. Dans quelques heures, il lui faudra mettre une robe, une robe élégante qui ne fera pas honte, une veste chic, façon smoking, achetée revolver sur la tempe dans un centre commercial flambant neuf – rutilances inutiles, encore et encore. Il lui faudra jouer son rôle, la fille d'Elaine Manille, photographe renommée, tyran domestique, terreur intime.

Elle se couche, repousse le drap et presse la culotte de maillot contre son visage. Le parfum du sexe. Le parfum de Joe.

Elle s'enivre, s'évapore.

Je suis Lyla Manille. Je suis un ectoplasme.

J'ouvre la porte.

N* se tient dans le cadre avec son physique à la Titien, sa face longue et barbue. Entre ses mains, des fleurs jaillissantes et une bouteille de prosecco, parce que j'aime le prosecco. C'est la première fois qu'il m'offre des fleurs, c'est ridicule. Cela ne me touche pas, ne me fait pas plaisir : c'est trop ridicule. Je le laisse entrer, lui prends le bouquet des mains pour le glisser dans un vase. Le vase est disproportionné et la composition criarde, presque artificielle, m'évoque les cimetières. S'il me connaissait, il aurait choisi des tulipes blanches, des freesias, quelque chose de pur, simple, faussement fragile, pas ces gerberas aux couleurs synthétiques. Je lui fais signe d'ouvrir la bouteille et de servir le vin ; à défaut de me connaître, il connaît la maison.

Je crois que je n'ai pas dit un mot, lui non plus. Ou bien de tout petits mots dépourvus de sens réel, *salut, ça va, entre, oui, et toi ?* Je ne suis pas nerveuse, je ne tremble pas, ne sens pas mon cœur battre, ou peut-être trop lentement. Je n'ai pas couru au miroir, n'ai pas enfilé de talons. Guérie, déjà ? Je porte un jean lâche, un t-shirt délavé à l'effigie des Strokes, un gilet en cachemire aux coudes usés jusqu'à la trame. Au bout de mes orteils nus, mes ongles sont vernis vert – une expérience. Le linge sèche dans l'entrée, mes strings en rang d'oignons telle une provocation que je n'avais pas prévue.

Il ouvre les placards, remplit deux flûtes, m'en tend une. Il veut trinquer, je recule. Il ne comprend pas, penche la tête sur le côté selon son habitude. Dans cette position, il ressemble à Jésus, un Jésus un peu fou.

— Tu plaisantes ? dit-il dans un haussement de sourcils, deux doigts pincés autour du verre.

— Je n'ai rien à fêter.

Je m'assieds dans le canapé et, d'un geste de la main, l'invite à faire de même. *Égalité.* Je bois une gorgée. Il plisse les yeux et s'apprête à parler, mais je ne veux pas l'entendre. Je n'ai rien anticipé, je ne réfléchis même pas, je veux seulement lui couper la parole.

— Il y a dix-sept ans, j'ai eu un bébé.

Sur l'instant, son visage reste placide. Une légère surprise, peut-être. Un sursaut ? Puis il encaisse la nouvelle et ses cuisses se contractent sous la toile bleu canard du pantalon chino.

— Comment ça ?

Je remarque ses chaussettes. Elles sont vert pomme et, bêtement, leur éclat me perturbe.

— J'étais adolescente, je suis tombée enceinte, j'ai gardé le bébé, j'ai accouché sous X.

Je lâche cela sans filtre, à toute vitesse, pour la première fois de ma vie. La sensation est étrange, comme si je jouais enfin sur scène une pièce répétée en silence durant deux décennies. N* se fige puis, très vite, pose sa main sur mon bras.

— Lyla, je suis désolé. Ça a dû être affreux.

— Oui.

Je bois une gorgée de prosecco. Sa chemise est parfaite et ses souliers brillent autour du vert pomme. Il ne bouge pas, mais je ne sens pas sa main sur mon bras, c'est la main-fantôme d'une relation-fantôme.

— Tu n'as jamais cherché à le retrouver ?

— Non. J'ai seulement cherché à oublier. J'avais presque réussi.

Il me fixe, aussi intensément que Léonie, appareil médical. N* est radiologue, c'est amusant. Mais il ne m'impressionne pas, ou ne m'impressionne plus. Ses souliers brillants ne m'impressionnent pas, ni son visage doux, ni ses grands yeux bruns de cocker fatigué. Je réalise soudain qu'il ne ressemble pas à Jésus ; il ressemble à mon père. Cette révélation me donne envie de vomir.

— Il s'est passé quelque chose ? Je le vois bien, Lyla. Tu n'es pas dans ton état normal ces derniers jours. Tu peux me parler, tu sais… Tu peux tout me dire. Alors ? Qu'est-ce qui t'arrive ?

Son air magnanime appuie ma décision. Ce que je dois dire est clair, simplement traduire ce qui croupit, informe, à l'intérieur de ma tête. Il me faut être précise, aussi précise que lorsque je travaille sur le texte britannique. Inspirer, expirer, et choisir les mots justes. Je me mets légèrement à l'extérieur de moi, petit pas chassé, puis d'une voix monocorde, je réponds.

— J'étais avec toi parce que je croyais devoir être punie. L'amour, je n'y avais pas droit. J'avais seulement le droit d'être dans l'ombre. Dans l'ombre de ta vie, dans l'ombre de ta femme, dans l'ombre de tes filles. M'éclipser, accepter, fermer ma gueule, comme je l'ai toujours fait.

Mais aujourd'hui, je ne suis plus d'accord avec moi-même.

N* se liquéfie, on dirait ma mère le jour où elle a appris ma grossesse. Ma mère et mon père se superposent, l'image tremble, tressaute.

— Lyla... Qu'est-ce que tu racontes ?

— C'est fini. Toi et moi, c'est fini pour de bon. J'ai assez de fantômes pour m'accompagner. Tu comprends ?

Il n'a pas compris, ensuite il a pleuré avant de prendre la porte. De nombreux hommes ont pleuré pour moi, mais tous sont rapidement passés à autre chose. Je ne m'inquiète pas pour lui.

Je suis fière, malgré tout, d'avoir *fait un choix*. Jusqu'à présent, je n'ai jamais rien choisi. Être le modèle phare de ma mère n'était pas un choix. Avoir un bébé à dix-sept ans n'était pas un choix. L'accouchement sous X n'était pas un choix, mais la réaction logique face à une situation épouvantable (« Ma grande, bordel, fais donc preuve de bon sens ! »). Les textes que je traduis, je ne les choisis pas non plus. Ma carrière même s'est jouée sur un concours de circonstances, une proposition alléchante au moment où j'hésitais entre plusieurs métiers – professeur, interprète, guide touristique ? Les hommes m'ont toujours choisie avant de m'abandonner, un prêté pour un rendu. Mais ce soir, j'ai choisi. Moi, juste moi. Il y a dans cette tristesse une forme de victoire. J'ai enfin soldé cette non-histoire, qui permettait à ma culpabilité de trouver un autre port d'attache. Car c'était cela, N* : un dérivatif.

J'ai effacé son numéro, puis terminé le prosecco devant le texte britannique.

Alice Springs, 145 km. L'immensité du désert, la vague rouge. Le cœur bat trop vite, le soleil tape trop fort.

Tenir le pouls.

Cal avait connu, plus jeune, le vertige des profondeurs, le nez aspiré dans un masque en latex. Quand il avait nagé trop loin, fasciné par les poissons pourtant toujours semblables, dorades minuscules, sars à tête noire, girelles et gobies, des criques méditerranéennes où, avec ses parents, il partait en vacances. S'affoler sans raison objective, ce soudain handicap, stupide, insupportable, l'attaque de panique. L'impression que le cœur lâche, que les jambes ne tiennent plus, que la trachée s'écrase. Dans l'Outback, Cal éprouvait parfois la même sensation, mais à l'air libre. C'était bien plus terrible puisque ici on ne pouvait pas sortir de l'eau. Enfant, il ne parvenait à faire taire l'angoisse qu'en continuant de nager, toujours où il avait pied, sous l'œil bleu et rassurant de sa mère, cachée par la capeline et les tuniques en voile. Pensant à cela, il comprit l'étrangeté de l'expression, « avoir pied ». Personne n'a pied. Dans la vie, personne n'a jamais pied. Mais il y avait dans ces mots une force conjuratoire. « Je nage. Je ne meurs pas. Je suis en bonne santé. » Alors, au volant de la jeep en plein cœur du désert, Calvin à voix haute se répétait cela :

« Je nage. Je ne meurs pas. Je suis en bonne santé. »

Je nage, je ne meurs pas, je suis en bonne santé. N* est parti, j'ai toujours pied.

Août 1998

Le restaurant était sublime, comme tous les restaurants que fréquente Elaine. Elaine n'a de simplicité que pour les vêtements, snobisme personnel. Chemise en popeline blanche, Levi's vintage, tropéziennes argentées, pour investir la grâce d'un vaste jardin-terrasse planté de luminaires d'un chic estampillé. L'océan, rendu bleu marine par un soleil voilé, émergeait étincelant derrière l'herbe grasse qui couvrait les falaises. C'était l'un de ces endroits qui rappellent que la planète est une œuvre d'art, donnent envie de verser des millions de dollars aux écologistes, de buter les patrons, de redevenir sauvage, de monter des cabanes, des potagers, des no man's land, de démolir les usines et bombarder les banques. Déprimant, de fait – bientôt détruit, comme tout

175

le reste. Rien de ce qui est beau ne dure jamais longtemps.

Ils étaient idéalement placés, face au paysage mais abrités par un mur, un braséro sur pied lui aussi idéalement placé, juste assez près pour vous tenir chaud sans vous brûler le visage. Il y avait du vent, ce jour-là. Elaine commanda le vin sans demander l'avis de personne, « Minuty rosé, dans un seau à glace, cela va sans dire mais je le dis tout de même », puis elle ricana, tête renversée, lèvres entrouvertes, ses dents luisantes et pâles comme des os de nouveau-né. Stéphane Morin sembla vexé dans sa virilité mais, vraisemblablement, il avait l'habitude. Lyla s'en foutait – tant qu'il y avait à boire. Elle ne savait toujours pas qui était Morin et, adolescente encore, demanda sans manière :

— Mais vous êtes qui, en fait ?

Il s'esclaffa, faussement décontracté, manège pathétique qui dilatait ses narines en deux gouffres noirs.

— Qui je suis… ? Je suis l'agent de ta mère. Elaine, tu ne lui as pas parlé de moi ?

— Lyla, je la photographie, je ne l'assomme pas avec les détails techniques. Ça n'a rien de personnel, Stéphane. Détends-toi, mon vieux.

— Certes… Mais nous déjeunons ensemble, et ta fille ne sait même pas qui je suis ! Avoue que c'est un peu… Enfin, Elaine… Un peu…

— Mais encore ?

Lyla, en son for intérieur, rigola à s'en décrocher la mâchoire. La technique « Mais encore » de sa mère était rodée comme une Formule 1 en lice pour le Grand Prix. Assortie du regard nécessaire, l'expression assassinait dans l'œuf toute tentative de rébellion. C'était une castration verbale, infaillible. Blessé, Morin sourit brièvement puis, faute de repartie ad hoc, se noya dans l'océan. Au large, un supertanker fit hurler sa sirène. Lyla pensa : *marée noire.* Elaine goûta le Minuty avec moult simagrées, hocha la tête. La serveuse, une très jolie fille au crâne presque rasé, servit les trois convives. À tous les coups, Elaine voudrait la photographier.

Vous êtes belle et étrange, vous êtes tout ce que j'adore.

Lyla but, frais et rose. Elle chaussa les Ray-Ban, les lunettes de son père, ostensiblement. En consultant la carte, elle se prit à rêver de flageolets chauffés à même la boîte sur un Butagaz pourri, de merguez trop cuites, de bières tièdes, de tentes inconfortables. *Pauvre petite fille riche.* Mais le manque d'amour, riche ou pauvre, ça vous flingue pareil ; elle voulait bien prendre en duel celui qui dirait le contraire. Son père lui manquait. Morin et sa mère parlaient de gens qu'elle ne connaissait pas, de galeries d'art qu'elle ne connaissait pas, de magazines dont elle se foutait, de contrats, de tirages numérotés, de pourcentages. Elle ferma les yeux, cherchant à se représenter la liberté, là-bas, dans la forêt. L'odeur des pins, la solitude, la paix, et même la peur. De plus en plus souvent, elle avait envie d'être quelqu'un d'autre. Ou simplement qu'émerge cette part courageuse d'elle-même, une part qui existait, affleurait, si proche de la surface, invisible nénuphar. Après sa presque nuit blanche, elle avait terriblement sommeil. Elle se pressa les tempes du bout des doigts, puis bâilla. La voix d'Elaine s'élevait dans l'atmosphère comme le jingle publicitaire d'une radio bon marché.

— C'est mon regard, Stéphane, mon regard singulier... Ce regard, c'est ma richesse. Un regard comme le mien, ça ne se brade pas, ça ne se marchande pas. N'est-ce pas, Lyla ?

Elle acquiesça sans conviction, mangea sans conviction. Tous ces mets raffinés aux noms extravagants avaient un goût de carton.

Plus tard, au food-truck, elle attache son vélo et commande un Coca. Dans l'eau, on ne sait pas qui est qui, c'est un étrange ballet de néoprène, de résine et d'écume. Vent fort à dominante sud, gros coefficient de marée, les conditions sont dantesques et ils sont nombreux sur la vague. Sous le ciel nuageux, l'océan devient ténèbres ; il semble créature, monstre pluricéphale aux gueules dévorantes. Elle observe les hommes défier la nature, puis descend sur la plage pour attendre l'orage.

Le ventre du ciel se gonfle, les nuages peu à peu prennent l'allure d'étalons, de soucoupes volantes, de visages grimaçants. Elle sourit, les regarde se mouvoir au faîte de l'horizon, vite, trop vite, comme en accéléré. Il y a un mot pour cela, *paréidolie*, cette illusion d'optique qui vous fait percevoir des formes intelligibles dans les choses insensées. L'être humain a ce besoin viscéral de donner sens au chaos ; alors, il invente. Le rocher prend l'allure d'un sphinx, le nuage d'une locomotive, les nœuds de l'armoire d'un lion rugissant – et le Christ apparaît sur le côté d'un toast.

Elaine n'a jamais su photographier les nuages. Il faut avoir du cœur, pour comprendre les nuages.

Lyla abandonne au sable la robe à volants de petite fille modèle, la veste chic, le déguisement.

Elle entre dans l'arène, sans combinaison, sans longboard, rien que sa peau nue et les reflets écaille du bikini lamé. Les lames tirent, ses pieds s'enfoncent, elle manque perdre l'équilibre et pense à ces enfants qui chaque année sont retrouvés noyés, piégés par les courants. Mais elle avance toujours, saute, inspire et plonge pour passer sous la vague qui, pareille à un mur, se dresse devant elle. Les rouleaux sont puissants mais elle n'a pas peur, ou plutôt fait semblant de n'avoir pas peur. Taiseux est tout près maintenant, allongé sur sa planche pour regagner le rivage. Blond Platine, au loin, lève le bras et fait un doigt d'honneur, visiblement énervé de voir son pote quitter une session pareille pour cette « pauvre petite conne ».

— Ils font quoi, tes parents ?

Ce disant, Joris se crée une place dans le sable et tortille du derrière pour être confortable. Il va bientôt pleuvoir ; le vent est tombé mais Lyla grelotte.

— Ma mère est photographe.

— Ah bon ? Célèbre ?

— Un peu.

— C'est-à-dire ?

Elle aurait dû mentir, répondre « fleuriste »,
comme ses grands-parents ; cela n'aurait généré
aucun fantasme, aucune question. Elle n'a pas
envie de parler d'Elaine, surtout pas maintenant,
pas à ce garçon-là. Mais il a quitté la vague pour
la rejoindre, fait l'effort d'être curieux, alors elle
prend sur elle et hausse les épaules.

— Elle bosse pour des magazines, parfois pour
des pubs. Et des projets perso, des expos… Ça ne
m'intéresse pas des masses, pour être franche.

— Elle prend quoi ?

— Des gens. Enfin, surtout des enfants, des
ados… Elle est obsédée par la jeunesse.

— Elle te photographie, toi ?

Embarrassée, Lyla regarde le ciel.

— Y'a pas de mal à être photographiée… Je
veux dire, t'es belle, non ?

Son cœur déforme le lycra comme un esprit
frappeur déformerait un mur. Mal à l'aise, elle
creuse des talons deux tranchées dans le sable.
C'est froid et humide, dessous.

— Et ton père ?

Lyla est surprise que Taiseux se mette brusquement à parler autant, avec une forme d'urgence,
comme s'il cherchait à fuir quelque chose.

— Il vend des trucs, répond-elle d'une voix
lasse. Des pièces pour l'aéronautique, je ne sais

pas trop… Il n'est jamais là, mais il gagne plein de fric.

Elle soupire, en espérant qu'il ne demande plus rien. Joris se tait, mais elle se sent contrainte de retourner la faveur.

— Et toi, ta famille ?

— Je t'ai dit, ma mère est morte. Et mon père, il picole.

— Chez moi, c'est ma mère qui picole.

— C'est pas pareil. Crois-moi, Lyla avec un y. C'est pas du tout pareil.

Elle se demande bien ce qu'il en sait ! Son assurance l'agace, mais elle n'objecte pas.

— C'est à cause de ton père que tu aimes Bukowski ?

Il ramasse une poignée de sable, la laisse filer dans sa paume, puis contemple le sablier de chair – vide. Il a comme une absence, puis répond d'une voix caverneuse :

— Buk, quand il boit, c'est joyeux. Désespéré, mais joyeux. Grandiose, presque. Mon père, c'est pathétique. Y'a aucune grandeur dans sa manière de boire. Que de la souffrance. De la souffrance, de la faiblesse et de l'ennui.

Elle a envie de pleurer, l'émotion la submerge. Le ciel est de plus en plus noir, une nuit dans le jour comme une éclipse solaire. À ce qu'on raconte, il y en aura une, l'été prochain. Au lycée, monsieur Kalif, le prof de physique, ne parlait que de ça. Lyla s'en foutait bien, de l'éclipse solaire : elle gloussait avec Amanda, à se dire que ce pauvre type n'avait pas de vie sociale, pour s'exciter à ce point sur un truc qui leur semblait devoir survenir dans un million d'années.

— Je suis désolée, dit-elle. Question parents, toi et moi, on n'a pas tiré le gros lot.

Elle se penche vers lui, l'embrasse ; ses lèvres sont douces comme les ailes d'un oiseau. Elle voudrait prononcer des mots définitifs, mais bien sûr ne dit rien. L'amour n'a pas besoin de mots. Juste de gestes, de regards, de petits feux intérieurs.

— Il faut qu'on s'abrite, lance-t-il en se levant. Cette fois, ça va tomber. Et sévère.

— On peut aller chez moi, si tu veux.

Elle se mord violemment l'intérieur de la joue. Pourquoi a-t-elle proposé une chose pareille ? Sans doute parce qu'elle est frigorifiée et qu'elle rêve d'un pull, mais c'est la pire idée du monde. Par malheur, il acquiesce en redressant sa planche.

— Cool. J'ai toujours rêvé d'aller chez les bourges.

Elle ne sait pas s'il plaisante, s'il se moque. Elle a de plus en plus froid, elle claque des dents comme un squelette piégé dans l'œil d'une tornade. Elle enfile la robe sur son maillot mouillé, la veste chic, ramasse les sandalettes échouées dans le sable.

Demain, il y aura des auréoles de sel sur le déguisement.

Piètre consolation.

6 avril 1999

Lyla,

J'ai reçu ta lettre. Je ne t'appelle pas, car je n'ai
rien à dire. Je crois que tu sais déjà que je ne peux
rien pour toi. Je suis une mauvaise pioche, un
putain d'inutile. « Imposteur », tu le dis toi-même.

Je ne comprends pas ce qui s'est passé, mais tu es
trop jeune pour être mère. Moi, je ne serai jamais
père, je n'en suis pas capable, je suis trop bousillé.
Ne garde pas ce bébé. Ça serait créer du malheur sur
la Terre et la Terre a assez de malheur comme ça. Je
suis désolé de ce qui t'arrive, mais je ne peux pas

t'aider, même pas financièrement, pour le voyage ou quoi. Je te le dis, le répète : un putain d'inutile.

Je te souhaite une belle vie, et de grandir encore avant de prendre la décision de mettre quelqu'un au monde. Mais merci de m'avoir demandé mon avis. Je suis sincère. Toutes les filles ne l'auraient pas fait.

Ne me contacte plus, s'il te plaît.

Je t'aimais bien, moi aussi, mais ce n'est pas le problème. Et puis, j'ai rencontré quelqu'un. Pardonne-moi, si tu peux.

Joris

J'ai exhumé sa lettre, arrivée dix jours plus tard en réponse à la mienne. La feuille quadrillée est propre, comme neuve, protégée par l'enveloppe qui, elle, s'est racornie. Papier sauf, lignes nettes. Peut-être y a-t-il mes larmes quelque part mais, sur du stylo-bille, les larmes ne laissent pas de trace.

Je la lis, la relis, le chagrin est intact, la colère est intacte – dix-sept années prises dans les glaces. Je me fige, me recroqueville, mon ventre devient solide comme un bonbon de marbre.

Je reste ainsi longtemps, en boule dans le canapé. Je grelotte, pourtant les radiateurs sont au maximum. Sur la table basse, la lettre paraît phosphorescente, comme si chacun des mots était fait de néons, de minuscules néons pareils aux filaments d'une méduse pélagique. Je suis pompette, prosecco de malheur, N* de malheur. Étrangement, j'entends « haine » pour la toute première fois, et ces haines mélangées me donnent une impulsion.

Je me redresse, attrape mon téléphone et compose le numéro que j'avais griffonné sur un morceau de papier. Je tombe directement sur la messagerie.

Vous êtes sur le portable de Joris Quertier, et vous savez quoi faire.

Mais non, Joe, non, je ne sais pas quoi faire ! Le bip me semble anormalement long et sans réfléchir, guidée par l'alcool qui circule dans mes veines, je commence à parler.

« C'est Lyla. J'aurais préféré que tu n'appelles jamais, mais maintenant, c'est trop tard. Ce que je ne comprends pas, c'est que tu appelles après deux décennies pour me dire des mensonges. Tu as lu ma lettre, Joe, tu m'as même répondu. Alors non, désolée, mais je ne comprends pas. »

Je raccroche, repose le smartphone à côté de la lettre. Deux lumières bleutées flottent maintenant sur la table basse, tels les corps diaphanes de jeunes filles noyées.

Un peu perdue, j'essaye d'appeler Zoé, mais elle ne répond pas. Peut-être est-elle avec la fille aux pommettes-guéridons, en train de faire l'amour. Dans ma tête, je pose sur ce visage le bouquet de N* dans son vase trop grand, et les fleurs criardes deviennent feu d'artifice.

En définitive, j'envoie un SMS.

Tu me dois un Marsupilami.

Sans fiche de paye.

Je retourne à mes dix-sept ans, toute pleine de flash-back que je ne peux arrêter.

Après cette lettre de Joris, j'avais dû annoncer ma grossesse à Elaine. Tôt ou tard, mon ventre allait pousser et, comme elle aimait tant à le répéter, elle avait l'œil vif – son fameux *regard*. J'étais mince, vraiment mince à l'époque, et ne savais pas mentir. Papa était en voyage depuis des semaines, en Chine, mais il fallait bien que je le dise à quelqu'un… Sinon, que faire ? Attendre, encore ? Attendre jusqu'à la fin, jusqu'aux eaux qui jailliraient, sans prévenir, sur l'asphalte ou le parquet ?

— Maman, je suis enceinte.

— Pardon ?

— Je suis enceinte.

Elaine se décompose.

— C'est une blague ?

189

Je secoue la tête, son visage tombe en miettes comme la pièce montée d'un fastueux mariage qui aurait mal tourné. Elle ne me croit pas, s'arrache les cheveux, me traite de menteuse, d'affabulatrice, de mythomane caractérielle. Elle demande des preuves et, en désespoir de cause, je lui montre le test.

— Tu n'auras pas de bébé, Lyla. J'ai quarante-deux ans, bordel, je suis trop jeune pour ces conneries. Tu n'auras pas de bébé, c'est clair ? Moi vivante, tu n'auras pas de bébé.

Elaine, grand-mère ? Plutôt crever.

Que je sois trop jeune, moi, n'avait pas d'importance.

Elle tempêtait, je restais calme. La scène me semblait se dérouler dans une autre dimension. Je n'étais plus vraiment là, mais je me rappelle avoir posé la main sur mon ventre.

Te protéger, déjà…

Sur le moment, elle n'avait rien demandé, ni le nom du géniteur, ni la date probable de la conception, ni si je mettais des capotes comme toutes les adolescentes de ma génération. Elle avait juste crié, m'avait arraché le test des mains, l'avait jeté contre un mur avant de claquer la porte. Après cette altercation, j'avais décidé qu'à la question du père, je ne répondrais jamais – et je m'y suis tenue. C'était la première chose qu'une mère aurait demandé, mais Elaine Manille n'était pas une mère.

J'étais déjà enceinte de treize ou quatorze semaines, le délai légal pour avorter était alors de dix. Depuis la puberté, mes règles se comportaient de manière anarchique, mes cycles élastiques comme du sucre tiré. Je n'avais pas de symptômes évidents, n'avais pas pris de poids, nous avions utilisé des préservatifs : l'idée d'être enceinte ne m'avait pas effleurée. Si j'avais finalement fait ce fameux test, ce fut à cause d'une remarque d'Amanda, alors que nous quittions le réfectoire après le déjeuner.

— Tu vas encore pisser ? Mais t'es enceinte ou quoi ?!

L'innocente plaisanterie était entrée en moi telle une dague glacée. Amanda, troublée par ma réaction, avait posé la main sur mon front comme si j'étais malade.

— Hey, mon chou, ça va ?

J'étais passée à la pharmacie en rentrant du lycée. Je me souviens encore de ma gêne, de la toute petite voix avec laquelle j'avais demandé cet article honteux à un homme aux yeux clairs, de mes joues brûlantes en franchissant la porte, de la lumière de l'enseigne qui se reflétait, verte, sale et ridée, dans une flaque d'eau sur le trottoir.

C'était le 26 mars, c'était mon anniversaire, et un immense voile sombre recouvrait le quartier.

Les examens, son cœur qui bat, *badam-badam*.

Un être vivant à l'intérieur de moi, palpitant sous la peau. J'avais pensé, je me souviens, à *Alien* de David Fincher, dans lequel le lieutenant Ripley est enceinte d'une reine extraterrestre. Le lieutenant *Ellen* Ripley... Je faisais le rapprochement pour la première fois et j'avais envie de rire, un fou rire nerveux au milieu des ténèbres. Le gynécologue penché au-dessus de moi souriait, heureux d'annoncer une bonne nouvelle.

— Vous êtes enceinte d'environ quinze semaines, et tout se présente au mieux.

— Mais comment tu t'es démerdée, putain ? Je ne t'ai donc rien appris ?!

La colère rendait toujours Elaine vulgaire. Les longues veines dans son cou pulsaient, terriblement bleues. Le gynécologue avait tiqué, puis troqué sa bienveillance contre une lame de rasoir.

— On se calme, madame.

Le cœur du fœtus cognait toujours, *badam-badam*, dans l'échographe. J'aurais voulu ne pas regarder l'écran mais je le regardais quand même, c'était irrépressible.

— Maman… Son cœur, il bat.

— Le cœur, c'est le premier truc à se mettre en marche. On s'en fout Lyla, on s'en fout, c'est qu'un amas de cellules, tu piges ?

Mes poings s'étaient serrés. Je ne m'en rendais pas compte mais j'agrippais ma poitrine à travers mon t-shirt, broyais le col, les doigts crispés dans le coton bleu. Ce *badam-badam*, vertigineux, un son des abysses – et personne ne semblait comprendre ce que je ressentais ! Je regardais droit devant moi, ne regardais personne, je regardais un ciel qui n'avait pas de voûte.

— Moi aussi, dis-je au plafond en dalles perforées, je voudrais que ça n'existe pas. Mais voilà, ça existe.

— On va trouver une solution. On ira en Angleterre, en Espagne, je ne sais pas… On ira quelque part.

Le gynécologue fit mine de ne pas entendre Elaine, resta professionnel, fiable comme sa machine, ses courbes, ses calculs. Le pauvre homme parlait tout seul dans sa blouse impeccable :

— C'est un bébé en parfaite santé. Je peux même vous donner le sexe. C'est rare à ce stade, mais j'en suis sûr. Mademoiselle, vous désirez connaître le sexe ?

Elaine se liquéfiait. Sa peau semblait fondre sous le chemisier blanc, c'en était presque jouissif.

— Maman, c'est trop tard. Je ne peux plus avorter.

Le visage d'Elaine se contracta soudain, on l'eût dit victime d'une crise d'épilepsie.

— De quoi tu parles, bordel ? Mais qu'est-ce que tu racontes ?

— Je le garde. Je ne voulais pas de bébé, mais maintenant qu'il est là, je le garde. Gueule tant que tu voudras, c'est comme ça. Je ne changerai pas d'avis. Tu pourras dire tout ce que tu veux, Elaine, je ne changerai pas d'avis.

Ma mère sursauta à son prénom, comme si je venais de l'insulter.

— J'appelle ton père.

Elle claqua la porte de la salle d'examen. Le gynécologue retira son barda de mon corps, m'essuya le ventre avec un mouchoir rêche qui crissait sur la peau comme du papier de verre. Il soupira, soudain très déprimé.

— Je vais vous orienter vers notre psychologue. Il y a d'autres solutions, vous savez.

X.

194

— Vous pouvez vous rhabiller, mademoiselle.

Je me redressai et m'assis au bord de la table, mes jambes nues dans le vide. Elles me semblèrent brillantes, lisses et brillantes, comme du plastique.

— Je veux connaître le sexe.

Le médecin sourit. Ma question lui faisait plaisir, à croire qu'elle signifiait quelque chose.

— C'est un garçon.

En une fraction de seconde, l'amas de cellules devint un être humain.

Les souvenirs, cela ne se raconte pas – pas comme ça. Les souvenirs sont des fragments qui apparaissent tantôt ici et tantôt là, au passé, au présent, n'importe comment. Des images, des sensations, des bribes, des flashs. De petites cartes postales, des diapositives, des extraits de romans imprimés dans la tête, la queue d'un Marsupilami en forme de pellicule, les dalles perforées d'une salle d'échographie.

Je ne comprends pas les gens capables d'écrire leurs Mémoires. Cela n'a aucun sens.

La mémoire n'a pas de sens.

Il est près de vingt-trois heures quand mon portable sonne, l'une des jeunes filles noyées nimbant le salon d'une lueur mouvante. Si je n'ai pas enregistré le numéro de Joris, je le reconnais immédiatement. J'ai un haut-le-cœur, comme si le prosecco, au creux de mon estomac, venait d'entrer en fusion. Je ne suis pas en état de répondre mais la peur, bien sûr, n'évite pas le danger.

Inspirer, expirer, décrocher *in extremis* comme dans les films d'action.

— Allô.

Le mot dans ma bouche fait le même bruit qu'un bocal hermétique qu'on ouvre d'un coup sec, un *tac* net et violent comme une détonation.

Joris

Nino m'avait rejoint, comme convenu, à la fin du service. Quand il se mettait à rire – et il riait beaucoup – on eût dit une tempête. Enfant, il ne faisait pas de bruit, à boulotter ses pizzas derrière le restaurant. Il en offrait à tout le monde pour avoir des amis, mais les pizzas qu'il ingurgitait semblaient atterrir dans un autre que lui. Visiblement, elles glissaient aujourd'hui comme dans un toboggan.

— Joe, mon pote, je n'arrive pas à t'imaginer avec un gosse. Ni avec une femme, d'ailleurs.

— Comme quoi, tout est possible.

— Ouais, je suppose. Vanessa Ferchot s'est bien mariée avec le maire !

Sur ce, Nino se remit à rire. À mon avis, en cuisine, il ne suçait pas que des glaçons, mais je comprenais son hilarité. Au collège, Vanessa Ferchot était la fille facile par excellence, une cagole des Landes, toujours trop : trop maquillée, trop clinquante, trop loquace, trop vulgaire. Elle mâchait du chewing-gum rose à longueur de journée en ouvrant grand la bouche et ça nous dégoûtait, mes copains et moi. Nous nous demandions comment les autres faisaient pour lui rouler des pelles, sans bien savoir dans quelle case les ranger : péquenots, explorateurs, demi-dieux ? En tout cas, Vanessa Ferchot avait marqué l'histoire de notre scolarité.

— Et toi ? demandai-je, dans l'espoir de le calmer.

— Quoi, moi ?

— Ben, la vie, l'amour, tout ça ?

J'eus peur qu'il recommençât à rire, mais il arbora une mine très sérieuse, presque monastique, et baissa la voix.

— Tu as vu la serveuse ?

— Je l'ai vue.

— Eh bien, elle m'aime.

Cette fille avait à peine vingt ans et faisait une tête de plus que lui. Laurel et Hardy me traversèrent l'esprit, mais je tentai de masquer mon étonnement.

— Ah. Et toi, tu l'aimes ?

— Je ne sais pas, soupira-t-il. Mais parlons d'autre chose. La romance, tu sais, c'est pas vraiment mon truc.

— Pour un Italien, c'est ballot…

Je ne sais pas pourquoi j'avais dit ça ; j'étais ivre, j'avais perdu l'habitude de boire autant. Bien entendu, Nino s'esclaffa et, entre deux hoquets, héla sa dulcinée.

— *Amore mio*, remets-nous de la grappa !

À presque minuit, le restaurant était vide. On entendait seulement le bruit de la plonge derrière la porte battante, le cliquetis des couverts, le tintement des assiettes, le bruissement d'un mystérieux royaume où la tomate pelée régnait en maître. L'espace d'un instant, j'imaginai Nino-calzone et Brune-congelée en plein acte sexuel sur le plan de travail, mais le vin me tapait trop sur le crâne et l'image était insoutenable : elle si jeune, lui si gros… En posant une nouvelle bouteille devant nous, elle lui effleura la nuque dans un geste d'une infinie tendresse, un geste que Camille avait souvent pour moi. Je dus me rendre à l'évidence : elle l'aimait, aussi extravagant que ça puisse paraître. Nino la suivit du regard, sourire aux lèvres, puis croisant le mien, il haussa les épaules.

— C'est une gamine, je sais. Ne fais pas ton curé, Joe. Le cœur a ses raisons, hein… C'est de qui, d'ailleurs ?

— Pascal. Enfin, je crois.

— Ouais… Déjà à l'école, t'étais un crack.

Il nous resservit deux verres, puis déclara :

— En parlant de crack, je ne sais pas si t'as remarqué mais ces jours-ci, y'a un connard qui se balade dans tout le pays à bord d'une bagnole qu'on dirait droit sortie d'un film de Scorsese. Les gens sont cons, ça fait peur.

Je ne pus m'empêcher de rire.

— C'est moi.

— Hein ?

— Le connard, c'est moi. Je l'ai louée à Bordeaux.

— Tu plaisantes ?

J'écartai les mains d'un geste désolé, et je crus qu'il allait s'étouffer avec sa grappa.

— Quertier, t'es impayable. Putain, vieux, t'es impayable.

J'étais bien, chez Nino ; pourtant, à ce moment-là, j'eus envie de me téléporter. D'être avec Camille, avec Violette, de serrer leurs corps pour me sentir vivant, de regarder clignoter le sapin de Noël qui perdait ses épines mais qu'on ne défaisait pas, *parce que Violette*. Je réalisai soudain que je les aimais au-delà de tout ce qui existe, comme si, obsédé par mes luttes intérieures, je n'en avais jamais réellement pris conscience.

Hystérie, nom féminin. D'« utérus », je suis au courant ; j'ai fait des études, médicales qui plus est. Pour autant, c'est de ça qu'il s'agit. Depuis des mois, je passe du rire aux larmes, du désir de fusion au désir de fuite, de la pulsion de vie à la pulsion de mort, comme si mes hormones s'étaient détraquées. Durant toute la grossesse de Camille, j'ai eu un utérus à la place du cerveau : j'ai pris dix kilos, dans le ventre. Les plats en sauce n'y étaient pour rien puisque j'ai tout perdu après l'accouchement, à une vitesse ahurissante. Le terme « couvade » fut prononcé, pour rire, entre potes. Plus sérieusement par un médecin, qui ne riait pas du tout.

Depuis la naissance de Violette, chaque jour me fait l'effet d'un grand huit sublime, vertigineux, infernal. Et puis d'en tomber, comme si le manège était défectueux. Tomber sans me crasher jamais, le wagon au bord du vide qui, au dernier moment, grâce à une impulsion, se retrouve sur les rails. Face à cette petite fille, mes sentiments changent du tout au tout en une demi-seconde :

j'ai l'impression de devenir fou. Je dois, pour la première fois, contrôler cette folie, la canaliser, car d'autres vies sont en jeu. Mais je n'ai jamais été doué pour les émotions fortes. Précisément, j'ai toujours détesté les grands huit, tare qui m'a valu toute mon enfance les vannes sans pitié de mes copains d'école.

Joe-la-fiotte.

Quand je surfais, j'avais peur. Bien entendu, à l'époque, je ne l'aurais pas avoué pour tout l'or du monde. Mais à l'inverse de Matthieu, sans parler de Sylvain qui est devenu pro, je n'étais pas, moi, un « vrai surfeur ». Je ne passais pas mon temps à surveiller la météo, le sens du vent et des courants. Je ne rêvais pas de surfer la nuit ni d'aller à Hawaï, je n'avais ni théories, ni idoles, ni *spirit*. Surfer me défoulait mais ce n'était pas ma vie, je ne prenais pas non plus de risques démesurés. Sylvain, lui, en est mort, à trente-trois ans, près de Melbourne, victime d'un wipeout après lequel il s'est noyé ; j'ai appris la nouvelle au journal télévisé, ça m'a fait bizarre. Je n'ai jamais sous-estimé la violence de la nature. Mon ami ne la sous-estimait pas non plus, mais sans doute se surestimait-il, lui. Trop de confiance en soi, et l'océan vous rappelle qui commande.

J'avais souvent peur mais, comme les lames dans mes veines, celles de l'océan me faisaient du bien. À l'époque, je craignais les sensations extrêmes, pas les accidents. Affronter la mer était une forme d'exutoire, plus sain que beaucoup d'autres. Mais Violette a fait de moi un homme et, en contrepartie, a pris mon insouciance, ma belle inconséquence, entre ses mains parfaites aux ongles minuscules. Elle a rempli mille vides et cette plénitude, peu à peu, m'a donné l'impression d'étouffer. Violette, mon souffle, mon emphysème. Pour elle, j'ai pourtant arrêté de fumer... Ma fille a fait de moi un homme et, aujourd'hui, j'ai peur de la mort.

La vie, jamais, ne vous laisse tranquille.

— T'as pas une clope ?

Nino sourit, se leva. Il passa les mains dans son dos pour défaire le tablier qui dansait sur son ventre, puis le jeta sur le bordeaux luisant de la banquette en skaï.

— On est chez moi, hein, on pourrait fumer ici. Mais j'aime bien la nuit. C'est beau, la nuit. Je suis sûr qu'à Paris, t'as oublié à quoi la nuit ressemble.

Alors, nous sortîmes dans la nuit. Le ciel s'était dégagé. La lune éclairait les lambeaux de nuages, donnant à l'horizon des allures de décor. Nino avait raison, j'avais oublié à quoi ressemblait le ciel loin des villes. Le spectacle était fantastique, pourtant la cigarette avait un goût d'essence. Je l'écrasai après seulement trois taffes, terrassé par la culpabilité. Je me sentis tout à coup incroyablement vieux.

En rentrant, grisé par les étoiles mortes et les vins de Toscane, je faillis appeler ma femme pour lui dire ces choses que je n'avais jamais dites, l'hystérie, le grand huit, les doutes et les frayeurs. J'étais salement bourré. Heureusement, je n'avais plus de batterie.

Je n'étais pas fier de mon atavisme mais à une heure du matin, je réintégrai titubant la maison de mon père. Le silence qui y régnait était comme une noyade ; avoir vécu vingt ans dans pareil silence me paraissait inconcevable. Et puis il faisait froid, bien plus que chez Nino. Il me sembla même qu'il faisait plus froid que dehors.

Dans l'un des placards de la cuisine, je trouvai un fond d'armagnac. À la lueur d'une ampoule vacillante, je commençai à disséquer les cartons que j'avais remplis sans y prendre garde l'après-midi même, obnubilé par l'idée d'expédier cette corvée le plus vite possible. Je tombai sur des

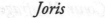

photos de quand j'étais petit, certaines avec ce chien qui était mort trop tôt, Pinga, un berger allemand que je montais comme un poney. Des factures de l'hôpital, d'autres du lycée Saint-Exupéry ; des feuilles d'impôts, des ordonnances, des notices de mixers, de micro-ondes, des cartes postales effacées ou indéchiffrables, des photographies de gens que je ne connaissais pas. Dans le lot, je m'étais demandé s'il y avait ma mère, mais aucun indice ne permettait de l'attester. Une jolie métisse, à la peau brune et aux cheveux bouclés, revenait souvent, mais elle n'était jamais en compagnie de Jeff. Je mis malgré tout ces photos de côté. Et puis, au milieu du fatras, la lettre. Je ne saurais dire ce qui a attiré mon attention, pourquoi j'ai ouvert cette enveloppe plutôt qu'une autre. Le cachet de Lyon, peut-être, l'adresse au feutre mauve ou le timbre coloré à l'effigie d'Astérix. Mais quand je l'ai lue, j'ai cessé de respirer. Je crois, vraiment, avoir cessé de respirer. C'était la même sensation que celle de mon plexus solaire cognant la surface de l'eau après une chute, quand le mur liquide m'avait désarçonné ; quand je tombais, irrémédiablement, jusqu'au choc en pleine poitrine, simple jouet de bois roulé par l'océan.

« *Mon cœur noir, mon sexe rouge, et les nuits blanches.* »

Je n'avais pas pensé à Lyla depuis des années, mais son image me revint sur-le-champ, dans les moindres détails. Une diapositive projetée sur l'écran de ma mémoire, le miel de ses cheveux, sa peau halée, ses yeux sombres, l'énorme nævus qu'elle portait au bas du dos comme une marque de fabrique.

Pourquoi diable mon père avait-il gardé cette lettre ?

Les raisons pour lesquelles il me l'avait cachée semblent légion. Bonnes, mauvaises, réelles, fantasmées, mais légion. À l'époque, je commençais de longues études, j'allais mieux mais restais fragile, je n'avais pas d'argent, pas de famille. Ma vie était assez compliquée comme ça et j'imagine que Jeff savait trop ce qu'impliquait d'élever un enfant dont on ne voulait pas. Je ne lui pardonne pas pour autant mais j'arrive à comprendre ce qui a pu le pousser à taire une information qui aurait changé le cours de mon existence. De toutes les manières, pardonner à un mort, à quoi bon ? *Pisser dans un violon.* En revanche, pourquoi l'avoir gardée ? À cette question, je n'aurai jamais de réponse. Peut-être l'avait-il conservée comme le martinet, que je retrouverais bientôt au fond d'un placard. Peut-être faut-il garder les objets de la honte ?

Dès le lendemain matin, j'ai laissé un message au domicile de Lyla. Je suis tombé sur son répondeur, qui déroulait une voix d'opérateur sans personnalité. Je ne sais pourquoi, je lui ai raconté que j'avais eu du mal à la retrouver. C'était complètement faux. Cette nuit-là, j'avais tapé son nom dans un moteur de recherche, *Lyla* avec un y, *Manille*, et trouvé son numéro presque instantanément. Selon Google, elle est traductrice. Ça lui va bien. À l'époque déjà, elle lisait Bukowski dans le texte.

Quarante-huit heures durant, j'ai fait des trajets en van jusqu'à la déchetterie de Lit-et-Mixe. J'ai vidé l'ancien monde et bazardé mon père. J'ai jeté mon histoire mais j'ai gardé la lettre et quelques photographies au fond de ma poche, reliques d'un passé qui, peut-être, aurait un avenir. J'ai fait des clichés de la maison avec mon téléphone, j'ai remercié Michèle des lys plein les bras, j'ai remercié Nino et le père de Matthieu, j'ai rendu le van puis la Ford Mustang, je suis rentré à Paris, j'ai embrassé ma femme, j'ai câliné ma fille, j'ai tenté de dormir, j'ai rejoint le cabinet, j'ai soigné mes patients, je les ai rassurés, décoincés, soutenus, j'ai endossé des chèques et démarché des agents immobiliers. Mais surtout, j'ai attendu.

J'attends.

J'attends de savoir si j'ai malgré moi détruit des vies, combien et à quel point. J'attends de monter, peut-être, dans un nouveau grand huit.

Lyla

Août 1998

— Joris, vous êtes beau.

Ça le fait rire.

Il ne rougit pas, désinvolte, ne la prend pas au sérieux. Simplement, ça le fait rire.

— Vous êtes beau, je vous dis ! Et mystérieux…

Ils sont au bord de la piscine, Morin moulé dans un slip ridicule imprimé hawaïen, alangui dans une chaise longue, whisky au bec, pour changer. Elaine se promène le long du bassin, Leica sur la poitrine, la tunique blanche humide, transparente, aréoles brunes tendues vers ce garçon inconnu, mutique, cassé, superbe dans son genre. Lyla nage, enchaîne les longueurs, oubliant de respirer, expiant son erreur – comme si à elle non plus, *rien, jamais,* ne servait de leçon.

Elle voudrait sortir de l'eau, se rebeller, dire à Joe « Fais gaffe, ne la laisse pas faire, c'est une voleuse d'âme, une putain de sorcière, va-t'en, vite, avant qu'il ne soit trop tard » ; mais elle ne dit rien, avale les kilomètres. Taiseux, ça l'amuse. Les garçons, ça les amuse toujours. Joe laisse faire Elaine, se prête au jeu sans s'y prêter vraiment, inaltérable éphèbe aux bras déchirés.

Lyla nage jusqu'au vertige, les poumons compressés, les yeux rouges. Chialer sous la surface, dans la javel, le chlore, ne rien montrer, accepter, se taire. Sortir la tête de l'eau, « Je vais faire des cocktails ! », la mère s'éloigne enfin, pénètre dans la maison en tordant du derrière – oh ! ça oui, elle tortille du derrière, aucun doute là-dessus. Lyla reprend haleine, se hisse au bord du bassin d'un mouvement de gymnaste, pose ses fesses sur le teck. Joe se penche vers elle, lui chuchote à l'oreille :

— Elle est marrante, ta mère.

Marrante veut dire mille choses, mais ni « drôle », ni « sympa », ni « amusante ». *Marrante*, en premier lieu, veut dire « bandante ». D'ailleurs, Morin bande sans discontinuer, c'est l'inconvénient des petits slips hawaïens.

— Si tu le dis, lâche Lyla dans un souffle.

Elle s'en veut d'avoir été cassante. Ce n'est pas la faute de Joris si sa mère est une salope dépoitraillée qui aguiche tout ce qui bouge depuis deux décennies.

L'orage est passé. Le ciel maintenant s'est paré d'un bleu tirant sur le violet, presque lavande. Lyla est sur le point d'enjoindre Joe à partir, à rejoindre ses copains et à faire quelque chose – n'importe quoi, n'importe où, mais ailleurs – quand Elaine revient avec un broc translucide rempli de menthe fraîche et de tranches de citron.

— Mojito !

Ils boivent, rient, le soleil tombe, le flash crépite, les clichés s'empilent au fond de l'appareil comme des animaux morts. Taiseux reste taiseux et garde ses distances, mais il observe, le regard vif, pas dupe néanmoins, trop malin pour cela.

— Il faudrait que je vienne vous voir surfer, dit Elaine, une paille dans la bouche. Je n'ai encore jamais photographié de surfeurs, juste les filles sur la plage. Elles sont belles, les filles sur la plage, elles ont des corps de violoncelles. Demain ? Vous seriez d'accord ?

Joris hausse les épaules, un peu flatté tout de même. « Après tout, pourquoi pas ? »

— Vous savez où nous trouver, Elaine. De ce point de vue-là, il n'y a aucun mystère.

Elle rit, lèvres écartées, rouges, l'indécence offerte au milieu du visage comme si elle ouvrait les jambes. Lyla se frictionne dans la serviette éponge ; Morin regarde son cul, elle se rhabille trop vite.

Sale porc.

Plus tard ils font l'amour, dans la chambre de Joe.

— Mon père est à la pêche, au bar, ou bien il s'est noyé.

Chez Joris, il n'y a jamais personne ; juste le bruit des vagues, si proches, à croire qu'elles vont passer sous la porte et emporter le lit. La maison où vit Joe est l'exact opposé de la maison de vacances. C'est un capharnaüm, ça sent la clope et la vodka, le moisi aussi, et la poubelle. Les tapisseries ont de petites fleurs fanées, rêches et brunâtres comme un champ dévasté. Les murs de la chambre sont jaunes mais l'amour est bon, cette fois. Sauvage, puissant. Taiseux entre en elle comme s'il voulait tuer – tuer qui, tuer quoi ? – et les ongles de Lyla lui lacèrent le dos, de part en part, créant des cicatrices où il n'y en avait pas. Elle se venge pour Elaine mais il semble aimer ça, épiphanie du corps. Tout fait un peu mal, tout dérange. Elle pourrait mourir, là, maintenant.

Elle jouit, le mord et, à tout jamais, l'odeur du moisi aura le goût du sang.

D'une bibliothèque peu fournie, Joe extrait un livre rouge aux pages gondolées. *Hollywood*. Il se remet au lit, tapote les oreillers et allume une clope blanche. Lyla ne pose pas de questions, elle attend, suspendue à ces doigts qui feuillettent le bouquin. Au bout d'un moment, il entame la lecture en modifiant sa voix de manière comique :

« — *Je suis ici chez moi et si j'ai envie de me promener le cul à l'air, ça me regarde.*

— *Allons, Nadine, qu'est-ce que tu cherches ? Un petit coup de vieux chauve à col roulé ?*

— *Jamais ! Même si tu étais le dernier homme sur la Terre !*

— *Si j'étais le dernier homme sur la Terre, il faudrait que tu fasses la queue.* »

Lyla éclate de rire. Joe la dévisage d'un air goguenard en soufflant la fumée.

— Cette conversation, si tu veux mon avis, elle pourrait avoir lieu entre ta mère et son pote en slip.

— Morin ? Je suis sûre qu'ils couchent ensemble. Ma mère est une traînée.

— Mais ton père, il est où ?

— En Espagne, pour le boulot.

— Peut-être qu'il fait pareil, qu'est-ce que tu en sais ?

— Je ne crois pas. Il est amoureux d'elle, ce con.

Joris fait tomber sa cendre dans une canette vide sur la table de chevet, puis recommence à feuilleter *Hollywood*. Lyla se mord les lèvres.

— Joe… Tu vas vraiment poser pour elle ?

Il esquisse un rictus sans cesser de tourner les pages, grèges et molles comme celles d'une bible.

— Je ne poserai pas, non, c'est pas trop mon délire. Mais si elle se pointe, je ne pourrai pas l'empêcher de nous prendre en photo… La plage est à tout le monde.

Sur ce, il lève l'index en signe de victoire et reprend sa lecture :

« – *Giselle est tombée amoureuse d'un réalisateur qui n'a qu'une couille…*

— *Je suis navré, dis-je.*

— *Seulement, ça empire. Cancer. On lui a aussi ôté l'autre couille. Giselle est affolée.*

— *C'est vraiment pas de chance.* »

Lyla n'a plus envie de rire. Elle pose sa joue sur la poitrine de Joe. Son torse est chaud, presque brûlant. Derrière les muscles tendus, le cœur bat fort. Fort, et trop vite. Ça lui fait peur.

— Je vais me mettre à Bukowski, dit-elle finalement. En échange, tu vas te mettre à Cronenberg. Commence par *Chromosome 3*, c'est dégueulasse.

— J'adore les trucs dégueulasses.

Elle se redresse sur l'avant-bras, il glisse son mégot dans l'ouverture de la canette.

— Tu sais, ajoute-t-elle, je pars après-demain.

Il hausse les épaules.

— C'est la vie.

Il la blesse, mais Lyla n'en laisse rien paraître. Elle concentre ses forces, l'habitude du mensonge et du grand « tout va bien ».

— On a déjà réservé la maison pour Noël, poursuit-elle avec une nonchalance parfaitement imitée. Je reviendrai…

— De toute façon, je rentre à Bordeaux la semaine prochaine.

— Ah bon ? Qu'est-ce que tu fais, à Bordeaux ?

— Des études de kiné.

Surprise, elle est sur le point de dire quelque chose, mais il ne lui en laisse pas le temps.

— Et oui, Lyla avec un y : tu vois, je ne suis pas qu'un connard de surfeur.

Seule chez moi, je me demande pourquoi j'existe. Je pense à toutes ces choses que je n'ai pas comprises, pas vécues, pas choisies. Je pense à mon nom qui ne perdurera pas : je suis fille unique, comme mon père, l'innocent de l'histoire, le cocu, le doux. Je vais tuer son nom, *notre* nom. J'ai le sentiment de tuer une forêt, une forêt de bouleaux, superbe et trompeuse, à l'écorce blanche, pure, pour masquer le sombre, l'humide et le moisi.

Je touche mon ventre, un peu trop rebondi. Le vin, l'âge, la paresse. Je touche mon ventre un peu trop rebondi et je ferme les yeux. L'espace d'un instant, j'imagine qu'à l'intérieur de cette cosse de chair tendre, il y a quelque chose. Mais il n'y aura plus jamais rien à l'intérieur de moi.

Je sais que la nature peut m'accorder quinze ans jusqu'à la ménopause, pourtant j'en suis certaine. J'ai raté ma chance, signé le formulaire, abandonné l'enfant sur une aire d'autoroute en forme de chambre d'hosto. J'ai fait preuve de « bon sens »… Mais si je meurs maintenant, qui me retrouvera ? Qui me ramassera ? Quand ? Et qui sera vraiment triste ?

Oh ! Ils seront tristes. N*, Léonie, Zoé, Alexis. Fiona même, peut-être. Les autres aussi, Amaury, Benjamin, Raphaël, mes ex-fiancés/ meilleurs amis. Je le sais, et j'ai honte de penser le contraire. De me poser la question. Ils seront tristes, naturellement. Pour combien de temps ? Je ne suis qu'une parcelle de leur vie, contingente, accessoire, comme un plan d'hortensias au-devant d'un balcon. Je fais joli. J'égaye. On me le dit souvent, en forme de compliment : je suis « divertissante ».

Je suis surtout une très grande actrice.

Je dois tenir ça de ma mère.

Mais il y a mon père, que je ne vois jamais ou seulement sur Skype quand nous trouvons le temps. Il n'a rien mérité de toute cette saloperie, exilé à New York loin d'Elaine Manille qui a gardé son nom, patronyme séquestré même après le divorce. Quand j'ai quitté la maison, mon père m'a imitée. Il s'est enfui à l'autre bout du monde, où il a refait sa vie avec Sakari, une Amérindienne d'une gentillesse sans borne, qui illustre des livres pour enfants. Pour rire, je lui dis souvent qu'il a exécuté un grand écart matrimonial, l'une des figures de gymnastique les plus difficiles. Je ne leur ai jamais rendu visite : pour aller là-bas, il faudrait prendre l'avion. Papa se moque de moi : « Ma puce, tu n'as jamais pris l'avion. Comment peux-tu avoir peur d'une chose que tu ne connais pas ? » À chaque fois, j'ai envie de lui répondre *parce que je suis folle*. Mais je souris, et promets d'y réfléchir. Si je meurs maintenant, il est beaucoup trop loin pour me secourir. Tout le monde est trop loin, d'une manière ou d'une autre. Brusquement, Lolita me manque – un être vivant pour me veiller, les miaulements de faim pour prévenir les voisins, ses pattes diaboliques qui envoyaient chaque jour valser les casseroles sur le carrelage glacé. Mais Lolita aussi, je l'ai abandonné. Le chat-fantôme ne préviendra personne, pas plus que les relations-fantômes. J'ai peur de mourir seule, tombée dans l'escalier, l'anévrisme, la crise cardiaque ou juste m'étouffer, avec l'os du poulet ou la couenne du jambon. Je n'ai pas trente-quatre ans que, déjà, j'ai peur de mourir seule. Tout à coup, je déteste la ville, je déteste Paris, je voudrais rejoindre une secte de barjots avec lesquels je ne serais plus seule.

Je range dans ma tête les cercueils et les enterrements, les crémations, les cendres, les hommages. J'ai peur de mourir et, paradoxalement, je pense quelquefois à la meilleure manière d'en finir. Par chance, le suicide est une chose affreusement compliquée, c'en est décourageant. Alors je continue. Un jour après l'autre, je continue de vivre. De traduire. De poser des mots sur d'autres mots, d'abreuver les déserts.

Il n'y avait pas de pierres, ici. Pas vraiment. Il ne s'agissait pas de pierres mais de cratères de sable, de montagnes rocheuses, de visages écarlates dessinés à flanc de ciel, gravés dans l'atmosphère par d'invisibles mains, despotiques. C'était cela, le bush : un monde totalitaire dirigé par personne.

Au volant de la jeep, Cal imaginait Molly courant les couloirs de sa fac prestigieuse, les garçons à son train. Molly ne le comprenait pas, ne cherchait plus à le comprendre.

Leurs mondes étaient devenus deux planètes lointaines, en systèmes opposés.

Je cesse d'écrire, de traduire, car c'est cela, moi-même : *un monde totalitaire dirigé par personne*. Je voudrais être Molly, je voudrais être Cal, mais je suis le désert.

L'heure tourne, en haut à droite de l'écran, comme le timing d'une bombe.

S'il mourait ici, songea-t-il, son corps pourrirait des jours, peut-être des semaines (des mois ?), selon l'endroit et la saison. Il deviendrait jus, jus de cadavre, une horreur organique que les flics appréhenderaient une toile sur le visage. Le bush avait l'habitude des charognes, vaches ou kangourous brûlés en bord de route, plein soleil, vapeurs pestilentielles, haut-le-cœur en série par les vitres grandes ouvertes.

Mais l'odeur d'un être humain, tout de même, c'est différent. C'est différent, n'est-ce pas ?

J'ai rendez-vous avec Joris, mais je n'arrive pas à me préparer. Je suis toujours en jogging, scellée à mon fauteuil, incapable de bouger. Elaine, aujourd'hui, ne me prendrait plus en photo. Je suis vieille, je suis grosse, j'aimerais tout annuler. L'adolescente qu'il a connue est depuis longtemps tombée dans les méandres d'un monde parallèle – *deux planètes lointaines, en systèmes opposés*. Je suis une image dans sa mémoire, un personnage, une idée. Je suis une fille dans un roman de Bukowski, un hologramme, une ligne.

Inspirer, expirer.

Face au miroir, j'essaye de donner au mensonge une forme acceptable, je lisse mes cheveux, balaye mes paupières d'ocre et de fumée, gaine mes cils trop blonds de noir charbonneux. J'enfile un chemisier lâche, un jean avantageux, des talons-artifices dans lesquels j'aurai mal.

Il pleut, et je dois prendre le métro. J'ai très peur du métro depuis les attentats, mais il faut bien vivre, continuer, ne pas céder, faire semblant, éternel « tout va bien ». Quelquefois, c'est vrai, j'ai envie de mourir, mais pas à cause d'un fou qui l'aura décidé à ma place pour d'obscures et imbéciles raisons. J'enfile une parka, glisse la lettre dans mon sac. Je descends les escaliers de l'immeuble, j'ai les jambes qui tremblent sur l'arête trop fine des bottines à talons. J'aimerais être jolie mais je me sens monstrueuse, pareille à un animal qu'on aurait déguisé.

Inspirer, expirer – ces deux mots en toutes lettres défilent devant mes yeux comme les *Breaking News* au bas d'un écran. Il n'est que dix-sept heures mais il fait déjà nuit. Dehors,

Lyla

des sirènes hurlent, leurs lumières rebondissent contre les pare-chocs luisants et les vitrines perlées de larmes, les camions se succèdent, rouges, jaunes et tournoyants.

Il y a le feu quelque part.

Août 1998

Août tirait à sa fin, l'été se briserait bientôt comme une corde trop fine. Il fallait plier bagage, le corps plein de sel, la bouche pleine de sable, le cœur-coquillage en petits morceaux tranchants dispersés sur la dune.

Naufrage.

Tout à l'heure, Lyla était passée au spot de surf, mais ni Joe ni ses copains n'étaient là. Il n'y avait quasiment pas de vent et l'Atlantique, dépouillé de son ordinaire violence, prenait des allures de Méditerranée. C'était un monde en berne, amputé, dans lequel rien ne claquait plus – ni langues, ni vagues, ni drapeaux. Elle avait bu un café au food-truck, mais autour des tables en plastique ne subsistaient que des familles heureuses, cernées d'enfants bronzés et maculés de sucre. Toute sauvagerie avait disparu et, dans le ventre de Lyla, une bulle d'air froid enflait.

Elle reprit son vélo, qu'il fallait rendre au loueur. Le long de la route, elle savourait ces instants qu'elle savait comptés. Elle regrettait d'avoir rencontré Joe si tard, d'avoir perdu son temps au bord de la piscine ou allongée sur la plage pour éviter Elaine, toutes ces heures à ne rien faire, à marcher dans le village, à acheter des glaces et des robes-bustiers trop courtes pour la ville. Elle avait manqué de curiosité, de courage. Le vélo, avant cette balade en forêt, ne lui avait guère servi qu'à fuir la villa pour boire des verres le soir. Joe, à quelques kilomètres de là, était debout sur la vague, et Lyla l'ignorait.

Quelle conne.

Il y avait beaucoup de monde devant l'échoppe de Brooks Bikes. Les visages étaient souriants mais les yeux un peu tristes, mélancoliques déjà. D'ici demain, le village aurait perdu la moitié de ses habitants. Lyla détestait les fins d'été ; la fin de cet été-là plus que n'importe quelle autre.

— Bonnes vacances ?

Avant de rentrer, elle fit un crochet par la maison de Joris. En traversant la cour brûlée, elle réalisa qu'elle ne connaissait même pas son nom de famille. Elle ne le lui avait jamais demandé – pour quoi faire, après tout ? Pourquoi nommer celui qui ne parlait pas et pour lequel il n'y avait pas de mot ?

Elle monta les quelques marches et frappa à la porte. Il n'y avait ni sonnette ni boîte aux lettres, juste cet étrange mobile fabriqué d'os et de coquilles, comme le fantôme d'un animal mythique à peine animé par la brise marine. L'homme qui lui ouvrit, elle ne l'avait jamais vu. Son visage était tanné, fripé, il était impossible de lui donner un âge. Ses cheveux trop longs, déjà largement gris, collaient à son visage et se mêlaient à une barbe sombre, touffue comme une mangrove. Il était pieds nus et ses ongles étaient noirs. Lyla eut, malgré elle, un mouvement de recul.

— Pardon monsieur, je cherche Joe. Je veux dire, Joris.

— Pas là.

La voix était comme la peau, talée, rauque, à peine intelligible. Lyla déglutit avec difficulté. Il était grand, cet homme, et son ombre portée l'enfouissait tout entière.

— Vous savez où je pourrais le trouver ? S'il vous plaît ?

L'homme haussa les épaules dans le denim froissé de sa fine chemise à pressions de nacre. Les nerfs du cou se durcirent sous le cuir terreux, les clavicules apparurent, larges et saillantes, pareilles à deux branches d'arbre mort. Ironiquement, elle pensa à l'Indien dans les dessins animés de Tom Sawyer – *Joe l'Indien* qui, enfant, la terrifiait.

— J'sais pas, p'tite. La plage, sûrement.

L'homme referma la porte. Lorsqu'elle voulut partir, elle se rendit compte qu'elle tremblait, pétrifiée sur les lames disjointes qui tapissaient le perron.

Y'a aucune grandeur dans sa manière de boire. Que de la souffrance. De la souffrance, de la faiblesse et de l'ennui.

Ce que Joe n'avait pas dit, c'était la terreur que cet homme inspirait. Dans sa tête de jeune fille, Lyla en avait conçu une image romantique, un loup de mer à casquette, un peu bourru mais brave, un genre de capitaine Haddock. Mais l'être qu'elle venait de rencontrer était à peine humain. Elle se sentait toute froide à l'intérieur, il faisait pourtant chaud, le soleil était haut et rouge mais elle avait le sentiment que le père de Joris avait gelé l'espace – sa voix, sa peau, l'étrange odeur qui émanait de lui, tout cela avait créé une prison de glace qu'il lui fallait briser pour s'enfuir, vite, le plus loin possible.

Tandis qu'elle parvenait enfin à se mettre en mouvement, à redescendre les marches, elle porta son regard sur cette cour à l'agonie, ce champ de ruines qui, un jour peut-être, avait été un jardin. Et soudain elle comprit – le mutisme de Joe, ses bras déchirés, la tristesse aride qui embuait ses yeux, son corps suicidaire sur l'épaule de la vague, sucé par la lèvre, englouti par le tube.

Joe… Oh, Joe…

Plus elle avançait, plus elle avait le tournis. La cour se dilatait comme jadis le gymnase, une sueur rampante lui coulait dans le dos, tachait le corsage rouge qu'elle portait ce jour-là.

Joe…

Elle se mit à courir, sans s'arrêter, l'air brûlant telles des flammes injectées dans la gorge. Elle suffoquait, les larmes giclaient dans l'air, denses comme la mousson. *Oh, Joe.* Elle ne le verrait pas, ne le reverrait pas, elle allait le laisser, l'abandonner à cet homme, cet homme-là, sans même lui dire au revoir…

Elle en était malade.

Jusqu'à l'instant du départ, jusqu'au tout dernier sac inséré dans le coffre, elle avait espéré qu'il

233

viendrait, lui. Qu'il apparaîtrait, sec et bronzé, derrière la barrière blanche, même au dernier moment, même un peu trop tard, même s'ils n'échangeaient qu'un regard, un geste de la main à travers une vitre de bagnole.

Elle avait espéré mais Joe n'apparut pas et le monospace, conduit par ce père rentré *in extremis* pour servir de chauffeur, semblait un sarcophage.

Sur l'autoroute, quelque part près de Clermont-Ferrand, le trafic ralentit considérablement.

ACCIDENT, proféraient en lettres orange sanguine les panneaux de signalisation.

Lorsque enfin, après une heure d'embouteillage, ils arrivèrent au point de fluidité, deux jeunes marcassins étaient écrasés sur l'asphalte, viscères et fourrure amalgamés, rouge sombre, deux tapis mortuaires scellés à la chaussée.

— Tout ce bordel pour des putains de cochons, avait déclaré Elaine en allumant une clope.

Et Lyla, doucement, s'était remise à pleurer.

Joris

Je n'ai jamais connu mon père. J'ai vécu quinze années près de lui, mais je ne l'ai pas connu. Quand j'étais petit et qu'il s'en allait, sur l'océan ou ailleurs, une dame de temps en temps venait le remplacer. Elle avait une chevelure orange, des robes vertes trop courtes et des yeux d'un bleu si clair qu'ils me faisaient peur. Elle arrivait du jour au lendemain, et disait :

— Je suis ta grand-mère.

Bien sûr, elle ne ressemblait pas plus à une grand-mère que Jeff ne ressemblait à un père. Elle n'achetait pas de glaces, ne faisait pas de gâteaux, ne m'emmenait pas au manège ; elle passait ses journées au téléphone, dans lequel elle parlait fort, ôtant pour ce faire de lourdes boucles d'oreille en pierres colorées, comme ces actrices dans les vieux films que je regardais la nuit. Je ne comprenais rien à ce qu'elle racontait, c'était une langue étrangère, vraiment très étrangère. À l'époque, j'étais incapable de déterminer de quelle langue il s'agissait, je pensais qu'elle parlait le dialecte inquiétant d'une autre planète. Aujourd'hui, je dirais une langue slave, du tchèque peut-être, ou du slovaque. Une fois, une seule, j'avais posé la question :

— Dis, grand-mère, tu connaissais ma maman ?

— Elle était mignonne, ta mère, mais elle avait pas de jugeote. C'est pas une grosse perte, va.

Après l'invalidité de mon père, cette femme n'est plus jamais venue. Quelquefois, je demandais après elle : « Et grand-mère, elle est où ? » Je n'avais pas envie de la voir, je voulais seulement comprendre qui elle était, au juste, et ce qu'elle était devenue. Jeff ne répondait pas ou des trucs sibyllins, « rentrée au pays ». Mon histoire est un mystère que je ne résoudrai pas ; je fais avec, comme avec d'autres choses. Mon père avait acheté la maison de la dune quand j'avais trois ans, je le sais grâce au titre de propriété. Où il avait grandi, comment il avait rencontré ma mère, tout cela reste très obscur. Ma mère est née à Rouen, morte à Rouen. Je suis né à Rouen, moi aussi, et mon père à Lisieux. Je suis du Nord, voilà tout. Je ne sais pas non plus avec quel argent Jeff avait payé cette maison, aussi modeste fût-elle à l'époque, petite boîte préfabriquée. Je ne sais même pas si cette femme aux cheveux rouges était vraiment sa mère. Elle n'est pas venue à son enterrement, mais peut-être n'était-elle pas au courant, ou simplement plus de ce monde.

Enfant, je me demandais parfois si j'étais le fils de mon père. Je regardais trop la télévision et m'inventais des histoires. Il m'avait kidnappé, j'avais une vraie famille en pleurs quelque part, qui m'attendait, pleine de tartes aux fraises, de consoles Nintendo et de canapés en cuir. J'étais victime d'un gang ou de la mafia russe, j'étais un fait divers dont personne ne parlait, j'étais un extraterrestre, un peu comme Superman, débarqué ici-bas par inadvertance, mais mal tombé. Et puis à dix-sept ans, je me suis taillé les veines ; c'était ma façon de poser des questions. Je ne voulais pas mourir, je voulais juste que le silence s'arrête. Pour une raison qui aujourd'hui m'échappe, peut-être en vue d'une transfusion sanguine, peut-être parce que j'avais déliré sur le sujet, des examens avaient été faits : j'étais le fils de mon père. Les médecins me l'avaient confirmé, aucun doute. Pourquoi m'avait-il gardé ? Après la mort de ma mère, il aurait pu me donner, sûrement. Non ? M'abandonner sur les marches d'une église ? Me vendre ? Me tuer, même, pourquoi pas ? À l'époque, c'était ce que je pensais : Jeff ne voulait pas de moi, mais il m'avait gardé. Et ce jour-là, il m'avait sauvé la vie. Je ne lui demandais rien, mais ça me rongeait le ventre. C'était incompréhensible.

À l'hôpital, mon père était saoul. Il avait eu du mal à tirer la chaise qui faisait face au lit ; je crois même qu'il était tombé, s'était rattrapé de justesse à la table de chevet. Comme toujours, il avait accusé sa jambe, sa foutue jambe. Il avait fini par réussir à s'asseoir, puis avait demandé, la voix pâteuse :

— Pourquoi t'as fait ça ?

Sa respiration sifflait comme s'il allait crever. Il y avait encore du sang sur ses vêtements. Mon sang.

— Parce que je suis malheureux.

J'avais répondu sans réfléchir, avec toute la franchise du monde. Il en avait tremblé.

— Putain, mais on est tous malheureux, Joe. Tu crois que c'est quoi, la vie ? C'est du malheur sur du malheur. Ça vaut pas le coup de se tailler les veines. Si tout le monde faisait comme toi, y'aurait plus personne sur Terre.

240

Le raisonnement était absurde, mais il avait marché. Après cette phrase-là, je n'ai plus jamais essayé de me tuer. J'ai décidé d'aider les gens, j'ai fait des études et lu tout Bukowski. L'été où j'ai rencontré Lyla, j'avais déjà enclenché un processus dont je n'avais pas pleinement conscience, mais qui allait m'emmener sur des chemins inespérés. J'avais bifurqué correctement, pour une fois. La fois suivante, ce serait Camille.

Mon père m'avait tué, mon père m'avait sauvé. Maintenant, mon père est mort, et avant de quitter la région pour un temps indéterminé, j'ai posé sur sa tombe un bouquet de violettes.

Cet adage new-age, *le cycle de la vie*, sonne désormais juste : mon père est mort et, chaque matin, ma fille me ressuscite.

tsunami viendrait tôt ou tard détruire cette perfection que je ne menais pas. En l'occurrence, la

Je posai ma sacoche dans l'entrée, enlevai mon

Quand je rentrai du cabinet, Camille, en short
et caraco, était affairée à confectionner un gratin
de fruits de mer. Dans notre appartement, surtout le soir, on a toujours l'impression d'être en
été. La faute aux lumières chaudes, à l'astucieuse
disposition des éclairages indirects, au parquet
de bois blond. La faute aux goûts très sûrs de ma
femme, au choix du canapé imprimé de feuilles
verdoyantes, aux radiateurs en fonte, aux larges
murs blancs sur lesquels ne reposent rien d'autre
que des livres subtilement classés en camaïeux de
couleurs. Notre appartement est une île et chaque
fois que je passe la porte, surtout après m'être
gelé les couilles pendant tout le trajet depuis le
XVIIIe, je me demande par quel miracle j'habite
cette île. Le bonheur ne m'est pas une chose

naturelle et j'ai toujours eu le sentiment qu'un tsunami viendrait tôt ou tard détruire cette perfection que je ne méritais pas. En l'occurrence, la vague était imminente et s'appelait Lyla.

Je posai ma sacoche dans l'entrée, enlevai mon blouson, mes chaussures. Ma femme se retourna, « Papa est rentré ! ». Violette se traîna jusqu'à moi sur les fesses, les lèvres ourlées de bave comme un petit animal. Elle n'était pas pressée de marcher, celle-là. Je me baissai pour l'attraper, la soulevai de terre et, ce faisant, l'odeur d'embrocation qui subsistait sur mes paumes me sauta au visage. Le camphre, l'eucalyptus, le menthol, ces effluves de vieillesse sur ma toute petite fille avaient quelque chose d'agressif et je la reposai pour me laver les mains. Assise à mes pieds, elle me sourit, avant de repartir à quatre pattes vers le tas de cubes qu'elle avait laissé en plan pour venir me saluer.

Tout en ouvrant le robinet, je posai un baiser dans le cou de Camille.

— Ça roule ? demanda-t-elle, avec cette expression de gamine espiègle qui m'avait tant séduit la première fois que je l'avais vue, un après-midi de printemps, assise avec ses copines dans l'herbe des Buttes-Chaumont.

— Je suis crevé, dis-je en soupirant, histoire de me faire plaindre. J'ai une nouvelle patiente, madame Verdier. Elle a quatre-vingt-trois ans et je crois que c'est la personne la plus bavarde que j'aie jamais rencontrée.

— Ah, fit-elle en rigolant, grandes joies en perspective !

— Comme tu dis. Je te jure, elle m'a mis la tête au carré. Je vais prendre une aspirine.

— Tu sors la lessive, tant que tu y es ?

— Oui, patronne.

Dès que j'eus fait demi-tour, je grimaçai. Depuis Violette, j'ai horreur d'étendre le linge. Tous ces vêtements minuscules, ces chaussettes de poupée, ces sweats microscopiques, racontent à quel point ma fille est petite, le monde hostile et notre île instable.

Sans doute à cause de Lyla, de ce coup de fil en suspens comme une épée de Damoclès, peut-être aussi à cause de madame Verdier qui, durant plus d'une heure, m'avait raconté les horreurs de la guerre, ses parents résistants et sa peur enfantine de ne jamais les voir rentrer à la maison, étendre le linge fut ce soir-là une épreuve terrible. Mais peu à peu, je m'étais détendu : Violette s'était endormie sans problème, le gratin était bon, tout comme le vin que j'avais acheté en passant chez le caviste, un gamin que je surnomme Super-Bacchus en raison de son habileté à dégotter les petits producteurs touchés par la grâce, et ce, en dépit d'une insupportable allure de hipster. Camille et moi avions regardé pour la énième fois *Un jour sans fin*, rediffusé en multi-lingue par quelque chaîne du câble. C'est l'un de ses films préférés, elle ne s'en lasse jamais. Nous avions mangé, bu et ri, c'était un soir idéal dans un monde idéal. Mais une telle chose n'existe pas et, en allant pisser, je trouvai un message sur mon répondeur.

L'appel en absence émanait d'un numéro inconnu et sur le moment j'ai pensé qu'il s'agis-sait d'un patient. Ce n'était pas un patient : c'était la vague.

« C'est Lyla. J'aurais préféré que tu n'appelles jamais, mais maintenant, c'est trop tard. Ce que je ne comprends pas, c'est que tu appelles après deux décennies pour me dire des mensonges. Tu as lu ma lettre, Joe, tu m'as même répondu. Alors non, désolée, mais je ne comprends pas. »

Sa voix, grave et cassée, me sembla très diffé-rente du souvenir que j'en avais ; peut-être était-ce le fait de cette immense colère que l'on sentait poindre à chacun de ses mots… Mais une phrase, surtout, me glaça le sang.

Tu as lu ma lettre, Joe, tu m'as même répondu.

Lyla me traitait de menteur mais une fois encore, c'était elle qui mentait ; et moi non plus, je ne comprenais rien à son message. À quoi jouait-elle ? Était-ce une vengeance bizarre, un truc pour me torturer ? À l'époque, je la croyais majeure. En réalité, c'était une gamine. Seize ans... Elle n'avait pas l'air vierge, mais peut-être l'était-elle ? Bien qu'elle m'ait marqué plus que d'autres, Lyla n'était à mes yeux qu'un amour de vacances. De son côté, elle avait visiblement des sentiments pour moi. J'imagine que si notre aventure s'était soldée par un avortement, elle avait de bonnes raisons de m'en vouloir. Pour autant, ça ne l'autorisait pas à raconter n'importe quoi... Je me creusai les méninges pour me rappeler le message que je lui avais laissé. Il me semblait avoir été clair : j'avais trouvé sa lettre en vidant la maison de mon père, et je voyais cette foutue lettre pour la première fois de ma vie. Comment diable aurais-je pu lui répondre ?!

Je reposai le portable sur le meuble de l'entrée, où je l'avais laissé en charge. Je ne me sentais pas bien, j'avais envie de vomir. Je longeai le couloir, entrebâillai la porte de notre chambre : Camille s'était endormie. Je me servis un verre d'eau et m'installai dans le canapé, en caleçon parmi les luxuriantes feuilles vertes de mon atoll factice.

En buvant de toutes petites gorgées, comme un grand blessé sur un lit d'hôpital, j'essayai de me calmer. Mais il n'y avait rien à faire, j'étais fou de rage. Fou de rage contre moi-même.

Pourquoi, nom d'un chien ? Pourquoi n'avais-je pas été lâche, comme à mon habitude ? Pourquoi, tout à coup, avais-je voulu être un *mec bien* ? À cause de Violette, sans doute. Évidemment : à cause de Violette. Mais je regrettais d'avoir passé ce coup de fil, d'avoir laissé ce message, d'être dans cette position face à une femme que je ne connaissais pas, que j'avais à peine connue, dont la mère était narcissique, manipulatrice et jalouse. Aujourd'hui, Lyla était peut-être à l'image d'Elaine : vénéneuse. J'avais le sentiment d'avoir réveillé quelque chose que j'aurais dû laisser tranquille, comme un nid de frelons ou une maladie asymptomatique, un herpès, un zona, un virus assoupi dans les replis du monde. Tandis que je tergiversais au milieu du salon avec ma rage et mon verre d'eau, je pensai à cette phrase à la con, *la peur n'évite pas le danger*. Mon père l'aimait bien, cette phrase, même si je ne suis pas certain qu'il la comprît, vu la manière incongrue dont il l'employait. Il avait dû l'entendre à la télé, à l'usine peut-être, je ne sais pas, mais il aimait la prononcer quand il allait chercher sa ceinture ou son martinet, quand je me cachais sous l'escalier, bras en croix devant le visage. Sombre connard. Avec lui, c'est sûr, la peur n'évitait pas le danger.

La colère montait, d'une violence exponentielle. Lyla, Jeff, les mensonges des uns, les mensonges des autres, ces morts qui reviennent vous hanter, qu'ils soient fœtus ou vieillards, tous s'agglutinaient et mon île ressemblait de plus en plus à une décharge publique. Il fallait que je fasse quelque chose pour me sortir de là, pour *nous* sortir de là. Alors j'ai pris mon téléphone et j'ai appelé Lyla. Il était plus de vingt-trois heures mais je me foutais complètement de la réveiller.

— Allô ?

— C'est Joris.

Lyla

Décembre 1998

Depuis l'été, Lyla pensait à Joe.

Elle avait pourtant un petit ami, il était dans sa classe et s'appelait Karim. Il avait de grands yeux noirs, lui aussi. Des cheveux crépus, lui aussi. Il était gentil, attentionné, équilibré – à l'inverse de Joe. Il n'avait pas de cicatrices, parlait beaucoup et rigolait tout le temps. Ils sortaient ensemble depuis le mois de novembre mais jamais Lyla n'avait cessé de penser à Joe.

Quand elle souriait à Karim, elle souriait à Joe. Quand elle racontait quelque chose à Karim, c'était à Joe qu'elle voulait le raconter. Ils ne couchaient même pas ensemble, c'était une histoire mignonne et imprimée vichy, comme un flirt des années 50. Lyla avait eu plusieurs amants, mais tous étaient plus âgés qu'elle. Avec Karim,

elle avait le sentiment d'éduquer un petit garçon. C'était pratique car si elle avait baisé avec
lui, elle aurait eu l'impression de trahir Joe. Avec
Karim, elle allait seulement au café, au bowling,
au cinéma, où ils mêlaient leurs langues et se
tripotaient comme des collégiens. Il embrassait
très bien, pour un collégien. Dès qu'elle rentrait
chez elle, elle lisait Bukowski, de *Journal d'un
vieux dégueulasse* à *Pulp* en passant par *Women*.
Bukowski était à la fois Joe et le père de Joe, Lyla
était tout entière les femmes de Bukowski — et
elle comptait les jours.

Noël, bientôt.

Les landes, la dune.

Joris était un reflet brillant à l'opposé de
la France ; littéralement, *de l'autre côté*. Bien
sûr, elle ne lui avait donné aucune nouvelle.
Comment aurait-elle fait ? Elle ne connaissait
pas son nom de famille, n'avait pas son numéro
de téléphone, ni même eu la présence d'esprit de
noter son adresse. Mais dans ces conditions, au
moins, elle n'était pas tentée de le contacter. Sur
la tombe de Buk à San Pedro était paraît-il gravé
« *Don't try* ». Elle avait lu cela quelque part et,
comme le reste, cette épitaphe parlait de Joe.

Elle n'essaya donc pas.

Et puis, il fallait bosser. C'était l'année du bac, elle voulait en finir et quitter la maison. Elle était en avance, avait sauté une classe à l'école primaire parce qu'elle savait déjà lire et écrire quand les autres enfants balbutiaient des textes minima-listes et œuvraient en lettres bâtons tels de petits sauvages. À cause de Joe, ou plutôt grâce à lui, elle devint très forte en anglais. Elle voulait lire Buk dans le texte, pour pouvoir dire à Joe : « J'ai lu Buk dans le texte. » Les mois passaient, la nuit tombait de plus en plus tôt et le cœur de Lyla battait de plus en plus vite.

Enfin, les vacances arrivèrent.

Le samedi 19 décembre, ils chargèrent le monospace et traversèrent la France. Dans l'auto-radio, ils écoutèrent tout du long *Violator* et *Songs of Faith and Devotion*. Lyla adorait Depeche Mode. Son père le savait et, pour une fois, Elaine ne dit rien. Peut-être aimait-elle aussi, après tout, même si elle partageait rarement les choses qui lui plaisaient, plutôt celles qu'elle détestait — sno-bisme personnel, comme ce look invariable, che-mise blanche, Levi's brut.

La route était interminable, pâle, givrée par endroits, crispée et périlleuse. Au détour d'une falaise et au son hypnotique d'« Enjoy the Silence »,

l'océan apparut enfin pour la toute première fois,
pareil à un cauchemar au sein d'un conte de fées ;
Elaine tapa des mains comme une petite fille.
Maman aimait l'océan en hiver. Elle aimait les
choses en hiver, c'était peut-être sa plus grande qua-
lité, cette aptitude à s'enthousiasmer pour des terres
abruptes que vomissaient d'ordinaire les bour-
geoises dans son genre, rêvant de tropiques douze
heures d'avion plus tard. *Son œil, son regard…*
Maman aimait dire « sa sensibilité » mais, pour
Elaine Manille, le mot n'avait pas le même sens que
pour les gens normaux. Lyla s'en foutait, elle était
heureuse de profiter de son père pendant presque
dix jours, heureuse de quitter la ville, de voir enfin
le ciel, voûté, étoilé, spectaculaire. Et Joe, l'espoir
de Joe contenu dans ce ciel. Dès demain, elle irait
chez lui. S'il le fallait, elle affronterait l'Indien terrifiant qui lui servait de père ; même pas peur. *Joe…
Oh ! Joe.* Elle le comprenait tellement mieux, maintenant qu'elle avait lu Bukowski !

Lyla avait désormais un téléphone portable
et Karim lui laissait des messages toutes les
trois heures, réglé comme l'horloge du poème
de Baudelaire – *Souviens-toi !* Elle avait un peu
honte, mais ne répondait pas. Elle était ailleurs,
Lyon était loin, le lycée était loin, et la cantine

fade, et les baisers menteurs, et les feuilles roses lignées des classeurs bien tenus.
Enjoy the silence.
Pauvre Karim.

Le monospace se gara enfin devant la barrière blanche. La balancelle métallique, dont les coussins en tissu bleu avaient été retirés, dansait dans le crépuscule comme le corps fragile d'un squale momifié. Lyla ouvrit la portière, enfin libre. Elle avait des crampes dans les jambes à force d'être restée assise et une armée de fourmis lui courait dans les fesses. Elle s'étira, fit les cent pas dans les petits graviers blancs, leva les yeux. La lune, ronde et grise comme l'œil d'un cyclope, semblait lui dire quelque chose, mais c'était quelque chose qu'elle ne voulait pas entendre. Elle baissa les yeux, secoua la tête, puis ouvrit le coffre pour prendre sa valise.

La maison était froide, bien que la femme de ménage fût venue allumer le chauffage avant leur arrivée. La piscine dormait sous le vert d'une bâche raide que les feuilles mortes amoncelées, lourdes comme un cadavre, faisaient ployer. La lande était brune, l'océan noir et la nuit couleur de cendres. C'était beau, pourtant ; bien plus beau qu'en été.

La sauvagerie était revenue.

À peine arrivé, papa entreprit d'allumer un feu dans la cheminée. Il avait remonté les manches de son pull-over et transportait péniblement, en maints allers-retours, des bûches depuis le garage. Il était charmant et un peu ridicule, comme un petit enfant qui jouerait au cow-boy. Lyla vint l'embrasser, puis monta à l'étage et investit la même chambre qu'au mois d'août.

C'était impossible, bien sûr, mais il lui sembla retrouver l'odeur de Joe, l'odeur du sexe de Joe, celle du maillot lamé au sortir de la plage. Au bord de la fenêtre, bien alignés, il y avait toujours les coquillages, les os de seiche et les oursins qu'elle avait laissés là, à croire que personne n'était venu ici depuis son départ. Elle s'allongea sur le lit, enfouit son visage dans l'oreiller glacé. De petites plumes blanches perçaient le coton nu, qui lui griffèrent la peau. Lyla se sentit tout à coup affreusement fragile, délicate comme un papillon au seuil de l'imago. Les cours de biologie lui revinrent en mémoire – ce stade intermédiaire entre la chrysalide et la mue, qu'en entomologie on appelle la nymphe. Une récente série de sa mère, dont Lyla était le sujet, portait ce titre. *Nymphe*, saisie dans la salle de bains, par surprise ; le flash qui faisait taper le cœur, l'intrusion, le viol. Impossible de prendre une douche tranquille, Elaine ayant ôté le verrou de la porte. Quand Lyla râlait, pleurait, se mettait en colère, Elaine disait : « C'est beau, sur le vif, dans la vapeur. C'est spectral, chérie, c'est beau comme toi. Tu verras. » Et c'était vrai. Les images étaient sublimes, on ne reconnaissait jamais Lyla, son corps avait l'air pris dans une poudre rose. Seuls ses cheveux blonds émergeaient, nets comme une fourrure, la fourrure d'un animal mutant, fantastique. Les réglages pour obtenir un tel effet restaient mystérieux, à la prise comme au tirage, accentuant l'aspect sorcier de l'opération. Par esprit de contradiction, Lyla ne s'était jamais intéressée à la photographie. Ses arts à elle : la littérature et le cinéma. Elaine, étrangement, n'aimait pas le cinéma, à part les films de John Hughes, Gregg Araki et Larry Clark. Une exposition de la série *Nymphe* était d'ores et déjà prévue au printemps ; à Lyon dans une galerie renommée de la rue Auguste-Comte, puis au musée d'Art contemporain de Nîmes. Brusquement, Lyla repensa à toutes ces photos que sa mère avait prises de Joe, cet été-là, au bord de la piscine. Elaine ne les lui avait jamais montrées. Elles existaient pourtant, dans une boîte ou une autre, petits maléfices en papier glacé.

Sa mère était-elle finalement allée sur la dune ? Avait-elle saisi les garçons sur la vague ?

Les garçons sur la vague – un livre ? un poster ?

Tout à coup, l'air lui sembla huileux, comme si quelque chose de toxique commençait à envahir la pièce. Elle se leva, traversa la chambre, regarda par la fenêtre. Dehors, il n'y avait que les arbres, silhouettes noires dans la nuit, pommelées, ajourées, aux formes ovoïdes comme des cerveaux percés.

Joris rentrerait pour Noël, bien sûr. Il n'avait rien dit à ce sujet, mais c'était évident. Un garçon de vingt ans rentre pour les fêtes, même si son père ressemble à l'Indien sinistre d'un récit pour enfants.

Noël est *incontournable*. Non ?

Demain, elle irait chez lui. Peut-être même était-il déjà arrivé.

Au téléphone, Joris a choisi le lieu du rendez-vous. Je l'ai laissé faire mais c'est très loin de chez moi, aux confins de quartiers que je ne fréquente jamais. Je n'aime pas le Paris des cartes postales, il a l'air d'un mensonge, au mieux d'une utopie.

Dans le wagon, assise sur un strapontin, j'essaie de bouquiner. Je n'y parviens pas, les lignes tres-sautent, j'ai l'impression de lire du néerlandais quand il s'agit de japonais traduit en langue fran-çaise. *La maison où je suis mort autrefois* pourrait pourtant être le titre de ma vie... En désespoir de cause, je range Higashino et je ressors la lettre. Je la parcours, réintègre la colère – une mise en condition avant l'affrontement. Quelques mètres plus loin, un vieux gitan en costume mité, à la cravate bien mise, aux souliers bien cirés, entame

« Le Temps des fleurs » à l'accordéon. C'est émouvant et insupportable. Tant de dignité me donne envie de pleurer et je lui glisse une pièce, autant pour lui venir en aide que pour ne plus l'entendre. Je regarde à nouveau ses chaussures, et leur brillance me fend le cœur.

Les couloirs aux murs émaillés s'enfilent, je fonce tête baissée. Il y a du monde, c'est comme une autoroute fabriquée de carrelage. Je change de ligne, me cogne, doute, m'assois, me calme, vérifie sur un plan. Cela faisait longtemps que je n'avais pas pris le métro. Mon regard accroche les panneaux publicitaires, des couches et des couches de réclames les unes sur les autres, partiellement arrachées, déchirées, dessinant des patchworks sans signification. Je regrette d'avoir laissé Joris m'obliger à m'éloigner autant, alors que c'est lui le méchant de l'histoire, le fautif, le lâche, le « putain d'inutile », lui qui aurait dû venir juste en bas de chez moi, au café d'à côté où je connais tout le monde, où tout le monde me sourit, où je me sens chez moi et en sécurité. Mais à l'époque déjà, la galanterie, ce n'était pas son fort.

Je sors place des Abbesses. Le soleil est mort depuis longtemps mais un manège tourne en rond comme si c'était le printemps. Il y a des arbres noirs pleins de guirlandes colorées, décharnés-stylisés, des gosses minuscules affublés de bérets, des bancs laqués vert sur lesquels de jolies jeunes femmes en robes vaporeuses fument des cigarettes fines comme des brindilles.

Tout le monde fait semblant de croire que Paris sera toujours Paris.

Paris ne sera plus jamais Paris.

J'entre comme convenu au bistrot des Martyrs. Je suis un peu en retard, juste ce qu'il faut. Le choix du lieu m'a fait sourire jaune, mais j'ai accepté sans faire de commentaire.

Néons rouges.

Après dix-sept ans, un quart de vie, j'avais peur de ne pas le reconnaître. Je le reconnais tout de suite, malgré l'obscurité du coin où il s'est installé. Seuls ses cheveux crépus sont devenus poivre et sel, des filaments argentés brillent sous les lumières basses tels des rubans de soie. Il est encore beau — toujours cet air perdu et comme venu d'ailleurs. Je m'approche. Il se lève, me reconnaît aussi, ou peut-être est-ce seulement mon pas décidé.

— Lyla.

J'aimerais voir ses bras mais c'est le plein hiver, il porte une chemise bleue et un sweat à capuche, comme un lycéen des quartiers chics. Je ne dis rien et m'installe en face de lui. Il se rassoit, un peu gêné.

— Ça fait longtemps, murmure-t-il.

Je souris, je crois, mais j'ai le sentiment qu'il voudrait disparaître, là, maintenant, s'enfoncer dans la terre. Je me demande si c'est ma faute, si j'ai vieilli à ce point. Il ne disparaît pas mais hèle la serveuse d'un geste précipité. Elle nous ignore et la main de Joe, lentement, retombe sur la table.

— Tu n'as pas changé.

Je soupire.

— Bien sûr que si.

— Non, je t'assure. Je ne dis pas ça pour te faire plaisir, Lyla avec un y. C'en est même troublant.

Le sobriquet m'angoisse et je détourne les yeux. Je guette à mon tour la serveuse, elle ne me voit pas non plus. Joris et moi sommes invisibles, les invisibles parents d'un enfant invisible. Sans le vouloir, mon regard agrippe sa main : une large alliance dorée ceint son annulaire gauche. Il est marié, bien sûr, comme tous les autres. Mais étrangement, je ne m'y attendais pas.

— Lyla, ça va ?

J'enlève ma parka, la pose sur le dossier de la chaise en secouant la tête.

— C'est rien. J'ai eu froid en venant.

— Je suis désolé de t'avoir fait courir… Je travaille là, en fait. À côté, rue des Trois-Frères.

— Qu'est-ce que tu fais ?

— Kiné, comme prévu. Aussi incroyable que ça puisse paraître, j'ai réussi.

— Ce n'est pas… Enfin… J'avais oublié, c'est tout.

Je mens. Sans doute cette soirée sera-t-elle constituée de cela – de mensonges. Je reste silencieuse, lui aussi, et dans ce long silence planent de grands oiseaux noirs aux ailes déployées.

— Ça te plaît ? demandé-je finalement, dans le vain espoir de me rattraper.

Joris hausse les épaules. Le bleu de sa chemise dans le mouvement se ride, pareil à l'océan que nous partagions jadis.

— Je soulage les gens, dit-il. Et quelquefois, ces gens meurent.

Un frisson glacé me parcourt l'échine. Peut-être suis-je surprise par son honnêteté. Il abat les cartes d'emblée, pour poser entre nous les règles du jeu. Sa franchise me trouble ; comme son alliance, je ne m'y attendais pas. Je ne sais pas quoi dire mais la serveuse enfin s'aperçoit de notre présence. Je commande une bière, il commande une bière. Elle se détourne et Joris me sourit.

— Tout avait commencé avec une bière, non ?

Je lui rends son sourire. Des sensations heureuses me reviennent en mémoire, manège de bois flotté, parfums de monoï et de pins parasols, la grâce infinie des corps adolescents, largement dénudés et polis de soleil – le soleil, ce gouffre lumineux, cette bouche venue du ciel.

— Nous étions tellement jeunes, soupiré-je, sans réellement m'adresser à lui.

Je regarde dehors, perdue dans ces souvenirs qu'il réveille malgré moi. Il s'est mis à pleuvoir. Tout est flou, le monde a l'air en larmes.

— Alors ? dit-il, comme pour me ramener dans le présent, les lumières cendrées, les ramages juvéniles qui éclosent, frénétiques, à chaque coin du café.

J'esquisse un sourire pâle.

— Alors quoi ?

— Tu n'as rien voulu me dire au téléphone, et je le comprends très bien. Mais maintenant, Lyla, il faut me raconter ce qui s'est passé.

Certes. Sauf que depuis son message, j'ai eu le temps de comprendre que je ne savais pas raconter les histoires.

Une fois encore, je ne sais par où commencer.

Décembre 1998

Lyla est debout au sommet de la dune, face à l'océan. Elle serre la doudoune noire contre sa poitrine, tient de l'autre main le bonnet orange qui menace de s'envoler. Le vent s'acharne contre elle, la toile du blouson claque, les oreilles bourdonnent. Elle se fait l'effet d'un pavillon corsaire battu par les vents mais elle reste stoïque, au point culminant. Le food-truck n'est plus là, le parking est gelé et l'herbe anéantie. Mais la vue reste la même, l'Atlantique outremer et les nuages légers, blancs comme des vapeurs.

Il fait très beau. Froid et beau. Les vagues grondent, se brisent et se retirent, l'océan un instant semble retenir son souffle mais Lyla respire fort et ouvre ses poumons. Elle se dit qu'elle n'est pas faite pour habiter en ville. Elle ne sera jamais heureuse, en ville ; il faudrait cela tous les jours, tous les jours de toute la vie. Le ressac, l'écume, le ciel inaltérable mais sans cesse différent.

Elle a seize ans et demi. L'avenir est un coquillage de dessin animé, immense, nacré, dans lequel des perles scintillantes enflent et se multiplient.

Joe. Oh ! Joe…

Sur la vague, il n'y a personne. Le vent souffle du nord et même en combinaison intégrale, l'océan vous tuerait. Lyla relève sa capuche et fait demi-tour, redescend vers la forêt aux pins persistants, bombés et immuables, puis elle rejoint la route. Sans vélo, elle marche longtemps, glacée jusqu'aux os, mais elle avait envie de revoir l'endroit où tout a commencé. Elle ne croise aucune voiture, aucun être vivant, humain ou animal. Elle retourne au village, longe le boulevard de la plage, les boutiques fermées, les rues désertes. On dirait le décor d'un western avant la prise, ou les premiers plans d'un film de zombies. Derrière les vitrines qui, cet été, déversaient leurs marchandises jusque sur le macadam, les pancartes « Sorry, we're closed » semblent se balancer, agitées par le souffle fragile de voyageurs fantômes. Non seulement c'est l'hiver, mais en plus c'est dimanche. Elle s'éloigne du centre, se perd dans les chemins de traverse, puis retrouve enfin la maison de Joris. Le mobile d'os et de coquillages est toujours là, comme le porche de bois gris aux lames disjointes. Mais les fenêtres sont obscures et le pavillon affiche un air plus désolé encore que dans ses souvenirs. De l'autre côté de la rue, elle aperçoit soudain une forme noire en mouvement. Elle se fige et, lentement, tourne la tête. C'est un chien. Un gros chien sombre et efflanqué, immobile sur le trottoir d'en face. Il commence à grogner, dévoilant de longues canines jaunes et des babines d'un rouge violacé au bord desquelles la bave écume. Lyla ne bouge pas, ne respire pas, paralysée par la peur. C'est le premier être vivant qu'elle croise depuis son départ de la villa, mais elle n'a jamais aimé les chiens et celui-là semble échappé d'un bouquin de Stephen King. Elle craint qu'il ne se mette à aboyer ou, pire, à courir dans sa direction. Alors, du mieux qu'elle le peut, elle soutient son regard. Au bout d'un moment, le chien fait demi-tour et s'éloigne vers la côte. Lyla se met à rire, *quelle idiote, c'était juste un clébard, quelle pauvre idiote tu fais*, puis elle prend une grande inspiration pour traverser la cour.

En approchant de la porte, le carillon émet plus fort sa musique funèbre. Lyla pense aux bruits que ferait une carcasse humaine secouée par le vent, les visages scarifiés de pirates sanguinaires lui tournent dans la tête. Elle ramène les bras sur sa poitrine, presse la doudoune contre elle. Elle frissonne, mais ses joues lui semblent brûlantes. Elle grimpe les quelques marches, serre son poing transi et cogne contre la porte. Elle retient son souffle, mais seuls les *ting-a-ling* du mobile lui répondent.

Elle frappe de nouveau. Attend de nouveau.

Rien.

Manifestement, la maison est vide. Lyla pousse un soupir, entre tristesse et soulagement. Elle tourne les talons, laissant sa plainte rejoindre celles, lugubres, des os suspendus agités par le vent, quand la silhouette de Joe fait son apparition au bout de la rue. Il se détache, en contrejour sur le ciel blanc, une chapka vert kaki enfoncée sur la tête. D'une main, il porte un cabas en papier kraft, de l'autre un pack de bières. Les courses semblent lourdes, il marche comme un vieillard, penché en avant, mais peut-être est-ce seulement à cause des rafales qui, pareilles à des gifles, claquent autour de lui. Il avance ainsi courbé, concentré, sans la voir. Enfin, il lève la tête. Elle vient à sa rencontre, mais il fronce les sourcils ; visiblement, il ne la reconnaît pas. Le cœur de Lyla s'emballe, quelque chose en elle commence à se fendre puis elle comprend ce qui se passe et abaisse la capuche qui lui masquait le visage. Joris arrive à sa hauteur, surpris :

— Lyla ?

Sa voix est crispée, ses joues et son menton engourdis par le froid.

— *I'm back* ! dit-elle, un peu trop joyeusement.

Sa voix aussi est altérée, par ce qui s'apparente désormais à une sorte de blizzard. Joe porte un masque de cire, elle ne parvient pas à déchiffrer son expression. Pour se rassurer, elle se dit que c'est la faute du temps – il fait si froid, ce n'est pas humain, un froid pareil.

— T'es arrivée quand ?

— Hier soir.

— Ah.

Joe se frotte la tempe, deux doigts passés sous l'oreille en fourrure de la chapka, puis il jette un coup d'œil au sac en papier qui pend au bout de son bras.

— Il faut que je rentre tout ça... Tu veux une bière ? On se gèle les couilles, là.

Elle acquiesce et, imperceptiblement, la pression qui comprimait sa poitrine se relâche.

271

Allongés sur le lit, ils viennent de faire l'amour. Lyla tire le drap sur elle, il est rêche et glacé. Joe soupire sans qu'elle dise rien, puis se lève.

— Je sais. Je vais prendre une couverture.

Elle regarde son corps nu se mouvoir dans l'espace étroit de la chambre, entre le bureau en pin, la fenêtre écaillée et la bibliothèque. Ses fesses sont rondes, musclées, mobiles comme deux balles brunes montées sur vérins. Les marques de la combinaison se sont estompées, la texture de la peau s'est assouplie, assortie à l'hiver. Lyla détourne les yeux, presse l'oreiller contre sa poitrine. Les murs, il y a longtemps, devaient être blancs, mais ils sont aujourd'hui d'une teinte ivoire, comme l'émail d'un gros fumeur. Elle les trouve encore plus jaunes que cet été, sans doute parce que le soleil ne fait plus diversion. Joe ouvre une armoire en pin assortie au bureau, se hisse sur la pointe des pieds, tire du rayon le plus haut une vieille couverture gansée de satin beige.

— Il est où, ton père ?

Lyla avait déjà posé cette question au mois d'août, mais s'en souvient trop tard. Joe hausse les épaules sans répondre, l'air de dire « On s'en branle ». Il jette le plaid sur le lit, puis attrape un compact-disc dans la bibliothèque.

— Tu sais, lâche-t-elle en se redressant pour déplier la couverture, je l'ai vu… Ton père.

Il se tourne vers elle.

— Ah bon ? Quand ça ?

— Avant de partir, cet été. Je voulais te dire au revoir, mais je n'arrivais pas à te trouver. Du coup, je suis venue. Tu n'étais pas là, c'est lui qui m'a ouvert.

Elle s'attend à ce qu'il dise quelque chose, pose une question, mais Joe se contente de placer le disque sur la chaîne hi-fi, avec méticulosité. Puis il se rallonge sans même la regarder, croise les bras sous sa nuque. Elle fixe le plafond – une tache de moisi en forme de nuage – en retenant son souffle. Après un bref silence, il demande :

— Tu as vraiment lu tout Bukowski ?

— Pourquoi je mentirais ?

La musique monte doucement dans la pièce, flotte, emplit l'espace. Lyla reconnaît la voix de Thom Yorke. *Pablo Honey*, le premier album. Elle murmure :

— « Creep », je crois que c'est ma chanson préférée de tous les temps.

Le visage de Joe s'adoucit.

— À chaque fois, dit-elle, j'ai l'impression que ça parle de moi. Moi non plus, je n'appartiens pas à ce monde.

« You » se termine et « Creep » commence. Ils l'écoutent religieusement, mais au deuxième refrain, Joris étend son bras pour que Lyla se cale au creux de son épaule. Elle s'exécute, le cœur en fond de gorge, bondissant. Son cœur, en cet instant, est un petit lapin blanc au milieu d'une prairie, à la toison ébouriffée. Cette pièce vieillotte, humide, sans charme, lui semble soudain magique, tel le donjon d'un conte de fées. La poussière qui danse devant la fenêtre ressemble à de la neige, une neige fragile et douce qui viendrait les bénir. Elle prend alors conscience de leurs corps, de la beauté terrifiante de ces corps, leur jeunesse obscène et comme inaltérable. Pour la première fois, Lyla comprend Elaine et ses obsessions – *la jeunesse est un monstre, accepter ou mourir.* En caressant le torse glabre de Joe, elle essaie de s'imaginer vieille, ou juste vieille comme sa mère. Elle n'y parvient pas, incapable de se projeter dans ce futur informe, vaste et imprévisible. Le monstre, c'est elle. Le monstre, c'est *eux.* Ils sont comme le surfeur au sommet de la vague, tout en haut, ils sont les rois du monde, des rois un peu brisés, en guenilles déjà, déchus, mais des rois tout de même.

Elle a envie de dire *je t'aime* et pour se taire l'embrasse – un baiser cannibale. Dehors, un rayon de lumière transperce la vitre froide et transforme la

poussière en pluie d'or et d'argent. Elle a le sentiment qu'ils viennent juste de naître, l'un et l'autre,
à l'apogée d'un monde en pleine disparition. C'est
le cas, dans un sens. Dans un an et quelques jours,
le vingt et unième siècle s'ouvrira à eux. La majo-
rité et, conjointement, le nouveau millénaire…
Quand elle y pense, ça lui donne le vertige.

— Tu veux faire quelque chose, demain ?
demande-t-elle. On pourrait prendre la voiture
de mes parents, aller en ville, au cinéma, je ne sais
pas ?

Joris tourne la tête, la dévisage. Ses yeux sont
plus noirs que jamais, insondables. Lyla fronce les
sourcils.

— Tu conduis, non ?

— J'ai le permis, mais je n'aime pas ça. Ni les
bagnoles ni la conduite.

Elle hausse les épaules.

— On peut juste traîner ensemble…

— Je suis désolé. En fait, je repars tout à
l'heure.

— Mais… Tu ne restes pas pour Noël ?

— Noël, tout le monde s'en cogne. Enfin, je
veux dire… Dans cette maison.

L'océan gronde derrière la fenêtre et, avant
d'être engloutie, Lyla murmure :

— Tu pourrais passer le réveillon chez nous ? Tu sais, avec Elaine, plus on est de fous…

— C'est sympa mais à Bordeaux, je travaille dans un bar. J'ai signé pour toutes les vacances, j'ai trop besoin de thunes. Je suis juste passé ce week-end dire bonjour à mon père. Je l'ai à peine vu, mais c'est un autre problème.

Elle a l'impression que l'univers s'effondre, qu'une faille au fond de la terre brusquement se contracte. Au bord de la fenêtre, un oiseau vient se poser. C'est un gros oiseau noir, mais ce n'est ni un corbeau ni un merle. À bien y regarder, son plumage a de petites taches beiges en forme de pointes de flèches, des reflets verts et bleus, hypnotiques, et Lyla se dresse sur les coudes pour mieux l'observer. L'oiseau maintenant la fixe de ses grosses billes opaques, comme s'il cherchait à lui jeter un sort.

— C'est un étourneau sansonnet, explique Joe. Il y en a beaucoup, par ici. Ils nichent dans les falaises. Tout le monde les déteste, parce qu'ils ruinent les bagnoles.

— Comment ça ?

— Ils vivent en groupe, ils chient en groupe. Leurs fientes, c'est pire que de l'acide. Tous les étés, je vois les bourges chialer sur le capot troué de leur bolide à deux millions de dollars… C'est un spectacle très réjouissant !

Le cœur de Lyla – Ferrari rutilante ruinée en un instant par une horde de passériformes en vol stationnaire au-dessus de son corps nu. Comme pour se protéger, elle remonte la couverture. Le tissu pique. Joe saute du lit, aussi souplement que s'il filait debout dans la lèvre d'une vague. Il allume une cigarette.

— Tu veux une autre bière ?

Elle acquiesce et tandis que Joe passe la porte, l'oiseau lui lance un dernier regard. Derrière les vitres sales, il déploie ses ailes, s'envole et disparaît.

Le molosse. L'oiseau. Les bêtes noires, comme dans les films, les expressions, les textes d'apocalypse. Le pressentiment d'une catastrophe imminente lui coupe le souffle. C'est irrationnel, comme sa terreur face au chien, mais c'est *là*. Pour tenter de se calmer et d'enrayer la crise, elle regarde son portable.

Appels en absence.

Message triste – *Lyloo, tu manques*.

Pauvre Karim.

Joris revient, deux bouteilles à la main ; lui en tend une, clope au bec. Sur son front clignote un néon lumineux, FORGET, qui stroboscope la chambre. Lyla sait bien que le néon n'est pas là, mais elle le voit tout de même.

« I can't » démarre, bande-son merveilleuse d'un désespoir programmé. Joe se recouche près d'elle, l'enlace, son sexe se dresse à son contact. FORGET clignote plus vite, rouge, rouge sang, le bout de la cigarette blanche embrase par erreur la peau de son épaule, elle ne dit rien, accepte d'avoir mal, d'être incendiée vivante.

Even though I might, even though I try, I can't.

Lyla boit une gorgée de bière, puis :

— J'ai lu que sur la tombe de Bukowski était gravé « *Don't try* ».

— Ouais, il paraît. J'irais bien à San Pedro, un jour. Voir ça de mes yeux…

— Qu'est-ce que ça veut dire, tu crois ? « À quoi bon » ?

Joris hausse les épaules, souffle la fumée.

— J'en sais rien. J'imagine que depuis quatre ans, partout dans le monde, y'a des tonnes de gars avec des tonnes de théories sur le sujet… Et Buk, ça doit bien le faire rigoler.

— Mais toi ? T'en penses quoi ?

— « Fais tes trucs, et n'essaie pas d'être quelqu'un d'autre. » Mais c'est juste ce que je ressens, je suis peut-être complètement à côté de la plaque.

— Oh, Joe, je t'ai démasqué ! En fait, t'es un optimiste !

— Absolument. Je suis le prototype de l'optimiste. Mais j'étais tellement parfait qu'ils ont pété le moule.

Elle se serre contre lui, il se redresse pour écraser sa clope.

— La vérité, Lyla avec un y, c'est qu'on passe notre temps à essayer de survivre.

Elle ne sait pas encore à quel point il a raison. N'en a pas la moindre idée. Derrière la fenêtre au cadre fissuré, le ciel s'assombrit comme si la lune, en un instant, dévorait le soleil.

— Mais maintenant, Lyla, il faut me raconter ce qui s'est passé.

Je sens le sourire pâle s'éteindre, mon visage se crisper en une grimace de clown. Je détourne les yeux de la vitre ruisselante et, en guise de réponse, je sors la lettre de mon sac. D'un geste comme ralenti, je la pose sur la table.

Joris fixe l'enveloppe, interloqué, puis me dévisage. Ses yeux n'ont pas changé non plus – deux immenses trous noirs dans lesquels se noyer. À cet instant, ils me font penser à ceux de Léonie.

Vous ne me connaîtrez jamais, ne me percerez jamais, je suis un gouffre dans lequel, avec joie, vous sombrerez sans fin.

— Qu'est-ce que c'est ?

— Ouvre, tu verras bien. Ça va peut-être réactiver ta mémoire… Je l'espère, en tout cas. Sinon, je ne sais vraiment pas ce qu'on fabrique ici.

Il sort la lettre de l'enveloppe, j'ai le ventre décacheté. La serveuse pose nos verres sur la table, elle est une ombre, je ne vois que sa bouche, épaisse, ourlée, terriblement rouge. Je commence à boire, trop vite, comme si la bière était de l'eau, comme si je venais de traverser le désert. Je pense à Cal dans l'Outback, *la Mort vous trouvera*. Je n'ose pas regarder Joe, mon cœur se balance au fond de ma poitrine, lourd et suspendu, pareil à une boule de démolition. Après un temps qui me semble interminable, il relève la tête.

— Je n'ai jamais écrit ça.

— Pardon ?

— Je t'assure, Lyla. Ce n'est pas moi.

J'avale ma gorgée avec difficulté. Comment ça, *pas moi* ? Joe regarde de nouveau la lettre et ses grandes mains fines se mettent à trembler. Cette alliance… Tout le monde y arrive, sauf moi. Tout le monde ! Mon cerveau, visiblement, cherche une fois encore à faire diversion.

— C'est l'écriture de mon père.

On vient de lacer un corset autour de mon buste et la costumière serre, serre de toutes ses

282

forces, je la supplie d'arrêter mais elle serre plus fort, jusqu'à ce que mes côtes se brisent.

— Tu comprends ce que je suis en train de te dire ? Lyla, c'est mon père qui t'a répondu.

J'étouffe, je ne comprends pas, mille petits points brillants dansent derrière mes yeux, explosion souterraine.

— Ce n'est pas moi. C'est mon père.

Son père est mort, non ? Son père est mort ! Et comme l'adolescente que j'étais à l'époque, je dis à voix haute ce que je pense tout bas :

— Ton père est mort. C'est facile de lui faire porter le chapeau.

Je lâche cela dans un souffle, la voix assourdie, mais n'y crois pas moi-même. Tout s'éclaire, en réalité. Tout devient limpide, d'une logique monstrueuse. Mon cœur bascule, je bascule, le corset brusquement se relâche, me lâche, m'abandonne, je suis une poupée de chiffon que plus rien ne tient droite, mais Joe pose sa main sur ma main au-dessus de la table. Je sursaute, comme cette nymphette libidineuse aux abords du food-truck.

Antilope.

— Sérieusement, Lyla… « Un putain d'inutile » ?

Je ne vois pas où il veut en venir. Tout ce que je vois, c'est cette main sur ma main et l'alliance qui scintille. Je pense au reflet de la pharmacie dans l'eau du caniveau, au soleil vert dans la flaque ridée et, plus tard, à la croix rose sur le papier buvard du morceau de plastique.

— Ce que je veux dire, c'est que cette lettre ne me ressemble pas. On ne se connaissait pas bien, je sais. Mais quand même, Lyla…

Il soupire, perdu, semble si jeune tout à coup malgré le poivre et sel, malgré les rides autour de ses yeux noirs. Son image devient floue, je regarde à travers lui, à travers lui le mur, les banquettes, les serveurs, les bouches glossées des filles, les bouteilles clinquantes qui habillent le bar, les cartes du restaurant que des bras distribuent avec assiduité.

Arrête de dire mon prénom. Je t'en supplie, arrête.

— Lyla, j'aurais cité Radiohead, peut-être. J'aurais écrit : « *I'm a creep* »… Ou je t'aurais parlé de Bukowski… Je t'aurais forcément parlé de Bukowski, mais il n'a même pas relevé la référence ! Comment as-tu pu croire que cette lettre venait de moi ?

Il froisse la feuille, la jette sur la table. Elle roule sur le bois puis tombe sur le sol, où elle

rebondit, minable et fatiguée, comme une paro-
die de balle.

Dix-sept ans d'archives, sur le carrelage d'un
bar.

Joris a raison, bien sûr, et je suis surprise qu'il
ait si bonne mémoire. Mais j'étais une enfant !
Paumée, mineure, enceinte – et puis, quoi ? Il
aurait fallu que je déchiffre des messages codés ?

Je te jure, Lyla, que je ne l'ai jamais lue.

Dialogue de sourds.

Je me penche, ramasse la pseudo-sphère.
Entre mes doigts elle paraît dure, dense comme
du métal. Du plat de la main, j'entreprends de
la défroisser. J'ai envie de crier, mais le geste me
calme. Au gré du mouvement, j'accueille le réel
– il ne savait pas, n'a jamais su. Mes mains me
semblent plus petites encore que d'habitude,
plus pâles, et mes ongles sans vernis ont l'air
misérable ; je pense à celles de Léonie, les animaux de cirque, le rose qui jaillit du vert, paysage tropical.

Sans regarder Joris, je murmure :

— Ça aurait changé quelque chose ?

Il baisse les yeux, se frotte les cheveux comme
s'il avait des poux. Il semble réfléchir un instant,
puis relève la tête, sûr de lui.

— Je ne crois pas. Garder ce bébé aurait été absurde. Mais cette réponse, Lyla, ce n'est pas la mienne… J'aurais sans doute géré l'histoire différemment.

L'histoire…

Je lisse et lisse encore ; je sais la cartouche que je n'ai pas tirée, elle tourne dans ma bouche comme un bonbon au poivre. Le silence se densifie, Joris boit une gorgée, regarde ailleurs. Les conversations alentour me semblent plus fortes, les filles derrière nous rient à gorge déployée. Elles sont belles et leurs lèvres brillantes sont pleines comme des fruits mûrs. Elles ont seize ans, dix-huit ans, vingt ans. *La jeunesse est un monstre.*

— Je l'ai gardé.

— Quoi ?

— Le bébé. Je l'ai gardé. Ma lettre, tu l'as lue, n'est-ce pas ? J'avais passé le délai. Je veux dire… C'était trop tard.

Joris recule dans sa chaise.

— Mais… l'étranger ? Tu parlais de l'étranger, non ?

Je ne réponds pas, son visage se modifie. Ses rides sont plus marquées, l'eau semble quitter la surface de sa peau comme l'océan se retire avant un tsunami.

— Ce n'est pas si simple. Partir je ne sais où pour faire aspirer un fœtus qui était déjà viable... ? Je suis désolée, c'était au-dessus de mes forces.

— À cause de l'argent ?

— Non, ça n'a rien à voir avec l'argent. Tu imagines bien qu'Elaine aurait payé le voyage. En première classe, même.

Joe, livide, ne dit plus un mot.

— Son cœur battait. J'ai entendu son cœur, et c'était terminé. Je ne sais pas si tu peux comprendre, Joris, mais voilà. Son cœur battait trop fort et j'ai changé d'avis.

Sa main tremble jusqu'à son verre, ses doigts s'y agrippent comme à une chaloupe. Je l'imite, nous buvons en silence. Les gamines derrière nous rient de plus en plus fort, inconscientes de ce qui se joue, inconscientes de tout, comme ces jeunes filles qu'elles sont encore, qu'elles croient être éternellement et qu'un beau jour elles ne seront plus. Notre enfant plane au-dessus de la table. Les bulles de bière me claquent sur la langue comme des élastiques, je les laisse me piquer, me blesser, m'anesthésier. Faire semblant que tout cela n'est qu'un verre entre amis... Entre amis de longue date, heureux de se retrouver... Tout va

bien, tout va très bien, il n'y a aucun problème…
Et toi, Joe, comment vas-tu ?

Il semble pétrifié. Je suppose que pareille nouvelle ferait le même effet à n'importe qui.

— Je ne comprends pas, Lyla. Je t'assure, je ne comprends plus rien à ce que tu me racontes.

— Ne t'inquiète pas, j'ai accouché sous X. Notre fils est quelque part, mais je ne sais pas où. C'est fini, tout ça. Cet enfant n'existe pas. Pas pour nous, en tout cas. C'est un bébé-fantôme, pour deux parents-fantômes.

Joris a les larmes aux yeux. Taiseux, les larmes aux yeux… Le Joe de mon adolescence me semblait incapable de pleurer. De se tailler les veines, ça oui, mais pas de pleurer. Il repousse sa chaise d'un geste brusque, se lève.

— Il faut que je sorte. Il faut vraiment que je sorte. Excuse-moi.

Il enfile son blouson, s'éloigne d'un pas chancelant comme s'il était ivre, et je me dis qu'il ne reviendra pas. Derrière les baies vitrées du bistrot des Martyrs, je regarde la ville, la rue, les lumières, tous ces gens qui s'amusent, s'aiment, meurent aussi, peut-être. Les scooters qui filent, les voitures brillantes, les Américains en Uber, les Japonais en taxi, les restaurants, les cartes postales enluminées. J'imagine les enfants à bérets manger leurs purées biologiques dans des chaises hautes en bois recyclé, là-haut, dans ces appartements-cocons illuminés d'orange.

Notre fils, où est-il ? Comment va-t-il ? Doute-t-il du monde entier alors que moi seule je l'ai abandonné ? Est-il en bonne santé quand, anti-mère jusqu'au bout, j'ai échoué à mener ma gros-sesse à terme ? Qu'avons-nous détruit, à nous aimer trop tôt et n'importe comment ? *Quid* de son enfance ? Porte-t-il sur la peau les cicatrices de son père ? Et, dans son cœur, les blessures de sa mère ?

Que serait-il devenu, *si* ?

Des milliers d'histoires, dans les bulles de bière blonde. Ces milliers d'histoires que je me suis racontées au fil des années, version conte de fées ou version série noire — mon fils heureux mon fils battu, mon fils prince lumineux mon fils clo-chard céleste, mon fils dans une chaise haute en bois recyclé ou sur le métal froid d'un foyer de la DDASS.

J'ai accouché un jour, mais je suis nullipare. Je ne garde aucune trace de cet événement, je m'en souviens à peine, comme je me souviens à peine du coït qui a mené à cela. Je ne me rap-pelle même pas avoir souffert, ou bien tout s'est brouillé, la douleur physique et la douleur morale, si différentes mais, avec le temps, étrangement interchangeables. Je me rappelle seulement la peur, cette peur viscérale que l'enfant meure puisque, à cause de moi, il serait là trop tôt. J'avais voulu le garder sans savoir le garder, pas même les trente-huit semaines à l'intérieur de moi, matrice inachevée. Mon corps s'était rebellé, au bord du bassin azur d'une maison de vacances – une autre maison de vacances, un peu plus au nord mais tout aussi californienne que la précédente, Normandie, le bleu imbécile des piscines chlorées, les palmiers d'importation, le teck, les mosaïques. À la maternité, on m'avait tenue allongée plusieurs jours, injecté des corticoïdes pour accélérer la maturation des poumons, mais l'enfant était arrivé contre l'avis de tout le monde, par une nuit dans le jour à portée historique.

Il pesait 2 330 grammes et mesurait 44 centimètres. On m'a dit qu'il irait bien, c'était un gros bébé pour un prématuré, les réflexes étaient bons, nous avions de la chance. Il est parti très vite vers un autre hôpital où le service de néonatologie était plus performant, et je suis restée seule avec mon ventre vide.

Les prématurés sont plus fréquents chez les adolescentes. C'est en tout cas ce qu'ils m'ont raconté.

« Ce n'est pas votre faute, Lyla. Vous êtes trop jeune, voilà tout. Prenez-le comme un signe : c'est la bonne décision. »

X.

Tout faisait signe, au point que je me sentais maudite. Une fois n'est pas coutume, je préfère le mot anglais.

Cursed.

Une capote périmée, ou simplement mal mise, mal retirée – qu'importe. Une prise de conscience tardive, jeunesse, déni – qu'importe. Utérus immature, placenta boiteux, stress trop intense – qu'importe. Mais pour couronner le tout, une éclipse solaire ? Sérieusement ? Si ce n'était pas mon histoire, je hurlerais de rire. La réalité, toujours, dépasse la fiction.

Cet enfant serait un saint, ou un démon.

Après tout, j'étais bien née d'une sorcière.

Le nez au fond de ma bière, je commence le deuil d'une rencontre avortée, persuadée que Joris est parti pour de bon. Je tergiverse avec moi-même – une autre bière ou pas, un Uber ou pas, me jeter dans la Seine ou pas ? Puis je l'aperçois qui tourne en rond derrière la baie vitrée, une cigarette aux lèvres. Dans la nuit électrique, il ressemble trait pour trait au jeune homme d'autrefois, la silhouette gracile et carrée à la fois, le nez busqué, la chevelure dense. Nous étions des gosses à l'époque, deux êtres mal finis aux cœurs désaccordés. Les filles rient toujours, de passage dans un monde qui n'est plus le mien. Pour quelqu'un comme moi, *la vieille fille, la femme seule*, le temps qui file est une angoisse terrible ; mais j'ai l'intuition que pour Joe, malgré l'alliance qui rutile à son doigt, les choses ne sont pas si différentes. Ces dernières années, je parvenais souvent à me persuader que tout cela était arrivé à quelqu'un d'autre. Joris, lui aussi, a mis son passé entre parenthèses. Beau mariage, beau métier… Il était peut-être heureux, mais le retour de cette lettre est venu tout bouleverser et à cause de moi, le maelström réapparaît au-devant de la scène. Je le regrette, je n'ai rien demandé. J'essaie de me rappeler ce que j'avais écrit il y a dix-sept ans, perdue face à ce ventre plein d'une chose dont je ne voulais pas, mais cela m'est difficile. Je me souviens seulement qu'à la fin, en post-scriptum, je lui avais dit « Je t'aime ». J'étais aussi stupide que ces gamines là-bas, aux corps cintrés de noir. Je termine mon verre, l'une des filles crie : « Imagine, non mais sérieux, imagine une seconde ! » Elle a les cheveux blond platine comme Zoé au même âge, ébouriffés, et un headband piqué de fleurs ; j'essaie d'imaginer mais tout est blanc à l'intérieur de moi, l'écran du cinéma avant la projection.

Dehors, Joris écrase son mégot sous sa basket en daim. Il pousse la porte, entre dans le restaurant, se rassoit. Il plante ses yeux dans les miens, m'empale – je le sens, cela me déchire.

— Il faut qu'on le retrouve.

Je bois une gorgée, sans comprendre. Retrouver quoi ?

— Tu n'as jamais cherché à le retrouver, Lyla ? Vraiment ?

Le bébé.

Bien sûr, il parle du bébé. Je ne veux pas parler du bébé. Pourquoi les hommes me posent-ils tous cette putain de question ? Pourquoi *eux* – qui ne comprennent rien ? Eux qui ont peut-être, un jour, mis une fille enceinte, sans même se soucier du billard sur lequel elle a dû passer pour « régler le problème » ? Eux qui éjaculent en toute liberté, sans réfléchir aux conséquences ? Toujours aux femmes d'interdire, de vérifier, d'être sérieuses. Toujours ! Quoi qu'on en pense, l'insouciance des filles n'est pas celle des garçons. Quoi qu'on en pense, nous ne serons jamais égaux.

Je ne sais pas pourquoi la colère monte ainsi, avec cette violence-là, si c'est la faute des nymphettes à la table de derrière, de tout le mal qu'on leur fera, tôt ou tard, si c'est à cause de Joe l'Indien qui, il y a dix-sept ans, s'est cru autorisé à choisir pour nous, si c'est le visage de Joris, l'alliance de Joris, ou l'odeur de tabac froid qui abîme son haleine.

— Non.

Il fronce les sourcils.

— Comment ça, non ?

— Pourquoi le retrouver ? Il n'a pas assez souffert, à être né sans personne ? On ne peut pas lui foutre la paix ?

Il se frotte la joue, tripote son alliance. À nouveau, il a l'air d'un petit garçon, un petit garçon avec des rides. Je respire, j'essaie de me calmer, de me mettre à sa place. Tout cela n'est pas sa faute. Je ne l'accepte pas encore, mais je le sais.

— Écoute, dis-je, un peu radoucie. J'espère qu'il a une vie. Une belle vie… Peut-être qu'il a erré de foyer en foyer, mais si ce n'est pas le cas, je ne veux pas tout détruire.

— Un enfant blanc en bonne santé est toujours adopté. Si j'étais toi, je ne me ferais pas de souci à ce sujet.

— Il était prématuré. Peut-être qu'il est malade. Fragile… Je ne sais pas.

Joris secoue la tête.

— On ne peut pas savoir. Même quand on vit avec un bébé, Lyla, on ne peut jamais être sûr qu'il va bien. Tout est possible. Tout peut *toujours* arriver.

Les larmes me montent aux yeux et, cette fois, je ne parviens pas à les contenir. Je panique face à mon verre vide, comme si je perdais prise. Ce verre vide, c'est mon ventre vide, aussi rond, aussi froid, et je regarde à travers lui le monde déformé.

— Mais je ne veux pas savoir... Tu comprends ? J'ai tout fait pour ne pas savoir ! Et toi tu arrives comme ça sans prévenir, tu te pointes dix-sept ans après la bataille et tu fous tout en l'air !

Joris soupire, hèle la serveuse, d'un doigt recommande deux verres, *bis repetita*. Il me laisse pleurer, je souffle doucement en regardant mes cuisses dans le jean seyant, je remue mes orteils dans les boots à talons. Le déguisement tombe en miettes, les larmes gonflent et le mascara coule. La serveuse pose deux nouvelles bières devant nous, mais je n'ai même plus soif.

— J'ai une petite fille, murmure-t-il. Elle s'appelle Violette, elle a un an et demi.

Je renifle, je bois. La bière ne pique plus assez, ne fait plus assez mal. Je rétorque, avec toute la mauvaise foi dont je suis capable, « Félicitations, mais je ne vois pas le rapport ». Son visage se dur- cit et ses lèvres se pincent.

— Et bien, Lyla, je ne sais pas… Réfléchis ?

Je le déteste, tout à coup. Mes poings sous la table se crispent, mes ongles sans vernis s'en- foncent dans la chair. J'ai envie de le frapper. Il le sent, recule dans son siège, se passe nerveusement la main dans les cheveux. Une image me revient, ses doigts glissés sous la chapka qu'il portait ce jour-là, ce dimanche de décembre où, en plein blizzard, je l'avais retrouvé ; ce jour où, à n'en point douter, notre fils fut conçu, séisme minus- cule, imperceptible encore.

— Il y a quelques années, l'un de mes patients m'a raconté une histoire… Ça m'avait marqué, sans doute parce que je n'ai pas connu ma mère.

— Elle n'est pas morte, ta mère ?

— Si, justement.

Il boit une gorgée de bière. Il n'a pas l'air bien, j'ai peur qu'il s'étouffe.

— Je ne l'ai jamais connue, ou je ne m'en sou- viens pas. Elle est morte quand j'étais tout petit. Dans un sens, elle aussi m'a abandonné.

Comme s'il avait trop chaud, il remonte ses manches. Les cicatrices apparaissent, le symbole est saisissant. Il ne l'a pas fait exprès, mais le mot

« abandonné » coïncide parfaitement avec l'apparition des sillons qui, à jamais, mutileront ses bras.

Cursed.

— Que s'est-il passé ?

Joris secoue la tête.

— Elle a été renversée par un chauffard. Enfin, je crois. Je n'ai jamais vraiment su les détails.

— Mais... ton père ?

— Mon père, c'était une tombe.

Joe se met alors à rire, de manière totalement inappropriée. Entre deux hoquets, il lance :

— Mon père, c'était à la fois la tombe et l'échafaud. Il était multicartes, comme mec.

Il rit de plus belle, il a soudain l'air fou et je ne sais pas comment réagir. C'est un rire dément, quelque chose qui vient du ventre comme un mal profond brusquement expulsé, mais il s'arrête bientôt, d'un seul coup. Les jeunes filles se sont retournées et le dévisagent d'un air incrédule. Joris respire, boit une gorgée de bière puis, comme si rien ne s'était passé, demande :

— Tu as accouché où ? quand ?

À mon tour, j'ai envie de disparaître. Je sens naître un monde que je ne peux accueillir, c'est comme une boule de feu, l'éruption d'un volcan. Joris me fixe, je ferme les yeux, je ne veux plus le voir. Derrière mes paupières closes, je pense à mon père, à ma mère, au Marsupilami. Je pense au Jeu de Paume, au tirage immense, à la blouse sans tête. Je pense aux écartèlements, aux abandons, aux fractures, aux flashs. Je rouvre les yeux et détourne la tête pour éviter Joris. Je regarde dehors, la nuit, les éclats de lumière, tout me semble irréel.

J'ai accouché un jour exceptionnel. Il ne le sait pas mais j'ai accouché un jour exceptionnel.

— Ce patient dont je te parlais... Il est né sous X, justement. Il avait fait une demande à un organisme, je ne me souviens plus du nom, le Centre national des origines, un truc comme ça. Entre-temps, sa mère biologique avait écrit une lettre pour lever le secret de l'adoption, et ils se sont retrouvés. Ça a été douloureux, mais ils se sont retrouvés. Il avait quarante-sept ans et elle, c'était une vieille dame.

J'ai le vertige, je bois et bois encore, j'ai envie de boire jusqu'à ce que parler ne soit plus une option. En fin de compte, j'articule :

— Il était content ?

— Évidemment. Pour certaines choses, il n'est jamais trop tard.

Un ange passe – l'expression est ridicule et puissante à la fois ; il me semble comprendre la personne qui a inventé la formule. Je pense souvent

à ce genre de choses, aux circonstances dans lesquelles ont été inventées les expressions toutes
faites. *La peau de l'ours, tant va la cruche à l'eau,
hurler avec les loups* ou *à cheval donné.*

— Il aurait quel âge ? demande-t-il finalement. Seize, dix-sept ans ?

Je hoche la tête mais refuse de sauter, instable
comme la fillette sur la poutre étroite avant le
salto final. Je ne veux pas me briser, pas encore
une fois. Je suis face à des retrouvailles que je
n'avais pas prévues et mon corps tout entier
freine des quatre fers.

— Je ne peux pas.

Joris soupire, impuissant.

— Je vais écrire, moi. Mais sans les informations nécessaires, notre fils ne me retrouvera pas,
même s'il en fait la demande. Tu n'as jamais
donné mon nom, n'est-ce pas ?

Je me lève de table sans terminer mon verre, le
cœur exaspéré.

— Je suis fatiguée.

— Lyla…

I'm a creep.

— Je suis fatiguée. Je voudrais rentrer chez
moi.

Joris

La ville, soudain, me semblait étrangère. J'ai levé les yeux et regardé les immeubles, ce que je ne fais jamais. D'ordinaire, je marche d'un point A vers un point B : je veux prendre le métro et rejoindre mon île le plus vite possible. Mais ce que je venais d'apprendre avait modifié ma carte mentale et Paris tout entière paraissait différente, comme si je la voyais pour la première fois.

Lyla, elle, n'a pas beaucoup changé. Physiquement, elle n'a que peu vieilli et, de mon point de vue, elle est même plus jolie qu'à seize ans. Son visage est plus plein, les ridules aux coins de ses yeux accentuent leur profondeur, ses cheveux raccourcis en carré désordonné adoucissent ses traits. Mais d'aurore boréale, il n'y a plus trace. Avec le temps, parfois, les gens s'éteignent, et c'est l'un des trucs les plus tristes au monde. La concernant, j'ai conscience d'avoir été un composant majeur de cette extinction, ce qui n'arrange pas les choses. Chaque jour, j'essaie de mettre un peu de lumière dans les corps abîmés ; mais j'ai éteint Lyla, sans même être au courant. Ironie dramatique, n'est-ce pas ?

Dramatique n'est pas un vain mot ; c'est ce que j'éprouvais, profondément, l'estomac noué et le palpitant véloce, en alerte maximale.

Violette aurait un frère ? Un très grand frère ? J'ai essayé d'imaginer cet adolescent qui me ressemblait peut-être, mais il restait à l'état conceptuel. Une parcelle de moi envisageait toujours Lyla comme mythomane, même si je ne voyais pas très bien ce qu'elle aurait à y gagner. Et puis, une détresse pareille, c'est dur à simuler. Pour autant, je ressentais ce que j'avais ressenti à la mort de mon père : je ne pouvais pas y croire. Je savais que c'était *vrai*, mais ça ne me touchait pas. En passant devant une boutique de souvenirs, le genre d'échoppe ouverte très tard, j'ai pensé à cette boule à neige qui trône sur mon bureau, au cabinet. Elle m'a été offerte par l'un de mes patients et, sous la bulle de verre, Droopy surfe sur une vague de bakélite. C'était exactement mon sentiment : j'aurais voulu que quelqu'un

secoue mon crâne comme je secoue cette boule
quand je suis contrarié. D'ailleurs, avec mes yeux
pochés, mon pas saccadé, tantôt nerveux, tantôt
bridé, je me sentais assez proche du chien de Tex
Avery. Je marchais la tête dans les épaules, ratant
à la chaîne les bouches de métro dans lesquelles
j'aurais dû entrer ; je ne pouvais pas me décider
à quitter la surface de la ville, j'avais trop besoin
d'air, même pollué. Tous les gens que je croisais
semblaient se mouvoir au rythme d'une musique
cacophonique, style *free jazz*, y compris ceux qui
ne portaient pas d'écouteurs. Je me demandais ce
qui se passait dans leurs têtes, s'ils parvenaient à
faire en sorte qu'il ne s'y passe rien, lobotomisés
par le boulot, téléguidés jusqu'à leur lit, vaincus
consentants.

Je rêvais d'océan, et de ciel loin des villes. De
me téléporter, encore, à croire que je ne suis
jamais en phase avec l'endroit où je me trouve.
C'est sûrement un truc d'enfant abandonné,
cette incapacité de trouver sa juste place ; je me
suis pris à espérer que mon fils, si fils il y avait, ne
ressentait pas la même chose. Je ne sais même pas
si j'aime Paris, dans le fond. Pour être honnête,
avant ce soir, je ne m'étais jamais posé la question
en ces termes. J'aime Paris parce que j'y ai rencontré Camille ; parce que ici la dichotomie entre ma

jeunesse et ma vie actuelle est aussi marquée que la frontière entre les USA et le Mexique. Comme ce psychopathe de Donald Trump, j'ai voulu ériger un mur entre deux territoires, empêcher toute migration du passé vers le présent. J'adorais vivre à Bordeaux, mais là-bas j'avais encore le sentiment d'être, du moins géographiquement, relié à cette enfance dont je rêvais d'éradiquer jusqu'au moindre souvenir. En montant à Paris, j'espérais me réinventer dans une ville où personne ne me connaîtrait. Ardoise vierge, en somme, pareille à celle que Momo effaçait au Bistrot de la Plage, avec une petite éponge d'écolier, quand je venais enfin régler la note de Jeff. Force est de constater que j'ai réussi mon coup : j'ai été le Donald Trump de ma propre existence. Évidemment, il n'y a pas de quoi être fier. Certains barrages n'ont d'autre velléité que d'être détruits.

Je suis arrivé près de la gare de l'Est et, frigorifié, je me suis installé dans un café. C'était un vieux PMU sans charme, quasiment désert. Trois ancêtres au comptoir jouaient à la belote, un barman fatigué regardait un match de foot sur le plasma dans l'angle, un chien bizarroïde, à la fois hirsute et pelé, servait de cerbère au fond de la boutique. Devant une bière blonde deux fois moins chère qu'aux Martyrs, j'ai repensé à l'accouchement de ma femme, à la violence et à la beauté de l'événement, au sang, à la douleur, à l'extase, à toutes ces petites horreurs dont on ne parle jamais, secondaires face au bonheur de la naissance mais qui existent tout de même et ont laissé des traces, physiques et mentales, chez Camille comme chez moi. J'ai alors imaginé l'accouchement de cette fille de dix-sept ans, seule et apeurée, cette souffrance exempte de toute compensation, cette énergie mise en œuvre pour un bébé dont elle ne jouirait pas. Peut-être y avait-il eu, tout de même, un peu de soulagement ? Je ne sais pas, je l'espère. Après tout, on parle bien de délivrance.

Lyla et moi étions, ce soir, taiseux contre taiseuse, deux martyrs en duel. Je me rejoue la scène, je voudrais tout changer, tout dire autrement, me taire autrement. « Erase / Rewind », comme cette chanson des Cardigans que nous écoutions en boucle à bord du van orange, l'été où Lyla avait dû accoucher, en partie parce que Sylvain s'était décrété amoureux fou de la chanteuse, « Cette bombasse de Suédoise me rend complètement dingue. Je vais devenir célèbre et un jour, je me la taperai. Prenez les paris, les gars, c'est une certitude ». S'il est devenu célèbre, je ne crois pas qu'il ait réalisé son rêve. Les rêves n'ont pas toujours vocation à se réaliser. Ils font avancer, persévérer, donnent du courage, et c'est tout ce qu'on leur demande.

En offrant ce bébé au monde, Lyla avait sans doute réalisé le rêve de quelqu'un. Mais où sont passés les rêves de Lyla ?

Je ne suis pas une femme, certes ; mais grâce à mes patientes, grâce à Camille, je parviens un peu mieux à les comprendre. Depuis Violette, par exemple, le concept de « mère porteuse » me semble bizarre. J'ai des patients gays qui rêvent GPA, des couples stériles, désespérés au vu des délais insensés qu'implique l'adoption. Malgré mon enfance (ou peut-être à cause d'elle ?), j'ai toujours été partisan du droit inaliénable à avoir un enfant. Mais depuis que je suis père, je pense aux mères porteuses : il faut, à chaque bout du contrat, une abnégation extraordinaire, une foi dans la vie et une confiance dans l'autre que j'ai du mal à concevoir. En tant que soignant, je trouve l'idée magnifique, et je me déteste d'envisager ces questions par la lorgnette de ma propre histoire – une histoire à double fond, qui plus est ; il n'y a rien de plus vain, de plus idiot, de plus fasciste, presque. Mais Lyla a vécu cette étrange expérience – n'être qu'un ventre – et ce n'était qu'une gamine. Elle n'a pas eu le choix.

L'absence de choix est une abomination, et ce, même si l'existence est une suite de non-choix. On aimerait croire le contraire mais, en vérité, on passe son temps à jongler entre la peste et le choléra. Et puis parfois, un miracle survient. Lyla n'a jamais eu droit au miracle. La tristesse, l'isolement, le renoncement, je sais les reconnaître : je les vois à longueur de journée, allongés sur la table de mon cabinet.

Toute la nuit, j'ai remué ce que j'aurais fait si cette lettre m'était parvenue en temps et en heure. Évidemment, je lui aurais demandé d'avorter, ou de faire adopter le bébé si l'IVG se révélait impossible. Lyla a fait sans moi ce que j'aurais voulu qu'elle fasse, parce qu'en réalité, c'était la chose à faire. C'est terrible, mais avec d'autres mots, j'aurais probablement écrit la même lettre que mon père.

Sauf que.

« Dix-sept ans après la bataille », comme dit Lyla, les choses sont faciles à analyser. Je suis marié, père de famille, je suis une grande personne et certains jours – *you know what ?* – je suis même heureux. Mais qui étais-je en 1999 ? N'aurais-je pas réagi tout à fait autrement ? Je suis incapable de me mettre à la place du moi-même de vingt ans. J'en veux à Jean-François de

m'avoir confisqué jusqu'à cette décision. Peut-
être m'avait-il, une nouvelle fois, sauvé la vie.
Et alors ? Faut-il vivre à la place de ses enfants,
même si c'est pour leur bien ? Comment ce mauvais père a-t-il pu infléchir dans mon dos une trajectoire pareille ?

Lyla et moi n'avons pas eu le choix : ces choix
nous ont été volés.

— On va fermer, monsieur.

J'ai sursauté, violemment expulsé de mes
propres pensées. J'ai levé la tête : les joueurs de
cartes étaient partis, la télévision était éteinte, le
cerbère bizarroïde tournait en rond et s'attrapait
la queue.

— Ah, OK, ai-je murmuré d'une voix blanche.
Je m'en vais, pardon.

— Y'a pas de souci, monsieur. Prenez votre
temps.

Le chien, pataud et gris, me regardait fixement.
S'il avait pu parler, il m'aurait dit « Pôv' vieux »
et posé la patte sur l'épaule en guise de réconfort.

Quand même les chiens ont pitié de vous, il
convient de se poser des questions.

Je suis passé aux abords du canal Saint-Martin :
il était complètement vide. J'avais oublié cette

opération de récurage, commencée il y a quelques semaines. Le décor, encerclé de barrières métalliques, m'a fait froid dans le dos, comme une métaphore de la situation. En retrait du chantier, il y avait çà et là des grappes de jeunes gens emmitouflés, qui éclusaient des bières en riant. Je me suis demandé comment on pouvait rire à proximité de ce trou béant, puant, plein de vase et de misère. Ils m'évoquaient ces gentilles familles qui, sur la route des vacances, décident de pique-niquer sur une aire d'autoroute dépourvue de verdure, entre des sanitaires bétonnés et des camions-citernes. Je me suis remémoré ces images de la purge vues au journal télévisé, les canettes par milliers, les bouteilles brisées, les cuvettes de chiottes, les caddies, les vélos désossés, les rats, les scooters, les poissons crevés, les boîtes de conserve, même des morceaux de tentes, tristes vestiges du campement des Enfants de Don Quichotte. Quinze années de saloperies amoncelées sous la surface... Il était loin, *L'Hôtel du Nord*, le décor de cinoche et de bal musette.

Si on ne vidait jamais le canal, que se passerait-il ?

Si. Et si. Et si.

Je me disais que Lyla, depuis dix-sept ans, devait jouer aux *Et si*. Et si elle ne m'avait pas trouvé près de cette maison, un jour glacé de décembre – cette foutue baraque où, si je m'étais préservé des toxiques paternels comme n'importe quel type normal, je n'aurais même pas dû être ?

Et si cette capote n'avait pas déconné ?

Et si je n'avais pas eu pour père Jean-François-le-faussaire ?

Et si j'avais été un mec bien, fiable, équilibré ?

Et si elle ne m'avait pas rencontré du tout ?

Et si la Terre était plate ?!

Les trottoirs sous mes pas sentaient le vin, l'urine et le vomi. Tout était raccord, Jeff ressuscité sur le bitume froid de « la plus belle ville du monde ». La plus belle ville du monde, en bien des endroits, sent la précarité et la solitude crasse des laissés-pour-compte. Cette odeur-là, je la reconnais aussi. J'ai appris à être seul, à ne compter sur personne et, pendant longtemps, à ne compter pour personne. Alors, la vérité : j'ai seulement eu de la chance.

Camille, le parc, ce jour-là. Son regard, mon regard, les coups de coude de ses copines, son visage embrasé et ces couilles qui me sont poussées comme par miracle, au bon moment et au bon endroit.

Je ne blâme pas Lyla pour sa solitude, ni pour ses renoncements ; je sais que le hasard a joué en ma faveur. Depuis la naissance de Violette, en particulier chez les amis de Camille, je remarque à quel point les « gens bien » jugent la vie des autres. À quel point les toujours-célibataires de leur bande originelle sont devenus à leurs yeux des moins que rien, égoïstes ratés, gamins indécrottables. Mais ces gens oublient qu'ils ont seulement eu de la chance. Tous pensent avoir construit leur existence selon un plan infaillible, architectes matrimoniaux et bâtisseurs de temples en briques Ikea. C'est du flan. Quand on soigne des êtres humains, on écoute des histoires de vie à longueur de journée. La personnalité joue, évidemment ; la détermination, la capacité au compromis, et la persévérance. Mais si la création d'une famille était si rationnelle, personne ne vivrait seul contre sa volonté, à moins d'être sociopathe ou d'une laideur hors norme. Alors, non : je n'ai pas jugé Lyla. En revanche, j'ai compati, tout en essayant de le cacher. Personne n'a besoin de la pitié des autres pour aller mieux, je suis bien placé pour le savoir.

Ce n'était pas si facile.

Lyla, tremblante dans les lumières électriques, ses yeux désespérés quand elle a remarqué l'anneau à mon doigt. Adolescente, elle était forte, le caractère en acier trempé. Il le fallait, avec Elaine pour mère ; mais l'acier avait fondu en même temps que l'aurore boréale. J'ai bien vu que cette alliance l'avait blessée… Tant pis. Si j'ai nombre de défauts, je suis quelqu'un d'honnête : on m'a menti toute ma vie et je sais que le pire est toujours ce que l'on cache. Alors la vérité doit être assumée. Je n'aurais pas dû craquer, sortir du bistrot, laisser Lyla digérer seule le mensonge épistolaire de Jeff que j'avais moi-même tant de mal à encaisser. Je m'en veux. Pour autant, quelle que soit la manière dont j'aurais réagi, l'histoire n'aurait pas bougé d'un iota. Nous avons un enfant dans la nature, un enfant peut-être plus grand que nous, et il faudra bien faire avec.

À force de descendre vers le sud, je me suis retrouvé au bas de mon immeuble. Ça devait arriver : Paris est grande, mais pas à ce point.

Derrière la porte vitrée, je voyais la poussette de Violette, bien rangée contre le mur du hall, entourée d'une dizaine d'autres, Yoyo et MacLaren, rutilantes et crottées, oxymores ridicules. En dépit des événements, les hommes se reproduisent. Je ne sais pas si c'est flippant ou rassurant, je fais partie du lot, j'ai décidé comme un con de croire en l'avenir du monde.

J'ai regardé mon portable : vingt-deux heures, trente-trois minutes. Je n'avais pas la moindre idée de ce que j'allais raconter à Camille. Elle dormait sûrement déjà.

Me quitterait-elle ? Peut-on quitter quelqu'un pour le retour d'un passé sur lequel on n'a aucune prise ?

J'espérais que non, mais je n'en savais rien.

Je n'arrivais pas à rentrer chez moi. Cent pas devant cette porte cochère et l'envie d'une clope, encore.

Retour sur le boulevard.

Au Café Chérie, j'ai bu une dernière bière. Il y avait un concert, du rock assourdissant. Une jeune fille a commencé à me draguer, je l'ai laissée faire ; elle était jolie, avec une très grande bouche et une belle ossature. Je ne voulais plus, ce soir, qu'on m'appelle *Monsieur*. Je me sentais bien assez vieux comme ça. Je lui ai offert une caïpirinha, elle une Marlboro. Nous sommes sortis fumer.

Sur le trottoir d'en face, il y avait une bagarre ; ça arrive tout le temps, on ne fait même plus gaffe. Rien de grave, ils ont gueulé encore un peu, puis les bandes se sont séparées sans meurtre à déplorer.

— Quelle tristesse, a soupiré la jeune fille en soufflant la fumée. Je sais bien que c'est naïf, mais je ne pige pas pourquoi on ne peut pas s'entendre. Tout le monde veut la paix, *en vrai*, non ?

Elle m'a souri, claire invite au flirt. J'ai eu envie de l'embrasser, comme ça sur le bitume, mais je n'en ai rien fait. Elle a jeté son mégot avant de rentrer dans le Chérie, sans un regard, un peu vexée. Sur sa nuque, j'ai remarqué trois hirondelles sous la queue de cheval brune, essaim minuscule tatoué à l'encre noire. Cette fille ressemblait au printemps, mais le bar était plein à craquer, la musique braillait, les gens parlaient fort. Je n'ai pas eu, moi, le courage d'y retourner. Parce que *en vrai* je suis vieux, fatigué, parce que je tombe des nues, né de la dernière pluie, une pluie d'hiver, et que je dois mettre mon courage ailleurs. Parce que *en vrai*, vivant ou mort, heureux ou malheureux, cet enfant est réel, aussi réel que Violette. Parce que *en vrai*, il va bien falloir que j'annonce la nouvelle. J'ai déjà menti par omission beaucoup trop longtemps.

Lyla

Lyla

En quittant le bistrot des Martyrs, j'ai hélé un taxi avec le peu d'énergie qu'il me restait.

Joris a cherché à me retenir — « Viens, on va dîner, je sais que c'est compliqué mais il faut bien qu'on parle, Lyla, qu'on réfléchisse à tout ça, on ne peut pas faire comme si de rien n'était ! »

Mais je me suis engouffrée dans la voiture et, sur un coup de tête, au lieu de donner mon adresse, j'ai donné celle de Zoé.

Assise sur la banquette d'une berline confortable, je me disloque. Le chauffeur essaie de bavarder, je réponds à peine, me ferme. Il me hait, *bourgeoise-connasse*, allume la radio sur des publicités. Il pleut toujours et, avec la vitesse, les gouttes sont des spermatozoïdes translucides qui, en ombre portée, rampent contre mon visage dans les rétroviseurs. Les lumières roulent, mon cœur avec.

Comme si de rien n'était ? Certainement pas.

Mais Joris ne se rend pas compte. Pour lui c'est un choc, une secousse tellurique ; je ne peux même pas imaginer ce qu'il ressent ce soir, ce qu'il va dire à sa famille, si toutefois il leur en parle. Moi, je vis avec cette chose-là depuis dix-sept ans, tapie au fond des os comme une excroissance dont je suis seule consciente, une boule de douleur brûlante comme un soleil. Cette chose-là m'a construite, définie, aggravée, et le sentiment d'avoir pris la bonne décision ne rend pas le présent plus facile.

Elaine m'a manipulée. Je n'arrive pas à en vouloir à mon père, mais il n'a pas eu le courage de se battre contre elle. Papa n'a jamais été un chevalier, je ne sais comment il a tenu vingt ans dans le lit d'un dragon. Et puis, il faut bien l'avouer : j'étais une petite fille, incapable d'élever un enfant. Aujourd'hui encore, je serais incompétente, inapte que je suis à m'occuper de moi-même. Pourtant, la douleur ne s'est jamais estompée, ni l'inquiétude, ni la culpabilité. Depuis dix-sept ans, j'ai l'impression d'avoir commis un acte abominable dont rien ne me sauvera. La réalité est ce que l'on ressent ; tout le reste n'est que psychanalyse.

— Vous n'avez commis aucun crime, Lyla. Vous comprenez à quel point ce sentiment est absurde ?

— Oui, docteur. Je comprends.

J'acquiesçais chaque fois telle une bonne élève – ne pas déplaire –, mais l'« absurdité » de ce sentiment restait tout à fait théorique, sans aucun impact sur les nuées d'angoisse qui s'abattaient sur moi dès que le soir tombait. Si j'ai toutes les raisons d'espérer que cet enfant est plus heureux sans moi, la peur ne disparaît pas. La honte ne disparaît pas, et mon chat-fantôme me marche sur le dos, chaque nuit que Dieu fait.

Il faut le retrouver.

Par périodes, cette idée m'avait obsédée ; mais je la repoussais toujours, comme on repousse un frelon, les deux bras devant le visage. Je savais très bien de quel organisme parlait Joris, le CNAOP, le Conseil national d'accès aux origines personnelles. J'avais souvent voulu leur écrire, rédigé des pages par dizaines, que je n'envoyais jamais, que je broyais au poing et jetais à la corbeille, comme l'avait fait Joris de cette lettre d'adieu qui n'était pas la sienne. À défaut, j'avais étudié, traduit des livres, pris des amants, fait semblant de rire, en espérant qu'à force je rirais pour de bon.

Toute ma vie d'adulte, j'avais fait diversion.

— Toute ma vie, Zoé, j'ai fait diversion.

— Lyla… Mais pourquoi tu ne m'as jamais parlé d'un truc pareil ?

— Je n'en ai jamais parlé à personne.

Zoé me dévisage. Elle a les larmes aux yeux et ce n'est pas son genre. À ses côtés, enfoncée dans le canapé, Audrey lui prend la main pour la consoler. Sa présence ne me dérange pas; elle a de longs cheveux cendrés torsadés sur les seins, les seins moulés dans un chemisier noir aux attaches compliquées, des pommettes comme celles des angelots de cartes postales et des yeux océan au coucher du soleil. Cette fille est d'une beauté terrifiante. Pour être franche, c'est l'une des plus belles filles que j'aie jamais vues dans la réalité. *Un truc*, comme dit Zoé. Quand on ne trouve pas le mot adéquat, on utilise « truc ». On m'a appris à l'éviter, il manque de précision mais surtout de panache ; pourtant, il est souvent plus approprié que n'importe quel autre.

Lorsque je suis arrivée le visage défait, Audrey a jeté un coup d'œil à Zoé : « Je vais vous laisser. On se voit demain ? » Je l'ai retenue d'un geste, « Restez, s'il vous plaît. J'ai envie de vous connaître ». Je l'ai vouvoyée parce qu'elle m'impressionnait, mais Audrey m'a souri avant de se rasseoir dans le canapé. Elle n'avait pas l'air embarrassée par la situation et, pour cette nonchalance, je l'ai aimée tout de suite. J'ai pris place à mon tour et fondu en sanglots. Zoé, interdite, n'a pas osé bouger, mais Audrey s'est relevée, a ouvert une bouteille de vin, sorti des verres, mis une pizza au four. Dans le salon, les doudous s'étaient multipliés ; il y avait de nouvelles recrues, un ourson bleu pétrole, un gros lapin en feutre, un gigantesque poisson-clown aux yeux pleins de paillettes.

Tout à coup, le ventre du démon m'a paru rassurant.

— Qu'est-ce que tu vas faire ?

J'avale une gorgée de bourgogne, épais comme du sang.

— Je ne sais pas.

— Je n'en reviens pas, soupire Zoé. T'as un adolescent qui se balade quelque part, c'est quand même incroyable ! Tu ne passes pas ta vie à regarder les gamins dans la rue ?

La question n'appelle pas de réponse. Je baisse les yeux, puis demande tout haut ce qui me ronge tout bas.

— Vous pensez que je devrais le retrouver, vous aussi ?

Maîtresse de maison improvisée, Audrey nous
ressert du vin, découpe délicatement de petites
parts de pizza sur une grande planche en bois.
Je sens qu'elle a envie de mettre son grain de sel,
sans oser. Sa beauté m'aide pourtant, comme si
j'évoluais au cœur d'une fiction et que tout ce
qui se passait ici pourrait être réécrit, demain ou
après-demain.

— Quoi ? lui demandé-je, saisissant par politesse un morceau de margherita. Dis-moi, Audrey,
ce que tu penses de tout ça. Au moins, toi, tu es
objective.

Elle se passe la main dans les cheveux. Ses
doigts aux ongles roses démêlent les boucles avec
agilité ; on dirait une publicité qui aurait du sens.

— Je travaille dans la communication, m'explique-
t-elle alors. Surtout Internet, les réseaux sociaux…
C'est moi qui ai conçu le site de Zoé.

Elles se sourient, Zoé rougit, c'est joli à regarder. Je me sens plus seule encore et bois une nouvelle gorgée en attendant de voir où Audrey veut
en venir. Après un court silence, elle demande :

— Tu es sur Facebook ?

— Non. Je suis traductrice, je passe assez de
temps comme ça devant des écrans.

— Je comprends. Mais, Lyla, si tu savais le
nombre de gens dont le profil commence par

« Né sous X, tel jour, telle année, je recherche ma mère »…

Je m'enfonce dans mon siège, termine mon verre d'un trait. J'imagine sur mon visage le sourire sanglant du Gwynplaine de Victor Hugo et, machinalement, m'essuie les lèvres d'un revers de main.

— C'est vrai, s'anime Zoé, j'ai lu un article là-dessus ! Écrire au bidule des origines, c'est une chose… Mais en plus, le gamin est mineur, alors je ne sais pas trop comment ça se passe ?

Je hausse les épaules, accablée par l'étendue de mes ignorances, de mes incompétences et de mes lâchetés.

— Je ne sais pas non plus, murmuré-je. Je crois que c'est compliqué.

— Justement. Ce que veut dire Audrey, c'est qu'il y a peut-être une solution plus simple.

Audrey esquisse alors un sourire mutin et, d'une voix rauque d'actrice hollywoodienne, assène :

— Surtout quand on a accouché au beau milieu d'une éclipse solaire.

«Né sous X, tel jour, telle année, je recherche ma mère.»

Je m'enfonce dans mon siège, termine mon verre d'un trait. J'imagine sur mon visage le sourire sanglant du Gwynplaine de Victor Hugo et, machinalement, m'essuie les lèvres d'un revers de main.

— C'est vrai, s'anime Zoé, j'ai lu un article là-dessus ! Écrire au bidule des origines c'est une chose... Mais en plus, le gamin est mineur, alors je ne sais pas trop comment ça se passe ?

Je hausse les épaules, accablée par l'étendue de mes ignorances, de mes incompétences et de mes lâchetés.

— Je ne sais pas non plus, murmuré-je. Je crois que c'est compliqué.

— Justement. Ce que veut dire Audrey, c'est qu'il y a peut-être une solution plus simple.

Audrey esquisse alors un sourire mutin et, d'une voix rauque d'actrice hollywoodienne, assène :

— Surtout quand on a accroché au beau milieu d'une éclipse solaire.

Avril 1999

« On ne peut plus se voir », avait annoncé Lyla de but en blanc, quelques jours après son anniversaire. Karim n'avait pas compris et demandait sans arrêt ce qu'il avait fait de mal. Fatiguée d'argumenter gentiment — « Je dois me concentrer sur le bac », « Je ne suis pas prête à vivre une histoire », « Ce n'est pas toi, c'est moi » —, Lyla avait fini par devenir méchante.

— Je ne t'aime pas, voilà. Je me suis amusée, mais je n'ai aucun sentiment pour toi. À ton avis, pourquoi on n'a jamais couché ensemble ?

Il faut parfois se résoudre à user du poignard.

Peu après, le problème Karim fut définitivement réglé : à la fin du mois d'avril, au sortir des vacances de printemps, elle ne retourna pas au lycée. Elle changea de numéro de portable, disparut des radars tel un bateau fantôme. Son état commençait à se voir de manière trop évidente pour continuer d'accuser un brusque excès de gourmandise. Lyla n'avait pas le courage d'assumer ce ventre, sachant que l'enfant ne resterait pas dans sa vie. Soutenue par sa mère sur ce point précis, elle décida de poursuivre ses études à la maison. Moins il y aurait de gens au courant, mieux Elaine Manille se porterait. Lyla avait plus ou moins sciemment intégré ce paramètre, de sorte qu'elle non plus ne voulait en parler à personne. Elle mentit même à Amanda, s'inventant une tumeur du col de l'utérus. La prévention d'un cancer nécessitait une légère intervention après laquelle, par sécurité, elle réviserait au vert. Le programme était quasiment terminé, les épreuves auraient lieu dans moins de deux mois : elle n'avait plus besoin d'être entre les murs. Adieu, lycée.

Comme elle l'avait espéré, sa meilleure amie se chargea de propager la rumeur. « Pauvre Lyla », murmura-t-on sans doute aux détours des couloirs.

L'odieux mensonge eut raison de leur amitié, même si Amanda n'apprit jamais la vérité puisque Lyla coupa les ponts. Surprise de ne plus pouvoir la joindre par téléphone, la jeune fille sonna plusieurs fois à l'interphone, mais Lyla ne répondit jamais. Quant à Elaine, elle ne comptait pas se mêler de ces « histoires de gamines ». Suivirent de nombreuses lettres pleines de questions et d'inquiétudes, missives culpabilisantes que Lyla, bientôt, cessa d'ouvrir. Comme les bébés sans père, les lettres sans réponse finissent par disparaître.

En septembre de cette année-là – 1999 –, elle aurait tout perdu. Son passé, son fils, son âme et son avenir.

(1)666, à l'envers.

Anges, démons.

Trop de signes, overdose.

Elle avait déjà obtenu une place en hypokhâgne, même si elle craignait de rater la rentrée pour cause d'accouchement. Lyon avait de très bonnes classes préparatoires, mais Lyla avait également tenté la capitale. Alexis, son premier petit copain, vivait là-bas depuis près d'un an. Elle y aurait un ami, quelqu'un qui l'avait connue *avant*. Les lycées parisiens étaient plus prestigieux encore que celui du Parc : si elle était admise, elle pourrait négocier.

Entre quatre yeux, son père avait promis. Papa était prêt à n'importe quelle largesse pour se faire pardonner d'avcir courbé l'échine. Papa ferait des chèques. Ces petits mots, ces petits chiffres, ces brisures de papier permettaient d'offrir ce qui n'avait pas de prix : la liberté.

« Si tu veux monter à Paris, ma puce, tu monteras à Paris. »

Lyla avait joué, Lyla avait gagné : elle avait été retenue à Condorcet. Assurer le baccalauréat, et tout serait terminé.

Pendant les examens, étrangement, elle se sentit soutenue par le fœtus qui grandissait dans son ventre. Il donnait des coups de pieds et Lyla avait l'impression qu'il l'aidait à trouver les bonnes réponses, les formules adéquates, les tournures brillantes. C'était comme d'avoir un ange gardien à l'intérieur de soi. Lorsqu'elle rencontra, au fil des épreuves, des gens de son lycée, elle rasa les murs ou lança des regards assassins qui signifiaient : « Oui, j'ai grossi. Et alors ? Je suis gourmande, et je vous emmerde. » Certains comprirent sans doute ce qui se passait, mais Lyla s'en fichait bien. *Après le bac, le déluge.* Par chance, elle ne croisa pas Amanda.

Au lendemain des épreuves, Manille mère et fille s'enfuirent sur la côte ouest, dans une nouvelle maison louée pour l'occasion. Papa les rejoindrait – ou pas. Cette histoire de grossesse secrète avait scellé la pierre tombale de leur union. Seule Elaine semblait l'ignorer, incapable d'envisager d'être quittée par cet homme insignifiant à qui elle avait fait l'honneur de s'intéresser.

Bébé génie, coups de pieds magiques : Lyla obtint le baccalauréat avec mention très bien. Dès le mois de septembre, elle serait loin, mais Elaine ne le savait pas encore : inutile de lui laisser le loisir de tisser un plan pour l'empêcher de partir.

Papa payerait une chambre de bonne – petit lit, petite table, quelques mètres carrés, minuscule petit monde, mais *petit monde à moi*.

Lyla quitterait maman, à jamais.

Papa quitterait maman, à jamais.

Maman hurlerait, prestation ultime, total Sarah Bernhardt. Photographierait l'instant, emprisonnerait l'instant, assassinerait l'instant. Nymphe, Anti-Nymphe, Contre-Nymphe. Nymphome.

Cette série serait publiée dans une revue célèbre, sous le titre : *Ingratitudes*. Il s'agissait essentiellement de gens flous franchissant des portes nettes – dont Lyla, dont papa. C'était très beau, au demeurant, et une exposition suivit, couronnée de succès.

Un journaliste de *Libération* userait du terme
« fantomatique », celui de *Télérama* parlerait de
« spectres en mouvement ».

En attendant, le ciel rayonnait sur le corps
mutant de Lyla enceinte, merveille de rose et
de noir, lycra et peau nue, mélangés. Le froid,
un peu. Le vent. Les nuages, irréels et joufflus
comme des cumulus de film d'animation.

Lyla, ventre-pastèque sur chaise longue baya-
dère, lut sans discontinuer les œuvres qu'elle étu-
dierait l'an prochain.

Si vous décidez d'entrer en hypokhâgne, vous
décidez aussi de n'avoir pas de vacances.

Vous décidez d'être une machine à lire, une
machine à écrire, une machine à penser.

Vous décidez que votre jeunesse est une
chambre noire.

Vous décidez qu'être mère, c'est mission
impossible.

Par un cynisme magistral, ce fut ce même été
que l'on découvrit la vérité à propos de monsieur
Jacquet, le voisin disparu un an et demi plus tôt.
Il ne s'était pas enfui pour échapper aux harpies
domestiques, comme Lyla s'était tant plu à l'imaginer. Du moins, sa fuite n'avait sans doute pas

vocation à être définitive : on avait retrouvé son corps décomposé au fond d'une crevasse, dans le massif du Queyras. Il avait visiblement décidé de partir en randonnée sans prévenir personne, et la montagne avait eu raison de lui. On n'a jamais su comment il était monté là-haut : la voiture familiale, une Renault rouge un peu moche sur laquelle Julie adorait cracher – *pauvre tacot de smicard* – n'avait pas bougé du garage.

Peut-être avait-il fait du stop ? pris le car ? On pouvait spéculer à tort et à travers : il était mort, voilà tout. Quoi qu'il se fût passé, il était complètement mort et ne reviendrait jamais.

Cette nouvelle avait plongé Lyla dans des abîmes de tristesse. Non qu'elle eût une affection particulière pour le père Jacquet, elle le connaissait à peine. Mais cette histoire de disparition volontaire – *pffffuit* – lui avait donné de l'espoir : on pouvait échapper à sa propre prison. On pouvait tout recommencer, se libérer de soi, devenir quelqu'un d'autre : il suffisait d'être malin, et d'avoir du courage.

C'était faux. Pour tout recommencer, il fallait donc mourir.

Et Lyla ne croyait ni aux dieux ni aux résurrections.

Si mon fils avait posté une annonce, il était certainement le seul avec de tels critères. J'imaginai sa recherche – *Né sous X le 11 août 1999, en pleine éclipse solaire sur la bande d'obscurité.*

Zoé s'assit en tailleur dans le canapé, l'ordinateur sur les genoux. Elle entreprit de se connecter, tandis qu'Audrey ouvrait une nouvelle bouteille de vin. Pareille mission nécessitait de l'alcool et la recherche que nous lancions n'était rien d'autre, finalement, qu'une bouteille à la mer. Je pensai à ce bon vieux Buk quand, avec un bel à-propos, un message bippa sur mon téléphone.

> JORIS : Il faut qu'on se revoie, Lyla. Je comprends, tu sais. Vraiment. Je suis désolé pour tout ce que tu as vécu. À très vite. Joris.

Zoé, dissipée et pompette, demanda en riant :

— Et… Il n'y a pas moyen de moyenner ?

— Tais-toi. Il est marié, je t'ai dit.

— Oh, chou, ne t'énerve pas ! De toute façon, hein, les vieux pots…

— Absolument, renchérit Audrey en remplissant nos verres. L'avenir reste à créer, comme je dis toujours.

Tandis que Zoé consultait son compte Facebook, j'observais cette incroyable fille débarrasser les reliefs de pizza avec une grâce d'arachnide. J'ai suivi de près toutes les histoires sentimentales de Zoé, du peintre héroïnomane au publicitaire névrosé en passant par le chef colérique ; et puis, cette fille. Cette fille était l'évidence. Audrey disparut dans la cuisine, mais son image resta suspendue dans la pièce, persistance rétinienne. Je regardai ma meilleure amie, occupée à taper sur le clavier du MacBook Air avec ses deux index comme le ferait une enfant. J'aurais aimé lui sauter au cou — *cette fille est faite pour toi* — mais elle n'avait pas besoin de mon aval, ni de celui de quiconque.

Je rejoignis le *truc* à la cuisine, pour l'aider à essuyer la vaisselle. Les mains dans la mousse, elle me regarda gentiment.

— Quelle drôle de soirée, tout de même.

— Je sais, lui dis-je. Je suis désolée, Audrey. Je suis beaucoup plus discrète, d'habitude.

Elle me sourit.

— Quand elle m'a parlé de toi, Zoé t'a qualifiée d'*opaque*.

— Ah oui, quand même…

— Dans sa bouche, c'est un compliment. Tu es son « amie mystérieuse »… Mais j'imagine que ton histoire a clarifié beaucoup de choses.

Je saisis un torchon, puis demandai :

— Je peux faire comme dans les films ?

Interloquée, elle hocha la tête. Je me composai un regard assassin :

— Si tu la fais souffrir, je te tue.

Audrey se figea, une assiette à la main, cherchant à déterminer si je la taquinais ou s'il fallait prendre la menace au sérieux. Comme je restai *opaque*, elle baissa la voix :

— Je suis raide amoureuse. Mais si tu lui répètes, c'est moi qui te tue.

Deux rictus hilares se formaient sur nos visages, quand Zoé se mit à hurler depuis le salon :

— Lyl' ! Viens voir !

Mon sourire se désintégra. Je me précipitai dans la pièce voisine, le cœur battant. L'ordinateur était ouvert sur la page d'un inconnu, dont le statut était ainsi libellé : *Né sous X le 11 août 1999, nuit dans le jour.*

En guise de photo de profil, l'image d'un mur tagué qui, en lettres rouges et dégoulinantes, demandait : WHY ?

Zoé se tourna vers moi avec un air railleur.

— Peut-être que ce n'est pas lui, hein... Peut-être que c'est le seul autre gosse né de jour mais de nuit, le 11 août 1999...

Mes jambes se dérobèrent, coupées nettes, et je dus me retenir à l'accoudoir du fauteuil.

Le retrouver était si simple, c'en était terrifiant.

Car c'était lui, bien sûr.

C'était lui, parce que ces mots-là, *nuit dans le jour*, étaient les miens.

La vie des autres avance, comme un film se déroule. L'intrigue est plus ou moins intéressante, il y a des sautes d'image, des dysfonctionnements, des fondus au noir, des pans de pellicule brûlés en cas de malheur, mais le scénario progresse, ou du moins suit son cours. Il m'a toujours semblé que ma vie était un métrage en pause, bloqué à jamais sur cette photo d'Elaine – la blouse sans tête, mes bras en berceau vide et la fenêtre-prison. De diverses manières, j'ai tenté de faire redémarrer le film, mais il y a comme un bug, l'action s'interrompt toujours au point le plus tragique, *climax* perpétuel. Chaque chose accomplie depuis l'éclipse solaire, toutes ces joies fabriquées pour la fable sociale – mes études, mes traductions, mes amis, mes amants – ont été de vaines tentatives pour relancer la bobine, mais la pellicule, systématiquement, se fige au même endroit.

Cursed.

Ma vie est un film hanté, parce que j'ai renoncé à le mettre en scène. Je suis une réalisatrice sans courage.

Zoé déroula le profil sur l'écran.

La page existait depuis un an et demi – l'âge du bébé de Joris, pensai-je alors – mais les statuts, publiés tous les trois mois environ depuis la création, étaient toujours semblables.

Je suis né à la maternité de Fécamp (76) le 11 août 1999 à 12 h 13, pendant l'éclipse solaire. J'étais prématuré, je mesurais 44 centimètres et pesais 2 330 grammes.

Mademoiselle X est française, elle s'appelle (peut-être ?) Lyla, elle avait dix-sept ans quand elle m'a mis au monde. Je ne sais pas si le père a été au courant de ma naissance.

Merci de partager, ou de me contacter si vous avez des informations susceptibles de m'aider dans mes recherches. Ça serait vraiment cool !

Je tiens à préciser que je suis très heureux, je ne veux chambouler la vie de personne. J'ai juste envie (besoin ?) de connaître mes origines.

S'ensuivait tout un tas de commentaires. Beaucoup de messages d'encouragement, notamment de personnes qui avaient partagé l'annonce, précisant leur département de résidence. Nombre de gens racontaient leur propre histoire, d'autres prodiguaient des conseils, des plus sensés aux plus farfelus. Plusieurs détectives privés proposaient leurs services, ainsi qu'une voyante, le tout moyennant finances. « Why » – il ne donnait nulle part son prénom – n'avait pas pris la peine de répliquer aux sollicitations vénales des Sherlock du Net, mais un magistral LOL répondait à la voyante.

— Il a du caractère, fit remarquer Audrey.

Avec sa délicatesse légendaire, Zoé me tapa sur l'épaule.

— Hé, les chiens ne font pas des chats ! Bon, tu lui écris ?

Je ne suis pas douée pour le virtuel et n'arrivais pas à imaginer que mon fils puisse réellement exister par-delà cet écran. Zoé semblait surexcitée, à croire qu'elle venait de dénicher le Saint Graal ; mais en moi, c'était le grand vide. Je pensai soudain à cette phrase de mon auteur britannique :

Ce qui se passe dans l'Internet reste dans l'Internet. Les e-mails de Molly n'étaient que des données informatiques, des messages cryptés que mon cœur était incapable de traiter. Elle avait peut-être raison, après tout : j'étais quelqu'un d'un autre siècle.

Tétanisée face à l'écran, je secouai la tête.

— Je ne crois pas en être capable. Pas encore.

Zoé me regarda comme si elle voulait me tuer.

— Capable de quoi ? D'écrire trois mots ? Tu passes tes journées à enfiler des mots ! C'est toute ta vie, l'enfilage de mots ! Alors ça suffit, Lyla. Tu n'es plus une gamine.

Jamais Zoé ne m'avait parlé sur ce ton. La fille qui rigolait tout le temps ne rigolait plus du tout : elle me passait un savon. Je me sentis terriblement mal, comme si mon dernier repère venait de s'effondrer.

Énervée, elle s'en alla fouiller son mur de doudous. Elle attrapa le Marsupilami et me le jeta au visage.

— Tiens, gamine. Tu l'as bien mérité.

Je rassemblai mes forces pour ne pas pleurer. Je refusais de pleurer encore, de lui donner raison, d'être cette *gamine* incapable de grandir, incapable d'aimer, incapable de prendre le moindre risque.

— Écoute, tempéra Audrey, mets-toi un peu à sa place. Il faut le temps de digérer une chose pareille… Le profil de ce môme ne va pas s'envoler.

Glaciale et le regard obtus, Zoé s'assit dans un fauteuil, remplit un verre de vin qu'elle but sans un mot. Audrey, lassée par le psychodrame, s'éloigna en soupirant, ouvrit la fenêtre et alluma une cigarette.

Je me levai et allai m'enfermer aux toilettes.

Comme si un océan attendait ma contribution, je pleurai à flots continus dans le petit cube de carrelage marocain – *chiale, chiale donc, nous avons besoin d'eau pour sauver la planète !*

Je détestais tout le monde, même ma meilleure amie.

Tous des salauds, des sans-cœur.

Tous !

Mais les océans ne grandiraient pas davantage et, au bout d'un moment, j'eus trop mal aux yeux pour continuer.

Inspirer. Expirer.

À mon retour, Zoé vint s'asseoir à mes côtés
sur l'accoudoir du sofa.

— Excuse-moi.

— Ne t'excuse pas. Tu as raison.

— C'est que je te connais, à force... Lyl',
tu ne comprends que les coups de pied au cul.
Parfois, pour ton bien, il faut juste t'obliger.

— Comme pour le chat, tu veux dire ?

Elle s'esclaffa, redevenue la Zoé de toujours.

— Le chat, OK, ça n'a pas été une réussite.
C'était pourtant une bonne idée... Ce n'est
quand même pas ma faute si cette vieille taupe
nous a entubées !

Je souris.

Tu ne comprends que les coups de pied au cul...
Ce n'était pas faux – délit d'inertie. Le retour de
Joris dans ma vie avait été le plus violent de tous
les coups de pied au cul et, aujourd'hui, j'avais
retrouvé mon fils. Perdu dans la Toile, certes.
Prisonnier invisible au fond d'une cage de verre,
certes. Mais vivant.

Vivant.

Je fixai l'ordinateur posé sur la table basse,
l'aluminium brossé orné d'un sticker coloré – la
pomme de Steve Jobs croquée par la Blanche-
Neige de Disney. Je ne savais que penser du

symbole. Tous deux morts, omniprésents, pareils à cet enfant qu'à tout jamais je croyais avoir perdu.

— J'ai peur. J'ai tellement peur, Zoé, tu ne peux même pas imaginer. Ces trois mots dont tu parles, je ne saurais pas les choisir. Que veux-tu que je lui dise, après tout ce temps ?

— « Je suis ta mère » ?

— Ça fait quatre mots. Et on dirait Dark Vador.

Zoé gloussa, mais ne me laissa pas m'en tirer à si bon compte.

— De toute façon, ton surfeur tentera quelque chose. Qu'est-ce que tu crois, Lyla ? Tu penses qu'il va rentrer chez lui, et simplement lâcher l'affaire ?

Né sous X, le 11 août 1999, nuit dans le jour.

— Joris ne sait pas quand j'ai accouché. Ni où. Il ne sait rien.

— Il trouvera.

Audrey, toujours à la fenêtre, était au téléphone ; ses doigts gesticulaient et habitaient la nuit. Elle avait un physique de Suédoise, une allure d'Américaine, mais parlait avec les mains comme une Italienne. Je me demandais avec qui elle bavardait à une heure pareille. Pour me détendre, j'imaginais qu'elle prenait langue avec l'autre bout du monde – après tout, c'était l'après-midi à Los Angeles. Elle était encore plus belle, découpée par le contrejour électrique. Dans le halo du lampadaire planté sur le trottoir d'en face, elle semblait l'héroïne d'un théâtre d'ombres. Je me penchai vers Zoé.

— Tu as raison, murmurai-je. Cette fille, c'est un truc.

— Ah, tu vois ? Il faut me faire confiance.

Zoé tourna l'ordinateur vers nous et cliqua sur « Envoyer ».

Je n'avais même pas vu qu'elle avait rédigé un message. Je n'aurais pas dû pleurer si longtemps aux toilettes.

Joris

Joris

Camille dormait, Violette dormait, l'île était en suspens et moi en perdition. *Boum-boum*, l'atoll extraordinaire cogné par l'océan déchaîné, culbuto de cartoon, « Tape-tape dans tes mains, petit ours brun », brusquement en boucle au sommet de mon crâne.

Cette chanson devrait être interdite par la loi : je me surprends quelquefois à l'entonner à mi-voix en plein massage thérapeutique. Ça ne fait pas très sérieux, mais hurler de rire mes patientes en rééducation périnéale.

— Vous aussi, docteur ?! C'est l'enfer, non ?

Les patients, à tort, m'appellent souvent docteur. Je dois bien avouer que j'en suis flatté.

J'aurais aimé dormir, moi aussi, mais c'était impossible, et je regrettais le temps où je fumais des joints. J'aurais tué pour fumer un joint. Camille n'a jamais été addict à rien, elle ne pourrait pas comprendre. Ma femme n'a pas le même cerveau que le mien. C'est pour ça que je l'aime, sans doute. Elle est la ceinture de sécurité de mes grands huit personnels.

À défaut de sommeil, j'épluchai sur Internet le fonctionnement du CNAOP ; je n'y compris pas grand-chose. Je me dis que j'allais prendre rendez-vous pour y voir plus clair, ou me trouver un avocat. Caravane d'emmerdes, encore.

L'avenir me semblait soudain une autoroute un week-end de Pentecôte. Je déteste l'administration, qu'en travailleur indépendant je bouffe déjà par prés entiers, vache folle, consentante et tondue. Chaque année, j'accorde une pleine semaine de congés à cette foutue comptabilité. Je me noie dans les chiffres, cauchemarde calculatrice, pourcentages, URSSAF et TVA. Le gouvernement s'en fout, que vous aidiez les gens (ou pas), que vous sauviez les gens (ou pas). Le gouvernement se fout des gens. Il y a trop de monde, de toute façon, trop de vieux, trop de pauvres, trop de malades. Qu'ils crèvent ! « Une bonne guerre, fiston, et tout irait bien mieux », disait souvent Jeff, aviné devant le journal de vingt heures. Toujours est-il qu'on ne peut pas demander aux mains d'être habiles en tout et que les miennes ne savent pas compter ; quoi qu'en pensent certains, les mains des soignants ne sont pas celles des banquiers.

J'ai détruit mes bras, mais j'aime beaucoup mes mains. Elles sont grandes, fines, agiles. Elles font jouir les femmes, lissent les contractures, rééduquent les fractures, amusent les petites filles grimées en marionnettes. J'aurais aimé apprendre le piano, si j'avais eu une enfance. Qui sait, je serais peut-être aujourd'hui un soliste hors pair ? De temps en temps, j'écoute les fugues de Bach, et je pleure. Je les écoute dans ce but précis, ça marche presque à chaque fois. Je pleure en secret, évidemment. Camille ne m'a jamais vu pleurer, Violette ne m'a jamais vu pleurer, pas même à sa naissance. Chez les Quertier, on ne pleure pas. Pleurer, c'est mourir.

« Si tu commences à chialer, Joe, personne ne viendra te sauver. On ne sauve pas les mauviettes, fiston, c'est une perte de temps. »

Une bonne guerre...

J'ai pleuré sous l'escalier de la maison venteuse, dans l'océan obscur et sur la route des plages. J'ai pleuré chez Nino, chez Momo, caché derrière la dune, les pins maritimes et les portes taguées des chiottes de mon collège. J'ai pleuré dans mon lit d'interne, dans les cuisines des bars où j'ai travaillé et sous les ponts de Bordeaux. J'ai pleuré derrière un chêne centenaire à mon mariage, dans ma propre salle de bains quand Camille était enceinte et que je me sentais incapable d'être père.

Je suis, oxymore vivant, une fontaine qui ne pleure pas.

Cette nuit-là, j'écoutais justement les fugues de Bach, et les doigts du pianiste jouaient sur mon cœur, cognaient à tout rompre sur un clavier de sang, de moelle et de viscères, machine organique comme dans ces films de Cronenberg découverts grâce à Lyla.

Le Festin nu.

Alors je la paraphrase, la fillette de jadis : le cœur noir, aussi. Nuits blanches : pareilles. Mais je ne pleurais pas. Pas encore.

Un peu avant minuit, à bout de nerfs, je lui envoyai un message. Elle a tellement plus d'informations que moi, c'en est insupportable.

> Il faut qu'on se revoie, Lyla. Je comprends, tu
> sais. Vraiment. Je suis désolé pour tout ce que
> tu as vécu. À très vite. Joris.

Je ne lui en voulais pas, mais je l'enviais de pouvoir rentrer chez elle chialer en toute quiétude dans un appartement vide. Et puis, non : je mens. Je lui en voulais de perturber une vie qui m'avait été si difficile à obtenir, à stabiliser. Je lui en voulais d'être un nouvel obstacle, un nouveau chaos. Une nouvelle sortie de route ? En réalité et de manière injuste, je la haïssais.

À force de tourner en rond sur l'île-culbuto, je dus faire du bruit car Camille débarqua au salon.

— Ça va, Joe ? Qu'est-ce que tu as foutu ? Je m'inquiétais, j'ai cru que tu ne rentrerais jamais !

À ces mots, je m'effondrai.

Pour la première fois en présence d'un autre être humain, je pleure. Je suppose que, tout petit, je pleurais dans les bras de ma mère, mais je n'en ai aucun souvenir. Ma mère n'existe pas, n'a jamais existé. Ma mère était, peut-être, cette jolie métisse sur une photo froissée…

Elle était mignonne, ta mère, avait dit la vieille dame aux cheveux orange et aux yeux transparents. Mignonne et sans jugeote. Ça me faisait une belle jambe.

Mais ma femme existe et me prend dans ses bras. Elle tremble parce que je tremble, elle ne comprend pas, m'agrippe, me retient, comme si j'allais m'envoler, improbable geyser, et crever le plafond. Elle ne m'a jamais vu dans un état pareil, il y a de la panique dans sa voix.

— Mon amour, qu'est-ce qui t'arrive ? Joe, ça va aller… Je suis là, ça va aller…

L'île se métamorphose, balayée par les vents.

— Camille, il faut que je te parle.

Taiseux, sourd-muet, je commence à raconter. Sans m'arrêter, plus loquace que jamais. L'île s'agite un peu, valdingue. Ne se renverse pas.

Au cœur de la jungle et au milieu des larmes, un enfant paraît.

Les larmes cessent enfin, mais l'île est toujours là.

L'île est *toujours* là.

J'ai le sentiment d'être un miraculé.

Lyla

Lyla

— Les émotions, déclara Zoé comme pour se justifier, c'est très compliqué. À l'inverse, l'action, c'est facile. Ne fais pas cette tête-là, Lyl', tu me déprimes.

En message privé, elle avait écrit :

Cher « Why »,

Je te contacte via le compte de mon amie Zoé, qui est complètement folle. Moi je ne suis pas folle, la preuve : je n'ai pas de compte Facebook.

Je m'appelle Lyla, j'ai eu un petit garçon il y a dix-sept ans, « nuit dans le jour », quand j'avais moi aussi dix-sept ans.

Je crois que c'est toi, ce petit garçon. En fait, je suis sûre que c'est toi. Et moi aussi, je voudrais te connaître.

Ne réponds pas à Zoé : je t'ai dit, elle est folle.
Écris-moi à cette adresse : lyla.manille@gmail.com
Je t'ai toujours aimé.
Bisous !

Audrey et moi étions penchées sur l'écran, légèrement atterrées.

— Ben quoi ? demanda Zoé, avec sa bouille de Zoé, plus décoiffée que jamais.

Elle semblait très fière de son intervention quant à ma solitude, *bis repetita*. Comme avec Lolita, je ne savais qu'en penser, écartelée entre joie perplexe et angoisse absolue. Audrey, dont les doutes semblaient rejoindre les miens, alluma une énième cigarette. Zoé râla en agitant la main devant son visage :

— Hey, chérie, les peluches, ça prend l'odeur ! Tu veux vraiment asphyxier mes clients de moins de six ans ?!

Audrey leva les yeux au ciel et s'éloigna vers la fenêtre. Zoé relut « mon » message, puis me regarda :

— C'est bien, non ? C'est sympa, détendu, pas anxiogène… Comme un feuilleton de TF1 ! Faut pas trop lui mettre la pression, au gamin. Ça ne doit pas être facile pour lui non plus.

Je soupirai.

— J'ai l'air cinglée... Je n'aurais jamais écrit un truc pareil !

— Ah, bravo, c'est facile à dire. Toi, tu n'aurais rien écrit du tout. Merci, la mauvaise foi ! C'est à vous dégoûter d'être altruiste.

J'avais envie de l'embrasser et de l'étrangler ; comme souvent, en fait. Je secouai la tête.

— Tu es bourrée, Zoé... Je suis censée retrouver mon fils avec les mots d'une fille bourrée.

Elle se resservit un verre, puis leva son ballon avec enthousiasme :

— Mais, poulette, on n'est jamais plus juste que quand on est bourré.

Je n'étais pas en colère, je riais presque face à l'absurdité de la situation. Tant de gravité mêlée à tant d'inconséquence... Pour ce message d'une teneur contestable, au fond, je lui étais reconnaissante. Elle avait raison : j'aurais tergiversé avec moi-même des semaines durant. Au lieu d'attendre que j'aie le courage de plonger, elle m'avait poussée dans le vide d'un grand *coup de pied au cul*. Sans m'en rendre compte, je serrais le Marsupilami dans mes bras, doudou pathétique d'une femme de trente-quatre ans, mère sans être mère, adolescente perdue, fillette surexploitée. Sa fourrure était rêche, un peu collante. Je demandai à Zoé :

— Tu les laves, au moins, avant de les mettre en vente ?

Elle haussa les sourcils avec une mine outrée, l'air de dire « Enfin, pour qui me prends-tu ? ». Elle liquida la bouteille dans le fond de nos verres, porta le sien à ses lèvres, jeta un coup d'œil au derrière d'Audrey, convexe et sculptural dans le cadre de la fenêtre, puis déclara :

— Écoute, Lyl'… Les lettres qui ne sont pas les lettres des auteurs présumés, ça m'a l'air d'être le leitmotiv de cette histoire. C'est comme le mode opératoire des tueurs en série : il faut savoir reconnaître les motifs récurrents.

Je me rassis dans le sofa, partagée entre diverses envies. Envie de mourir, de hurler de rire. Envie de meurtre, ou bien d'y croire.

— Cette soirée, murmurai-je, c'est le signe. J'aurais été la pire mère du monde… Qui se défile ainsi, le jour où il retrouve enfin la trace de son fils ?

Zoé, sérieuse un instant, me fixa de ses yeux gigantesques.

— Les gens normaux, je dirais ? Après un tel choc, je ne sais même pas comment tu tiens encore debout… Enfin, façon de parler !

En effet, j'étais enfoncée au plus profond du canapé. Si j'avais pu ramener autour de moi les accoudoirs pour disparaître, absorbée par la structure de bois blond et de velours bleu roi, je l'aurais fait.

— Il va t'envoyer un mail, déclara-t-elle d'une voix douce qui ne lui ressemblait pas. Mon bras à couper.

Zoé se pencha vers moi, plus mignonne que jamais, puis m'enlaça de toutes ses forces.

— Je te jure, Lyla. Si tu n'as pas de message d'ici une semaine, tu reviens me voir et tu me coupes le bras. J'assume.

Elle desserra son étreinte pour désigner Audrey, laquelle écrasait sa cigarette sur le rebord de la fenêtre.

— Mieux. Tu me coupes le bras et tu me rases la tête. Tu imagines bien que je suis sûre de moi : si j'étais manchote, aucune chance de garder une fille pareille. À part Charlize Theron dans *Fury Road*, personne ne peut être sexy une fois chauve avec un bras en moins.

Audrey se retourna et s'approcha de nous, comme si elle sentait que nous parlions d'elle :

— Je dois quand même te dire, Lyla, que je ne suis pas près d'oublier notre rencontre.

J'eus envie de lui répondre que la réciproque était encore plus vraie.

J'ai fini par rentrer chez moi en Uber, un Marsupilami sous le bras. Tu parles d'un équipage…

Exceptionnellement, j'ai été très bavarde avec le chauffeur. C'était un tout jeune homme, il adorait le rap et, un peu frondeuse, je l'ai laissé dérouler ses tubes préférés – « Mais moi aussi j'aime le rap, qu'est-ce que vous croyez ? » Je ne connaissais aucun des morceaux qu'il mettait, distance abyssale. Je lui parlais d'Assassin, de Suprême NTM, de Cypress Hill, je lui parlais d'un autre temps, d'un autre monde ; il me regardait de travers et, dans le rétroviseur, j'avais le sentiment de vieillir en accéléré.

J'ai eu quatre-vingts ans en dix minutes chrono et je suis descendue de la voiture au milieu du boulevard, pas tout à fait chez moi. Les phares des véhicules me semblaient violents, funestes et jaunes comme des maladies de foie. Arrivée dans mon salon, la peluche sur les genoux, j'ai mis cinq étoiles au jeune homme : il avait fait vite, et puis j'étais vivante.

J'avais quatre-vingts ans, j'étais en mille morceaux. J'étais une mosaïque, fragments versicolores, mats et désordonnés, pareils aux bouts de verre que, petite fille, je ramassais sur la plage. Bleu-vert-jaune, dépareillés mais polis tels des scouts en goguette − toutes ces bouteilles à la mer, ces messages brisés qui n'arriveraient jamais à destination, sublimement tragiques comme d'impossibles idylles.

Écris-moi.

Naturellement, j'ai allumé mon ordinateur, ouvert mon e-mail, rechargé mon téléphone portable. Puis je me suis dévêtue, tout entière, j'ai étudié mon corps dans le miroir ancien qui habille l'entrée de mon appartement. Le miroir était sale, et je me suis détestée. Un visage de jeune fille sur un corps de vieille dame dans une vitre de souillon. Après avoir nettoyé la glace, j'ai enfilé un t-shirt mité et un short marine, les premières choses à me tomber sous la main.

Qui me verrait ?

Personne ne me voyait plus, exit les guêpières ridicules pour harponner N*, exit les dentelles fragiles de princesse débridée – personnage inventé, comme tout le reste.

J'avais envie de répondre à Joris, mais ne savais que lui dire. Je n'avais pas le courage de lui raconter par SMS cette étrange soirée, et il était trop tard pour lui téléphoner.

À quoi bon ?

« Why » ne répondrait peut-être jamais et Zoé finirait chauve avec un bras en moins. Je souriais malgré moi de l'imaginer ainsi délabrée. Même avec de tels handicaps, elle trouverait le moyen d'être heureuse. Moi, j'en mourrais. Je n'ai jamais envié Zoé pour sa beauté ; mais pour sa force, oui. Je jalouse cette extraordinaire capacité au bonheur que je n'ai jamais, je crois, rencontrée chez quelqu'un d'autre.

À l'aube, bercée par le jour pâle tiré derrière les stores, je me suis endormie. J'ai fait un rêve érotique dans lequel Audrey, en justaucorps lamé de jeune fille élastique, dressait des animaux qui n'existent pas, ou peut-être seulement dans ces vidéos que j'adore regarder sur le Net – « Des pêcheurs chinois rencontrent un monstre marin d'une espèce encore inconnue, mi-baleine mi-crocodile, de douze mètres de long. Les biologistes du monde entier sont sidérés. »

Vers onze heures du matin, tirée d'un sommeil lourd par un texto de Zoé, je me suis sentie coupable, l'inconscient saturé des courbes de son amante.

ZOÉ : Alors ?!

J'ai répondu :

Rien.

J'ai tenté de me rendormir, en vain, l'image du mur tagué tournant devant mes yeux telle une mauvaise migraine. Une heure plus tard, un mail de Léonie est arrivé. Ce mail, probablement, m'a sauvé la vie.

« Oh, Lyla, je t'ai lue. Continue dans la même veine, c'est merveilleux. Je me répète, mais il faut bien le dire : c'est merveilleux. Tu as trouvé le ton juste, c'est de l'émotion pure. Avec toi, ma belle, je ne suis jamais déçue. »

Rassérénée, j'ai bu un café noir et ouvert le document où je l'avais laissé. J'ai retrouvé Calvin, cet autre Joe, cette ombre littéraire, ce cadet virtuel, partenaire malgré lui d'un tournant majeur de mon existence. Je voyais dans ce texte des signes partout. Pour reprendre l'une des expressions fétiches d'Alexis, laquelle m'a toujours prodigieusement agacée, je savais bien qu'il s'agissait d'une *vue de l'esprit*…

N'empêche.

> *Plus on grandit, plus l'univers connu grandit avec soi.*
>
> *Au début, il n'y a que la lumière, une intense lumière, aveuglante. Puis le sein, cette planète rose, intarissable, et le regard d'un père qu'on craint de soutenir.*
>
> *Petit enfant, le monde est une chambre. Puis un jour, cette chambre devient maison, cette maison devient rue, cette rue devient ville. Et, tôt ou tard, cette ville devient le monde.*
>
> *Pourquoi le monde, à un moment donné, se met-il à repartir dans l'autre sens ? Pourquoi la peur fait-elle à ce point tout rétrécir ?*

Seuls mes travaux de traductrice m'ont permis de maintenir un semblant de santé mentale. Cela peut paraître paradoxal, mais les mots des autres m'ont aidée à devenir quelqu'un – ou, simplement, à *rester* quelqu'un. Sans eux, j'aurais sans doute passé mes journées au lit, à me demander ce qui pouvait valoir la peine d'en sortir. Les mots des autres me secouent, m'obligent, me forcent à réfléchir aux miens.

Les livres des autres sont des coups de pied au cul.

Sans ces autres-là, je serais triplement morte.

Il y a tellement de gens qui meurent de leur vivant.

« Tu n'es plus une petite fille. »

Je sais, Zoé – mais où est la vie ? Où est ma vie ?

Je voudrais tout recommencer, faire d'autres choix, prendre d'autres chemins (*le sentier ou la route ?*) et, la nuit venue, cette impossibilité me vrille les entrailles comme une maladie grave. Mes rêves sont puérils, j'en suis consciente, mais dans une vie recommencée, j'aurais passé le permis de conduire avant d'avoir peur de tout. Libre de mes mouvements, je me serais installée dans une bicoque près de la mer, au sud, tout au sud. J'aurais rencontré un type simple et gentil, qui me ferait rire, qui se ficherait de mes cinq kilos de trop, qui aurait tant d'amour, d'assurance et de pieds sur terre qu'il m'aurait donné envie d'avoir un enfant avec lui. Je me baignerais chaque matin, même en hiver (je n'aurais donc pas cinq kilos de trop), je traduirais les autres avec sagesse et acuité, rassurée de ne pas mourir seule, à trente-quatre ou quatre-vingts ans ; de toute façon, j'aurais un potager grâce auquel me nourrir même si la fin du monde devait advenir.

Je voudrais que la vie soit une ardoise magique. La seule chose que je ne changerais pas, finalement, serait l'existence de cet enfant. Enfin, je crois. S'il est heureux comme il le dit, alors je coche la case.

Je coche la case, repasse l'épreuve.

Mais pour l'heure, les possibles perdus, les vies alternatives et les futurs radieux sont dispersés au cœur d'une toile informatique tressée d'incertitude, les utopies retenues dans un immense filet, et l'univers nouveau, dématérialisé, porte le naïf message d'une demoiselle absurde ; la plus merveilleuse des filles du monde, amoureuse de la plus belle des filles du monde, mais tout de même – *bisous*, sérieusement ?

Assise sur mon lit, j'hyperventile.

Je fais semblant de ne pas voir Lolita juché sur le radiateur, la queue ébouriffée, la bave aux lèvres, sa petite langue râpeuse coincée entre les dents comme celle d'un cobra.

Coupable.

Assise sur mon lit, j'essaie péniblement de reprendre mon souffle. Zoé a raison. Zoé a toujours raison. Il va répondre, bisous ou pas.

Cœur-Naufrage

Puisque cette histoire n'a aucun sens, cette histoire pourrait marcher... Non ? Comme une sorte de malédiction inversée ? Car je n'ai pas dans l'idée de mutiler ma meilleure amie, même si elle a un peu trop regardé *Game of Thrones*.

Joris

Camille m'observait, bien décidée à connaître la vérité.

— Tu me jures que tu n'étais pas au courant ?

— Je l'ai appris en trouvant cette lettre chez mon père. Je ne savais pas comment t'en parler… J'ai pensé que ce n'était pas la peine de remuer le couteau dans une plaie qui, peut-être, n'existait même pas.

— Mais la plaie existe.

— Oui.

— Alors qu'est-ce qu'on fait, maintenant ?

— Il faut que je reparle à Lyla. Je vais lancer des recherches… Je ne sais pas.

Camille baissa les yeux.

— C'était une autre époque, Joris. Presque une autre vie… Si tu laissais tomber, tout simplement ? C'est aussi ce que veut cette femme, non ?

Il y avait de la supplique dans sa voix, j'en eus le cœur brisé. Je soupirai.

— Lyla dit que c'est ce qu'elle veut, mais elle est complètement flinguée. Cette histoire l'a flinguée, Camille, et je ne supporte pas d'être responsable de ça.

— C'est ton père qui est responsable de ça. Comme du reste.

Elle se leva, ouvrit le robinet et se servit un verre d'eau.

— Je suis désolé.

— Tu n'as pas à l'être, Joe. On a tous un passé. Sauf qu'il ne nous revient pas toujours en boomerang dans la gueule.

J'eus envie, par réflexe, de répéter que j'étais désolé, mais je me retins de justesse. C'eût été ridicule. Je n'étais pas désolé, ce n'était pas le bon mot. J'étais beaucoup de choses — effrayé, angoissé, impatient —, mais pas désolé. Je voulais retrouver cet enfant qui n'en était plus un, je refusais que Violette grandisse avec un secret plus haut que l'Empire State Building. Je sais ce que fait le mensonge à l'âme et au corps, je sais que la somatisation se transforme tôt ou tard en maladie mortelle. J'étais au courant du bébé de jadis :

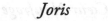

il m'était impossible de faire l'autruche, je devais *régler ça,* de la même manière que je réglais mes impôts, mes factures et mes cotisations. Ça ferait mal, d'accord, ce serait long, d'accord, mais je ne pouvais pas y échapper.

Je tentai de sourire, mais ce n'était pas une réussite.

— Mon amour, je vais me démerder avec tout ça.

— Te démerder ? Il me semble que ça me concerne un peu, quand même !

— Je te promets de tout te dire, de tout te raconter. Je veux juste qu'en attendant, rien ne change. Rien n'a besoin de changer. Rien n'a changé, en fait. Tu comprends ?

Elle avala son verre d'eau d'un trait, folle de rage. Camille n'était pas du genre pugiliste. Elle pouvait bouder, râler, crier, mais c'était du cinéma : je ne l'avais jamais vue réellement en colère. Si ma femme n'avait rien d'une aurore boréale, là, c'était une comète en fusion. Je ne l'avais jamais trouvée aussi belle. J'aurais aimé la manger, l'ingérer, la digérer, pour qu'elle reste à jamais près de moi, envers et contre tout. Je lui posai la main sur le bras, avec appréhension. Je m'attendais presque à ce que sa peau, si blanche, me brûle la paume.

— Camille, je t'aime. Je vous aime, Violette et toi... Il ne va rien nous arriver, je te le promets. C'est juste un grain de sable dans la machine.

À deux heures du matin, les feuilles imprimées sur le canapé me semblaient réelles, balayées par des vents tropicaux. Par mimétisme, je soupirai :

— Peut-être que ce grain de sable nous rendra heureux... C'est possible, non ?

Son regard s'adoucit, comme lorsque enfin les nuages s'éloignent de l'océan, libérant le bleu brut, une tache d'encre sur un drap blanc. Elle secoua la tête et de petites larmes, comme des cristaux de silice, se formèrent au coin de ses yeux. Après un long silence, elle murmura :

— Je sais, Joe... Si Violette a un frère, je voudrais bien le connaître. C'est juste un peu violent.

Je la pris dans mes bras.

— Pour moi aussi, c'est violent. Deux enfants en un an et demi, ce n'est pas très naturel.

— C'est le moins qu'on puisse dire.

Nous restâmes ainsi serrés l'un contre l'autre, sans un mot. Derrière l'épaule de ma femme, mon adorable femme, je regardais mon île.

L'atoll ne sombrerait pas. Pas de *boum-badaboum*.

Puis Camille s'écarta pour demander, avec son fameux air narquois :

— Elle est toujours jolie, Lyla ?

J'éclatai de rire, comme une libération.

— Très. Même plus jolie que quand on était gamins, si tu veux savoir. Mais crois-moi : ça n'a aucune importance.

Tout était vrai, de A à Z. Et parce que ma femme me connaît, elle se pressa un peu plus contre moi. À travers le t-shirt en coton léger qu'elle portait pour dormir, je sentis ses minuscules seins contre mon torse glabre. Elle était pâle, chaude et sucrée, pareille à ces Chamallows que l'on faisait griller au bout d'une pique dans les feux de plage de mon adolescence.

— Joris ?

— Oui ?

— Je t'aime aussi.

— Je préfère ça.

L'étreinte de cette nuit-là fut la plus érotique depuis la naissance de notre fille. Pour être honnête, nous ne baisions plus beaucoup ces derniers temps, pour ne pas dire jamais. Nous étions, simplement, d'amoureux colocataires.

Biberons. Tétines. Couches. Livres d'images.

L'arrivée de cet enfant possible changea le cours des choses. Pour le moins, changea le cours de cette nuit-là, comme si Camille et moi n'étions plus seulement les parents de Violette mais à nouveau ces êtres sensibles, dépravés et liquides, deux corps illuminés au milieu du néant.

Mon fils est venu au monde et, dans un même mouvement, ma femme m'est revenue.

Lyla

Lyla

Les jours qui suivirent cette soirée particulière, je fis mon possible pour penser à autre chose. Je ne sortais quasiment plus de chez moi, buvais beaucoup de café et travaillais avec l'assiduité d'une presse rotative. Léonie serait contente, je remettrais le texte avec deux semaines d'avance. J'aimais imaginer les petits animaux de cirque danser, extraordinaires, aux poignets de sa robe.

Merveilleux ! Toi seule tiens les délais !

L'idée d'une Léonie fière de moi agissait comme un anxiolytique. Le matin où je lui rendis *Où va l'amour ?*, je compris qu'elle était la mère que je n'avais jamais eue. Cela semble évident mais, à mes yeux, ce fut une révélation.

Elle n'a pourtant pas l'âge d'être ma mère.

Huit jours plus tard, un e-mail arriva d'une adresse inconnue.

Bonjour Lyla,

J'ai reçu un drôle de message sur Facebook, envoyé depuis le compte d'une certaine Zoé Galiaud.

C'est peut-être une blague… ou pas ?

Si vous cherchez votre fils, vous pouvez me répondre.

Dans le cas contraire, je vous souhaite une bonne journée et vous demande pardon pour le dérangement.

V.

Ce V. en signature m'avait brisée en deux.

Vincent. Valentin. Vivian. Virgile. Vadim. Victor. Valmont. Vladimir ?

Mon bébé.

Sur l'instant, je n'ai pas su quoi faire. J'ai envisagé d'appeler Zoé – *ma vieille, ton bras est sauvé.* Joris, naturellement. De contacter ma psy qui ne m'écoutait pas, Alexis, Fiona, n'importe qui. J'ai même pensé appeler mon père pour tout lui raconter. *Tu es grand-père, p'pa. Tu sais, ce n'était pas un rêve, un mauvais rêve ; tu es vraiment grand-père, il est là, il est vivant, et son prénom est V.*

Je n'ai appelé personne. Je suis restée paralysée devant l'écran comme si, en effet, tout cela n'était qu'une blague. J'ai fini par me lever et ouvrir la fenêtre pour tenter de respirer un peu plus calmement. Dehors, le ciel nuit et jour était strié de pluie ; un zèbre liquide galopait dans la ville, indomptable et doté d'ubiquité.

Je n'arrivais pas à répondre à ce message, à mettre le doigt dans l'engrenage. Incorrigible, j'attendais un signe, un coup de pied du destin.

Puis, quelques jours plus tard, ce fut la Saint-Valentin.

Sur l'immeuble en face de mon bistrot de prédilection, depuis des années, figure ce graffiti : « J'aime pas trop les 14 février. » C'est un tag discret, bleu ciel, en lettres rondes, presque enfantines. Je pense qu'il amuse tout le monde, même les propriétaires de l'immeuble en question, et personne n'a jamais eu le courage de l'effacer. À chaque fois que je lève les yeux de ma tasse, plein hiver, plein été, il me fait sourire, et son imperturbable présence a quelque chose de libertaire. Ce graffiti semble prouver que le monde n'est pas foutu, que la démocratie n'est pas foutue, ni la liberté, ni la subversion – que, plus égoïstement, je ne suis pas seule au monde avec mon cafard et ma bouteille de vin, ce jour maudit où les roses synthétiques fleurissent de table en table.

V.

Comme d'ordinaire, j'ai regardé ce tag ; mais cette fois, il m'a poussée dans le vide.

J'ai bu mon café et je suis rentrée chez moi.

Cher V.

Je suis si contente de ton message.

Non, ce n'est pas une blague. J'espère être celle que tu cherches. Si « nuit dans le jour » vient d'une lettre que je t'ai écrite – alors, c'est moi.

Je suis désolée, je suis un peu maladroite... Mais j'ai envie de te connaître, ne te méprends pas, j'en ai très envie !

Je vis à Paris.

Où es-tu, toi ?

Je viendrai où tu voudras. Pour l'anecdote, j'ai peur de l'avion... Mais, même si tu habites à l'autre bout de la Terre, je viendrai.

Je n'ai aucun désir, moi non plus, de bouleverser ta vie.

Lyla

J'espère vraiment que tu es heureux, comme tu le dis dans ton profil.

Voilà dix-sept ans que, chaque jour, j'espère que tu es heureux.

Lyla.

Nous avons commencé à échanger, petit à petit, minuscules pas posés sur les sables mouvants d'une plage gigantesque. Nous nous sommes même parlé au téléphone, une fois, pour prendre rendez-vous.

De sa voix – si grave, si adulte – je ne me suis pas remise.

Il m'avait *googlisée* et savait déjà mille choses à mon sujet.

— J'ai acheté tous les bouquins que vous avez traduits. Mais bon, moi, je suis plutôt un scientifique.

Je n'ai rien dit à Joris, je garde mon bébé à l'intérieur de moi, juste encore un peu.

C'est égoïste, je le sais. Je m'en fiche. Je mérite cette *exclusivité* même si je déteste le mot, ce

mot qui pue l'arnaque, la réclame et le com-
merce. Cette rencontre, bien sûr, adviendra grâce
à lui – Joe. Grâce à Zoé, grâce à Audrey, grâce
à Zuckerberg. Grâce à moi, aussi. Je donnerai à
Victor les coordonnées de son père dès qu'il le
souhaitera, mais je conserve l'exclusivité.

Oui, il s'appelle Victor. N'est-ce pas merveilleux ? Un prénom de victoire, qui raconte que j'ai
fait quelque chose de ma vie. Ou qu'au moins, la
vie a fait quelque chose de moi.

Il habite Marseille. Près de la mer, comme
j'en rêvais pour lui. Mon fils – grandi dans les
embruns. D'ailleurs, il a l'accent du Sud.

Je ne sais pas à quoi il ressemble mais, comme
il me l'a demandé, je lui ai envoyé par e-mail une
photo de moi. C'est un portrait pris par Zoé au
téléphone portable, je suis en pied et en robe
noire. Le mur de doudous fait office de décor,
ludique et coloré comme un grand magasin. Le
décalage rend le cliché amusant et puis, dessus, je
suis jolie.

« Comme ça, avait-il répondu, je vous recon-
naîtrai. »

Gare de Lyon, samedi 19 mars. Victor, juste à
trois heures de moi.

Je fixe mes billets de train, ils me semblent dotés d'un pouvoir magique. En consultant le tableau d'affichage, je suis presque surprise qu'ils n'annoncent pas mon TGV sur la voie 9 ¾. Il est censé faire beau, là-bas ; j'ai vérifié sur le site de la Chaîne Météo.

Mais la Chaîne Météo fait souvent erreur et, quand j'arrive gare Saint-Charles, un orage se prépare. Pareil à mon humeur, le ciel s'est chargé en électricité.

Nous avons rendez-vous en haut de l'escalier principal, celui qu'il faut emprunter pour descendre vers la Canebière puis, en pente douce, rejoindre le vieux port. Cet escalier, pour la première fois, me donne le vertige. Je le connais, bien sûr ; pas besoin d'avion pour venir jusqu'ici. Je connais cette esplanade récemment rénovée, ces jeunes gens qui errent et taxent des cigarettes, je connais la misère des vagabonds et le flegme des touristes, les pierres nouvellement blanchies et l'impression d'espace, je connais ce vent qui toujours semble tiède, même en plein hiver.

Pourtant, lorsque les portes de la gare s'ouvrent et que l'escalier paraît, il me fait l'effet d'un gouffre.

389

Je le regarde s'avancer, nuage bleu dans le ciel noir.

Il est si grand… Je sens encore entre mes jambes sa tête minuscule mais, déjà, il me dépasse. Au creux d'une éclaircie, son ombre portée m'avale tout entière, comme jadis celle de Joe l'Indien sur le perron boiteux du pavillon des dunes.

— Lyla ?

Figée sur les pavés, je ne peux pas lui répondre. Chaque cellule de mon corps est en ébullition, je ne suis que tremblement, catastrophe majeure, j'ai un gyrophare à la place du cœur et son mouvement lancinant me donne envie de vomir.

— Lyla, c'est vous ?

Incapable d'articuler un son, je lui tends la main – cette main haïe, courte et grossière. Il me tend la sienne, je la serre et le contact me coupe le souffle.

Mon Dieu, tu es si grand ! C'est extraordinaire !

Je parle dans ma tête, sa main dans ma main comme celle de Joris sur ma cuisse, il y a tellement longtemps. Je tremble si fort qu'il fronce les sourcils, inquiet.

— Vous allez bien ? Vous avez fait bon voyage ?

Il faut parler, maintenant.

390

Lyla

Parle, Lyla ! Bon sang, réagis !

Je regarde le ciel et le ciel est immense, à la fois bleu et noir, lacéré de soleil. J'ai le sentiment d'être suspendue entre deux abîmes, comme en apesanteur.

— Je suis si contente de te voir.

Ma voix n'est pas ma voix. Ma voix n'est que douceur, mais une douceur sans sucrerie, un peu brute, concassée.

— Moi aussi, dit-il en souriant, je suis content de vous voir. On va prendre un café ?

— Je te suis.

Ai-je vraiment prononcé ces mots-là – *je te suis* ? Mais c'est un fait, je le suis. Il me traîne, lui l'adulte, moi l'enfant. Je suis fragile sur mes jambes comme une petite fille, je trébuche, je sais à peine marcher. L'escalier n'en finit pas de finir, s'étire, se disloque sous nos pas.

— On va sur le port, non ? Ça sera plus sympa. Et la pluie ne tombera pas, finalement.

Je lève les yeux.

Le ciel s'est dégagé, le noir repoussé aux confins de l'horizon.

— Vous voyez, Lyla ? C'est passé.

Mon prénom dans sa bouche, c'est comme un accident.

À peine sommes-nous installés à la terrasse du Beau Rivage que le serveur apparaît ; il a le teint hâlé, une chemisette Vichy et un accent marseillais à couper au couteau. Victor le connaît, ils se font un *have five*. Devant mon air surpris, il m'explique :

— C'est un pote de lycée. Il bosse juste le week-end, c'est le fils du taulier.

Je commande un thé noir, Victor un Orangina. J'ai du mal à le regarder, je ne sais que faire pour arrêter les larmes qui me montent aux yeux, ridicules. Je ne veux pas être ridicule, je porte un t-shirt marin rayé gris et bleu, le jean seyant des rendez-vous galants, des Vans imprimées de flamants roses, pour *faire jeune* ; enfin, je ne sais pas, mais dans cet accoutrement, je ne peux pas pleurer.

Je regarde le port pour y noyer mes larmes, et me dis que c'est vraiment beau, d'habiter ici.

— C'est vraiment beau, murmuré-je. Et vivant.

Victor hoche la tête.

— Ouais, j'ai du bol. Il fait un temps de merde à Paris, non ?

Si tu savais.

Telles deux bêtes sauvages, nous avons commencé à nous apprivoiser. Victor a le regard franc et une grande spontanéité. Il aborde les choses de manière si directe qu'au bout d'un moment je suis contrainte de me détendre. L'accent aide, aussi. Je ne l'aime pas beaucoup, mais il m'attendrit. Ça me rappelle Pagnol.

— J'ai des parents géniaux, vous savez. Parfois, évidemment, on s'engueule. Mais c'est le propre des gens qui s'aiment, non ?

Je souris.

— Je n'ai pas de famille à moi. Mais avec ma meilleure amie… Tu sais, Zoé, la fille de Facebook ?

Lorsqu'il acquiesce dans un demi-sourire, une petite fossette creuse sa joue gauche. Cette fossette me retourne le cœur : j'ai exactement la même.

— Eh bien avec Zoé, on s'engueule souvent. Le soir où on t'a contacté, d'ailleurs, nous avons eu une dispute mémorable.

— Pourquoi ?

Je soupire.

— Ce message, elle l'a envoyé dans mon dos.

Victor fronce les sourcils.

— Sans elle, vous ne m'auriez pas écrit ?

— Si, bien sûr... Mais il m'aurait fallu du temps, beaucoup plus de temps. Elle m'a coupé l'herbe sous le pied, dans un sens.

— Moi je l'adore, votre copine. Grâce à elle, vous êtes là.

J'ai du mal à respirer. Je regarde la criée, les bateaux aux pavillons secoués par les vents, les gens tous différents, allures et couleurs, allant et venant sur ces dalles minérales inondées de soleil. Je sens monter une crise d'angoisse, la gorge étranglée comme si l'olive verte ingurgitée dix minutes plus tôt n'était pas descendue.

— Je suis désolée.

— Je suis heureux, dit-il d'une voix posée. Je l'ai toujours été. Je ne raconte pas ça pour vous faire plaisir, Lyla. Je me fous de vous faire plaisir, je ne vous connais pas. C'est juste la vérité.

— Pourquoi m'as-tu cherchée, alors ?

Il avale une gorgée de son Orangina.

— Je voulais savoir, c'est tout. Savoir comment vous étiez.

Je suis hypnotisée par son visage. Je vois Elaine dans sa bouche pulpeuse, mon père dans ses yeux doux, couleur noisette, Joe l'Indien dans sa haute stature, un peu brutale. Plus que tout, je vois Joris ; Victor lui aussi a des traits métisses, plus marqués que son père, et des taches de rousseur comme des éclaboussures.

— J'ai été malheureuse, moi, tu sais. Te laisser, ça n'a pas été facile.

Je regrette instantanément ce que je viens de dire. C'est moi, la coupable ! Moi ! Comment puis-je avoir, en plus, l'audace de me plaindre ?

Je voudrais revenir en arrière, retirer les mots comme se retire la mer. Mais Victor me sourit et ce sourire, grands dieux, c'est quelque chose. Hollywoodien, Audrey au masculin. On doit le lui envier. Je me demande alors s'il a eu des bagues, ou si la nature a été clémente. J'ai envie de lui poser la question mais c'est trop futile et je n'ose pas. Il y a tant de choses à rattraper que je ne sais par où commencer. Je voudrais *tout* savoir, mais mes interrogations n'obéissent à aucune hiérarchie.

— J'ai eu de la chance, dit-il finalement. Quand j'étais petit, je vous en voulais. Mais après, j'ai compris. Je veux dire, votre lettre m'a aidé à comprendre.

— Comment tu l'as eue ? C'est un miracle, que tu l'aies eue.

— Par le CNAOP. Vers quatorze ans, mes parents ont commencé à m'aider dans mes recherches, parce qu'ils ont estimé que j'étais prêt. On a fait les démarches ensemble. Franchement, une vraie galère. Mais au final, ils m'ont filé le dossier.

Il boit une gorgée avant de poursuivre.

— Mais bon, vous n'aviez pas donné signe de vie... Comme Facebook avait marché pour d'autres, j'ai tenté ma chance. Il faut croire que c'était une bonne idée !

— J'ai voulu, tu sais... Donner signe de vie. J'ai écrit mille lettres pour lever le secret mais, à chaque fois, j'ai renoncé au dernier moment. J'avais peur d'apprendre que tu n'avais pas survécu, ou que tu étais malheureux, ou... je ne sais pas. Peur de tout foutre en l'air si, au contraire, tu allais bien.

— Je vais bien.

Je baisse les yeux. Le thé est noir, une potion de sorcière ; j'y ai à peine touché. Je regarde flotter les petites plaques marbrées, minuscules tectoniques à la surface de l'eau. Je me reprends. Me recoiffe, par habitude, mes vilains doigts gourds dans le blond lumineux.

— Je ne vous ai jamais détestée, Lyla. Je veux dire, même avant de lire votre lettre… Je me posais des questions, mais je ne vous ai jamais détestée. Si j'existe, c'est grâce à vous. Alors en fait, je devrais vous dire merci.

— Ils savent que tu es là, tes parents ? Avec moi ?

Désinvolte, il hoche la tête.

— Évidemment. Ma mère stresse à mort, elle m'a déjà envoyé quinze textos.

Je souris.

— Tu as répondu ?

— Une fois, quand vous êtes allée aux toilettes.

— Qu'est-ce que tu lui as dit ?

— « Je t'aime. »

À cet instant, mon cœur s'emplit d'une joie indicible. Mon fils est quelqu'un de bien. Certes un peu malgré moi, l'univers s'est enrichi d'un être merveilleux et, dans un élan viscéral, j'ai envie de le serrer dans mes bras. Naturellement, il est beaucoup trop tôt pour de telles effusions.

— Victor… Pardonne-moi de te demander ça, mais… tu es en bonne santé ?

Il hausse les épaules, amusé.

— Je suis allergique aux noix. Ça compte ?

Je manque d'éclater de rire. Les noix, ces tout petits cerveaux dans de toutes petites coques. Ces toutes petites coques dans lesquelles, mon père et moi, nous fabriquions des bateaux, le mât en allumette et la voile en fragment de tissu déchiré. Elaine est allergique aux noix. Sans doute – je m'en rends compte aujourd'hui – était-ce la raison pour laquelle ces navires miniatures nous amusaient autant.

Fuck you, Elaine.

J'hésite à lui raconter l'anecdote, mais je n'ai pas envie de parler de ma mère.

— Ma lettre… Tu l'as toujours ?

— Vous avez oublié ce que vous avez écrit ?

Je baisse la tête, mal à l'aise.

— J'étais jeune, tu sais. C'était il y a si longtemps. Et puis, comment te dire… Je n'étais pas au mieux de ma forme.

Victor se lève et enfonce la main dans la poche arrière de son jean. Du regard, je suis le mouvement, détaille son corps, svelte et musclé, le denim brut, le t-shirt marine frappé d'une vague stylisée – un t-shirt de surfeur – et son visage carré, à la fois ciselé et puissant, ses cils gigantesques pareils à ceux d'un faon, sa peau légèrement acnéique, juvénile, et sa chevelure dense, comme celle de son père. Je ne sais pas s'il est beau, objectivement ; mais il est pour moi le plus bel enfant du monde. Je suis sûre que pour Joris, il le sera aussi.

Il sort la feuille de sa poche, mais ne me la donne pas ; il la pose sur la table, comme si je devais la mériter, mériter mes propres mots, dix-sept ans trop tard.

— Elle est un peu froissée, pardon. C'est parce que je l'ai beaucoup lue.

Mon bébé,
Mon fils,

Je m'appelle Lyla, j'ai dix-sept ans.
Je t'écris depuis une chambre d'hôpital et toi, tu es déjà parti. Tu es né pendant une éclipse solaire, nuit dans le jour. On te le racontera sans doute, je ne sais pas, mais ce n'est pas donné à tout le monde !
Moi, je suis trop petite. C'est con mais voilà, je suis trop petite, je ne peux pas. Je ne saurais pas faire, pas quoi faire de toi. Ton papa, c'est pareil. Nous sommes cassés – trop petits et trop cassés.
Toi tu es tout neuf, tu ne peux pas comprendre. J'espère, dans un sens, que tu ne comprendras jamais.

Cœur-Naufrage

Je rêve pour toi d'une grande maison avec des fleurs partout, et l'océan, j'espère l'océan, les vagues, les plages et les forêts.

Je ne te connais pas mais je t'aime déjà, c'est incroyable ce truc-là, t'aimer à ce point sans même te connaître.

J'ai entendu ton cœur battre et – pouf! – je suis tombée amoureuse de toi.

Si je te laisse, c'est juste parce que je crois que d'autres sauront te rendre heureux et que moi, je ne suis pas sûre.

Pour toute la vie, quand même, je t'aime.

Ta maman,
Lyla avec un y.

Cette nuit, Lolita est venu.

Pour de bon.

Je l'ai senti, j'ai allumé ma lampe de chevet et il était là, au bout du lit, hirsute comme jamais, électrisé.

J'ai poussé un cri. J'étais certaine que ce cri le ferait disparaître, mais il était toujours là, vibrant et hiératique.

J'ai secoué la tête – *Tu aimes trop Murakami, ma vieille, il faut te sevrer, aller voir le docteur, tu deviens folle, ça craint.*

Mais non, Lolita ne parlait pas, il se contentait de me regarder avec bienveillance. Je me suis dressée dans le lit et soudain, je n'avais plus peur – plus peur de lui, bien sûr, mais plus peur de rien, comme si mon cœur avait subi une métamorphose, que tout était plus vaste, plus libre et plus ouvert. Le chat s'est approché lentement, a grimpé sur mes jambes, puis a frotté sa tête contre ma joue. Sa petite tête malicieuse, ses oreilles souples, fragiles. Il s'est lové contre moi, ronronnant et, bercée par sa chaleur, j'ai replongé dans le sommeil.

À mon réveil, il avait disparu.

Le soleil entrait par les stores vénitiens et divisait l'espace, comme si je dormais dans une cabine de plage.

C'était sans doute un rêve mais, sincèrement, je n'en étais pas sûre. Lolita me pardonnait, comme Victor m'avait pardonnée.

J'ai trop besoin de pardon, je le sais. Toute ma vie, j'ai eu besoin de pardon. On ne peut pas grandir dans de telles conditions.

Aujourd'hui, peut-être suis-je une grande personne.

Je ne pardonne pas à Elaine, mais Elaine s'en fiche. Un jour, je lui écrirai cela, simplement, sur une très jolie carte postale – une photo de Nan Goldin, Sally Mann ou Irina Ionesco : *Je ne te pardonne pas.* Je suis sûre que ces mots lui feraient du bien. La culpabilité n'a jamais fait partie de son ADN, mais la tragédie l'inspire. Être méchante avec ma mère, paradoxalement, serait un acte d'amour. Elle aurait à nouveau l'impression d'exister.

À Marseille, nous avons parlé toute la journée, mon fils et moi. Je n'ai pas encore réussi à intégrer cela – *mon fils* – mais nous devons nous revoir bientôt.

Alors que nous nous promenions sur le cours Julien, tagué de part en part, je lui ai demandé ce que signifiait sa photo de profil.

— L'an dernier, avec le lycée, on est allés à New York. J'ai photographié des tonnes de graffitis, c'est dément cette ville, il y en a partout, genre des œuvres d'art, c'est trop beau. Et celle-ci me semblait plutôt cool, rapport à ma recherche... Vous connaissez New York ?

Dans le TGV qui me ramenait à Paris, mon corps tout entier a commencé à me sembler autre.

Quand je dis « autre », c'est vraiment *autre*.

Mon ventre est rond, toujours. Mes bras potelés. Mes fesses ne sont pas celles des magazines, pas plus qu'avant. J'ai pourtant le sentiment d'avoir perdu dix kilos.

405

Je me regarde dans le miroir.

J'aime mes seins, je flotte.

Mon ventre est beau, en fait. Épanoui.

Pour mes fesses ce n'est rien, je vais faire du vélo. Ou nager, peut-être.

Marcher.

Courir.

Avant de partir, j'ai confié à Victor le numéro de son père :

— Tu as une petite sœur. Elle s'appelle Violette, elle a un an et demi. Un autre V, tout de même, c'est amusant !

— Je suis fils unique, tu sais… À mes parents, tu as donné ce qu'ils ne pouvaient pas avoir.

Il m'a tutoyée pour la toute première fois, mais mes larmes se sont taries, parce que l'eau du bonheur s'assèche plus facilement que celle du malheur.

— Je sais, ai-je murmuré. Enfin, j'imagine… Mais c'est fini, maintenant.

Il a levé la main vers le ciel.

— Comme l'orage, hein ? C'est passé.

Oui, mon amour. C'est passé.

Je viens de monter dans un avion à destination de New York.

JFK, Airbus A330.

— Papa ? Je viens vous voir.
— Oh, ma puce, c'est une plaisanterie ?
— Pas du tout.
— Eh bien… Il était temps !

Je m'assois.

Je suis toute petite, mais le siège lui aussi me semble tout petit. À côté de moi s'installe un homme très grand, beau peut-être, je ne sais pas ; je ne regarde que ses jambes, inappropriées à l'espace, longues et musculeuses sous le voile

anthracite d'un costard italien. Je déteste les costumes, d'Italie ou d'ailleurs.

Une hôtesse me sourit, elle est jolie, l'air
espiègle, elle ressemble à Zoé, période platine.
Mon « bagage-cabine » est plein d'anxiolytiques
et de lettres d'adieu, mais le visage familier de la
jeune femme me rassure.

L'homme aux grandes jambes me dit :

— Je risque d'être infernal, j'ai très peur de
l'avion.

Je lui souris.

— La peur n'évite pas le danger. Sinon, j'ai
du Xanax.

Vingt minutes plus tard, je suis à trente mille
pieds au-dessus de la terre.

Je ne meurs pas.

Je suis à trente mille pieds au-dessus de la terre,
j'ai un père, j'ai un fils.

Je suis à trente mille pieds au-dessus de la terre,
je ne meurs pas, je suis en bonne santé.

MERCI

À Thibault, pour l'idée diabolique des doudous de contrebande. Et à sa mini Jo, pour les non moins diaboliques « pied-main-bouche ».

À Lauren, Jean-Luc et Jocelyn, pour leurs lectures salutaires.

Au chevalier Nathalie, *always*.

À Karina, bienveillance incarnée.
À Charlotte, précision incarnée.

À Ruppert Pupkin, bande-son de relecture.

Je remercie également les traducteurs des livres cités, incapable que je suis – à l'inverse de Lyla ! – de les lire dans le texte :
Évelyne Pieiller pour *4.48 Psychose* (L'Arche).
Michel Lederer pour *Hollywood* (Grasset).
Nathalie Peronny pour *Le Livre de Joe* (Fleuve Noir).

CET OUVRAGE A ÉTÉ COMPOSÉ PAR PCA
ET ACHEVÉ D'IMPRIMER SUR ROTO-PAGE
PAR L'IMPRIMERIE FLOCH À MAYENNE
POUR LE COMPTE DES ÉDITIONS J.-C. LATTÈS
17, RUE JACOB — 75006 PARIS
EN FÉVRIER 2017

JC Lattès s'engage pour
l'environnement en réduisant
l'empreinte carbone de ses livres
Celle de cet exemplaire est de
995 g éq. CO₂
PAPIER À BASE DE   Rendez-vous sur
FIBRES CERTIFIÉES   www.jclattes-durable.fr

N° d'édition : 01 – N° d'impression : 90730
Dépôt légal : mars 2017
Imprimé en France